# 見字如來

張大春

見自我／見故人／見平生

序
# 見字如見故人來

在講唱文學的開頭，有一段用以引起下文主題的文字或故事，在唐變文叫「押座文」（讓在場座客專注而安靜下來的一段文本），宋代以後的話本有一個特別的形式，從唐代講唱文學的押座文形式承襲演變而來，意思就是說：講唱者在引出正文或主題之前，先另說一段意義或情境相關的小故事，這種故事一方面能針對稍晚要說的故事、要發的議論做一些鋪排，另一方面，也有安定書場秩序的作用，這種段落，一般稱之為「得勝頭回」，也寫作「德勝頭回」。

是不是在書場之中運用了祝福軍隊作戰勝利所演奏的凱歌旋律？有人這麼推測。不過，更可能是在庶民語詞裡，借用了「得勝」一詞，所表達的卻是對人發財、得利、成功……的祝福。這是一個口采，讓觀眾一聽到就開心——儘管也許是個令人悲傷的故事。

《見字如來》收錄的四十六篇說文解字的文章裡，每一篇都有一段「得勝頭回」，說的是我生活中的一些小風景、小際遇。這些風景和際遇多少和後文之中所牽涉到的字符構造、用字意義、語詞引申等等方面有關。一部分的故事甚至與我的世界觀和價值觀都有密切的聯繫。

更具體地說：對我而言，有許多字不只是具備表意、敘事、抒情、言志的工具。在探討或翫味這些字（以及它們所建構出來的詞組）之時，我往往會回到最初學習或運用這些字、詞的情境之中，那些在生命中有如白駒過隙、稍縱即逝的光陰，那些被現實割據成散碎片段的記憶，那些明明不足以沉澱在回憶底部的飄忽念頭，那些看似對人生之宏大面向了無影響的塵粉經驗，也像是重新經歷了一回。

這樣的經驗無時無之。最奇特的一次是在機場休息室的公共廁所裡，正在面壁之際，忽然之間相鄰便斗的使用者大大方方跟我說起話來：「張先生！對不起、打攪啊！我知道你懂很多字啊，那我就有一件事不明白，要跟你請教了——我記得我小時候學的廁所都叫『茅司』，現在都沒有這樣唸的了，是吧？這是怎麼回事？一個字，過個幾十年，就不一樣了嗎？你說奇怪不奇怪啊？」

「茅司坑？」從反射神經冒出來的答覆，我記得這個詞彙。

「對對對，茅司坑。茅司嘛，就是茅司嘛！」那人抖了一抖，接著說：「沒錯罷？我記得沒錯的。茅司。現在跟誰說茅司，人都不信！奇怪了。這一下好，你說有就有，以後我就跟人說：我問過你了。」說完，也沒有要我繼續解釋下去的意思，他就心滿意足地離開了。

面對著磁磚和便斗，我忽然想起一九八〇年夏天，召開國建會，許多留外學人應邀返國住在當時名為「三普」的大飯店，我代表報社副刊去接待幾位學人，其中一位是歷史學者余英時。我們在「三普」樓下大廳會面，寒暄了一陣，準備進入採訪階段，余先生忽然招手叫服務生過來，問道：「請問：你們的茅房在哪裡？」那服務生一臉茫然的表情，直到今天我還記憶猶新。

字與詞，在時間的淬煉之下，時刻分秒、歲月春秋地陶冶過去，已經不只是經史子集裡的文本元素，更結構成鮮活的生命經驗。當一代人說起一代人自己熟悉的語言，上一代人的寂寥與茫昧便真個是滋味、也不是滋味了。我始終沒有忘記余英時先生說「茅房」二字的時候，順口而出，無比自然；顯然年輕人聽來一時不能入耳，恐怕也無從想像：茅房就是「W.C.」，更無從明白茅茨、茅廁之窳陋建築究竟如何設計使用。不過，我猜想上世紀八〇年代那位「三普」大堂的服務生應該也不會狐疑太久，甚至，她當下就忘記聽見了甚麼外國語。

然而我記得，記得之後還會形成一種蠢蠢欲動的推力，讓我想要把那些和生活事實鎔鑄成一體、卻又可能隨風而逝的字詞一一揭露、一一鑽探、一一銘記。

於是，這些我姑且稱之為「得勝頭回」的段落之後，便是關於字的形、音、義與詞組的說解、甚至延伸變化。這一部分的內容原本來自我多年以來為《讀者文摘》雜誌所寫的一個專欄，專欄名稱「字詞辨正」。

不過，早在數十年前，還是林太乙女士主持《讀者文摘》編務的時代，便已經邀請散文家、也是翻譯家梁實秋先生開創了這個專欄，每一兩個月，就會刊出一次，當時我還在初中就學，每一次拿到當期雜誌，總會先讀這份

「考卷」——十道四選一的選擇題，考驗讀者對常用字辭文藝的瞭解程度，記憶中，每十題答對兩題以下是「差」，答對三到五題是「可」，六到七題是「良」，八到十題是「優」。我的程度從來沒有超越過「可」；可是我對於這個專欄的興味則遠超過「開懷篇」，而且在記憶中，我還常因為自己的答案錯得離譜而樂得哈哈大笑——其開懷之效果不亞於讀笑話。

梁先生晚年不多寫作，專欄易手，一度由電視台《每日一字》、《每日一詞》節目的撰稿人、也是作家林藜（本名黎澤霖）操刀，持續了不多久，又中斷了。林藜先生於二〇〇一年過世，而這個曾經復活過的專欄，於我而言已經收納在典型的二十世紀風華檔案之中，它若是在本世紀還能出現，應該是天大的意外。

然而生命中總還是會發生些意外的。

二〇一一年，《讀者文摘》國際中文版的編輯張青和陳俊斌向我約專欄稿，我覺得自己沒有以散文行世的資歷，豈能擅開專欄？不過，如果能承接梁、林二位前輩所曾從事的工作，倒是可以為文字辨識教育略盡棉薄之力。較之於兩位前賢，我是幸運得多了，我的總編輯多給了兩頁空間；如此一來，就有充分的篇幅讓讀者在猜謎之餘還能夠獲得解謎的樂趣。十個考題的對錯分明，乃是知其然；多了兩頁說解，便還能夠從文章裡識其答對答錯之所以然。

如果你要問我：書名為甚麼要叫見字如來？這本書跟如來佛有甚麼關係嗎？的確，「如來」（梵語Tathāgata）二字脫不開它在佛教或佛學裡的詮釋。不過，我的學問沒有那麼大，頂多只能就這兩個字最浮泛的意義來說：「如」，好像；「來」，來了、接近自我了。如來，就好像來了一樣。甚麼來了？就說是每一個字背後所啟迪的生命記憶來了罷，對任何人來說，生命只走過一回；但是字卻將之帶回來無數次——只要你願意讀。

# 目次

## 貳、見故人

## 叁、見平生

# 壹 見自我

# 別害怕！每個字都是文言文

## ——怕，是一種深刻而變化多端的情感，早在字中一一展現。

百多年的近世以來，每到有人想起文化或教養這一類問題要緊的時候，就有打倒舊學或縮減古典的議論；或以為只有讓假設為多數的年輕學子學得更輕鬆、更愜意、更愉悅、更家常，則他們對於文化教養的排斥心就越低，文化教養的傳承就有救了。

我的看法不大一樣。我總是拿認字的流程來想像文化教養的浸潤歷程。當有人認為文言文在教材的比例上應該降低，以免「孩子們」儘學些他們不懂而又迂腐、保守的文本和觀念。我只有一句話可以反駁：當真正的學習展開的時候，每一個單獨的字，都是文言文。這，得從頭說起——

剛開始上文字學課的時候，有一種極大的恐慌，直以為漢字以千萬計，莫說學得完，即使想要撮其要旨、窺其數斑，怕也不是三年五載可以有甚麼進境的事。這個念頭一動，在許慎和段玉裁面前，就顯得特別萎靡。

教授文字學的王初慶老師又特別重視考徵引據，但凡某字某文有異說，就要滿黑板抄錄，不只是作古幾個世紀的前賢，還有近現代、甚至當代的學者：金祥恆怎麼說、弓英德怎麼說、唐蘭怎麼說、龍宇純怎麼說……那些個說法，多少涉及了由一些個別之字所顯示的構字原理，到普遍的造字法則，也就因之而提示學生：在解剖一個字的諸般元素之際，我們不只要發揮和造字者類似的想像力，將字符合所要表述的對象、意義甚至思維和情感都還原一遍，而且盡可能找到有規律的性質。

對於我這個從來就是不耐操心的門外漢而言，就呼應了先前所說的：每一個單獨的字，都是濃縮了不知道多少倍的「文言」。

比方說，我的兩個孩子剛剛在隔壁房間打鬧，一個說：「你不要害我啦！」另一個說：「你才不要害我！」兩個人說話的時候都間雜著笑意和笑聲，這使我能夠繼續放心地寫下去，因為他們所使用的這個「害」字，並沒有常用意義上（如：陷害、殘害、毒害、殺害）那樣令人害怕。

我們懂得這個「害」字嗎？根據當年王初慶老師隨手抄錄引用的那些文

字學家的看法，表現在口語中如此簡單、平易的一個字，卻有著三言兩語解釋不清的「義法」——也就是這個字之所以能夠創造出來的背景思維。

「害」字的頂上是個「宀」（讀若「棉」），意思是屋宇、房舍；更多的時候，所表述者，家也。在這個家裡，形成禍害之事，泰半起於口舌糾紛，所以字的下方有一個口，象徵著吵架、爭執。在屋頂和口角之間，我們還可以看到一個字形——丰（讀若「介」）；表現出叢草散亂之形，這可以解釋成家人一面口角、一面扭打或破壞家具的情狀。試問：單單這麼一個「害」字，究竟是多少生活裡的經驗所累積、而又不能不透過明朗可解的字符拼合組建起來的呢？把這一個字的來歷說清楚之後，回頭再看看這孤零零的一個字，它又是多麼凝練的一個符號呢？

然而，「害」，還不只是一個字而已。

漢語一字單音，同音字很多，本來一個字就能表義，可是為了不與同音字混淆，常常加一個字成為語詞，以便區別。比方說：國要說成國家，民要說成人民，軍要說成軍隊……不勝枚舉。怕，也不例外——我們也常說成「害怕」。

害怕，人情之常，可是害這個字是怎麼放在怕字之上的呢？害，原本不就是災禍、妨礙、使受損傷嗎？不，害也有怕的意思。害怕，居然是同義複詞。近世語中的「害羞」、「害臊」本來就是指怕羞、怕臊；而用害字表達怕義的淵源卻更早。

《史記・魏世家》裡有這麼一幕：楚國的宰相昭魚請謀士蘇代出主意，要讓魏國的太子繼新死的田需之後，當上宰相，昭魚才放心。從楚國的立場來說，若非魏太子，而是秦國的張儀、韓國的犀首或齊國的薛公入魏為相，對楚國是大大不利的。司馬遷如此寫道：「魏相田需死，楚害張儀、犀首、薛公。」這裡的害，就是忌憚和害怕了。接下來為了在用字上調節變化，一連兩處重複以昭魚的觀點敘述此事，司馬遷是這樣寫的：「田需死，吾恐張儀、犀首、薛公有一人相魏者也。」可見「害」，就是「恐」，也就是「怕」。

「恐」字的來歷相當具象。早在（可能還早於甲骨文的）陶文之中即有（）。底下的心表示情緒，上面一個又像丂、又像五的字符，就是「拱」（抱）之形，人害怕了，蜷縮似擁抱，好像也很合理。

心字部表達害怕的字還真不少，這一類的形聲字音符大多具備實際的意思。

怯，一看音符是個去字，就知道那是因懼怕而要逃避。怖字的音符（布）是祀神所獻貴重之物，而深恐其汙損不潔；布當然十分貴重——它還是貨幣呢。

怵，讀若「黜」，這是因為作為音符的朮是一種野生的苦草，可以入藥；人不是怕吃苦嗎？怵，便也表述了懼怕。

悚，是個簡化字，原本寫作「愯」。而這個愯字右半邊的聲符不是「隻」，卻又是一個簡化了的「雙」字。雙，又與害怕有甚麼關係呢？兩個極端相似之人忽然相對，也許還真會令人錯愕罷？

惶，也是常常用來表達恐懼的字。皇，盛大貌；那麼，惶字所呈現的恐懼就有了敬畏的意涵。

還有，惴；除了懼，還有憂義，也就是擔心害怕。這種怕，不是基於突發的情況，多帶著一份惶恐。那是由於「耑」為草木初生的幼苗又若難耐風雨寒暑，用意層次就複雜多了。

還有憚，也有懼義。這一點很好解釋。你怕孤單嗎？不要逞強，你怕的。

比起「懼」來，「怕」這個字雖然易寫又常用，卻難以意會得多。懼字的音符是瞿，上邊一雙瞪大的眼睛，底下則是鳥身，活脫脫「鷹隼之視」；被一隻猛禽怒目而視，豈不害怕？

倒是這個「怕」，甲骨文、金文皆不見，據文字學家判斷，此字原來不唸「帕」音，而是「泊」，表內心恬靜，了無激動之義。白，是日出之前所顯現的微光，有一種單純、高潔的氣度。《老子・二十章》說了：「我獨怕（讀若「迫」）兮其未兆，如嬰兒之未孩。」（只有我獨立而無所作為，沒有外在的形跡徵候可見，就像嬰兒還不會笑一樣。）

雖然怕字原本不怕，可是後來為甚麼怕了呢？到現在為止，還是一個謎。我們大約也只能在杜甫的詩句：「老夫怕趨走，率府且逍遙。」和元稹的詩句：「俠客不怕死，怕死事不成。」推測：那是中古以後書面文字追隨方言俗語而導致的變化。畢竟，我們有時候還真說不上來為甚麼我們會怕！

字詞辨正

# 有甚麼好怕的？

---

一、下列哪一個詞中的「害」字與他者不同？ ①害酒 ②害病 ③害臊 ④害渴

二、下列哪一個「怕」字表達的是猜測之義？ ①孔子刪定三百，怕不曾刪得如此多 ②腳下震震搖動，唬得魂不附體，怕是山倒下來 ③自心思忖，怕咱做夫妻後不好 ④暮雨相呼，怕驀地玉關重見

三、從文字構造上看，「怯」是一種甚麼樣的表現？ ①謹慎 ②恐慌 ③逃避 ④畏縮

四、「怖」字的本義與下列何者有關？ ①巨大之物 ②貴重之物 ③罕見之物 ④醜怪之物

五、良藥苦口，可是人卻怕吃苦藥，這形成了哪一個表述懼怕的字？ ①怵 ②怕 ③悚 ④悸

六、哪一個跟害怕有關的字含藏著憂慮呢？ ①懼 ②惴 ③惶 ④怯

七、害怕的時候，緊緊蜷曲身體，擁抱雙臂，與下列哪個字有關？ ①怵 ②怯 ③懼 ④恐

八、「怕」的本義是： ①臉色蒼白，不能自持 ②情緒起伏，作息難安 ③疑神疑鬼，動輒驚慄 ④內心恬靜，了無激動

九、下列哪一個字所表現的畏懼之中含有敬意？ ①悚 ②恐 ③懼 ④惶

十、出個題外題：「我獨怕兮其未兆，如嬰兒之未孩」的「孩」是甚麼意思？ ①童真 ②恐懼 ③哺乳 ④嘻笑

答案：③，①，③，②，①，②，④，④，④，④

# 禮是禮、貌是貌，因貌而知禮

## ——外表不像樣，就沒有本質；這是中國人講禮的精神。

各人以本分相待，這在我的原生家庭三人組合裡，就是關於禮貌的簡單註腳。是以我年幼時關於「禮貌」這件事的認知，幾乎就是「本分」二字。正由於家中人口簡單，上一代七兄弟、二姊妹，一堂數十口成員的光景倏忽零丁，父親內心是相當焦慮的，總會對我說：「打小沒有那些七大姑、八大姨的，你很難學做人。」

這話，我是在長大之後許多年、自己都成了家、開始養兒育女之後，才逐漸體會到的。其中最簡單的一個道理就是：我的孩子沒有叔、伯、姑姑，無論我如何解釋：山東祖家那邊有多少多少親戚，他們的反應都是一副事不關己的模樣。看在我的眼裡，直覺自己沒有盡到甚麼該盡的本分，換言之：沒有禮貌的是我。

父親當年關於禮貌的教訓自有章法脈絡。他總會在最歡樂的場合，注意我是否忘形失態，隨即耳提面命。所以，我受訓斥的記憶常與愉悅廝鬧經驗的記憶綁在一起。比方說：入學之前我在家裡沒有玩伴，一旦有客人來訪——特別是訪客還帶著與我差不多同齡的孩子；通常我都會格外撒潑淘氣，大人每每呼為「人來瘋」的一種毛病。

每當訪客離去，父親就會抬手扶一扶眼鏡框，那就表示他要認真罵人了。開場白一向是：「常言道：『人前訓子，人後訓妻。』這是要面子的人幹的事；我呢，總想著替你留點面子，所以呢，還是等人走了才說這些。剛才呢……」剛才如何呢？還不就是我鬧「人來瘋」、說了哪些不該說的話、玩了哪些不該玩的把戲；總之也就是失了分寸、沒了禮貌。

有些時候，就算不鬧「人來瘋」，這種教訓也如影隨形。那一年，我已經大學畢業，進入研究所攻讀，無論從年紀、經歷種種方面來說，都是個大人了，居然還在應對進退上給「人後訓子」了一番。大年初一大清早，住在同棟三樓的汪伯伯叩門拜年，我開門迎客，拱手為禮，還道了幾聲恭喜。

不過就是這麼幾秒鐘的交接，待汪伯伯離去之後，我關門轉身，看見父親又是一扶眼鏡框，嘆了一口氣，道：「多大的人了，你連個年都不會好好拜嗎？怪我沒教好罷！」原來父親在意的是我那開門一拱手。在老人家看來，拱手相賀，是同輩人之間相施之禮；晚輩見長輩，是不能拱拱手就算數的。要拜年賀節，就得深深一鞠躬。他這幾句話一吩咐，我的眼淚都掉下來了。一方面覺得自己沒出息，一方面也懊惱父親不留情面。這，不是大過年的嗎？開春頭一天，就給我來這套幹嘛呢？

日後逢年過節，無論是在自家之中、亦或是在江湖之上，但凡與長輩賀節，我都謹守鞠躬之禮，有人受了這一禮，表情並不自然，似乎還覺得我禮過其分，可是我也安之若素，有一種一意孤行的快意。

禮是甚麼？禮，不外就是各盡本分，安則為之。

禮的左側偏旁是一個「示」，代表神祇。右上方凵形的容器裡放著一個「玨」，這是用以敬神、祭神的貢獻之物。雖然「玨」是一個完整的字，指一對成雙的玉器，不過，在此處似乎也不必拘泥，就算獻祭的玉器多過一雙、或者少於兩個，也無礙於禮的進行——我們甚至可以想像：之所以用「玨」（對玉），可能只是為了表示祭物豐富而又能展現字形平衡罷了。

至於「禮」字右下方的「豆」，原本為盛肉之具，也是標準的禮器，徑一尺、容積四升，後來成為黃豆、綠豆之類名，是由於同音假借的緣故。從字形的各個組成部分來比合推斷，禮，就是敬神的儀式了。也由於敬神之虔誠肅穆，是一種文明的鍛鍊，以及行事的規範，於是，「禮」甚至還具備了道德上的含意。

在中國文字裡，會意字的出現是一個奇特的現象。許慎《說文》序中解釋會意字所用的文詞是：「比類合誼，以見指撝。」這裡的「誼」，不是情誼、友誼，而是指意義。

一個字，必須先拆分成各個字符，從而再想像出各字符整合起來的意義。許慎在「會意」這一造字概念之下所舉的字例是「武」和「信」兩個字——乃有所謂「止戈為武」、「人言為信」。也就是說：各部分獨立的字符要連綴在一起，才能表達一個新的意思，而這個新的意思，則是組成之字的字義。禮，便是這樣的一種字。

以禮字造詞，今天最常見的就是「禮貌」，說人與人交接對待的時候，應該表現出恭敬謙遜的態度。不過，這兩個字最早出現於《孟子》，所指涉的根本是兩回事。

禮，按照制度或規矩待人接物；貌，則是施禮者自然流露的態度。如果行禮如儀而「貌衰」，也就是表現出不誠懇的樣子，則「禮」的本質和精神就算破壞了。孟子正是以「貌」來判斷諸侯對待士人之誠懇與否，才會說：「禮貌未衰，言弗行也，則去之。」「禮貌衰，則去之。」

自古禮、儀並稱，從《詩經》、《周禮》到《史記》都有這個字眼。儀字出現得晚，至少在現有的甲骨文資料中尚不得而見。而在鐘鼎文裡，儀和義根本是一個字（），義字添了一個人作為偏旁，內涵並沒有甚麼區別，多以強調人之判斷事物，需有一定的準則。所以許慎《說文》認為：儀者，度也——也就是衡量的判準。

儀，相當少見地，是一個幾乎沒有負面意義的字。如果跟它的孿生兄弟「義」比起來，義尚且有「假」的意思（義肢、義父）；而儀，就是指容止、禮節、制度、禮器、標準、效法、推測……或者，還有一個不常見的用法，指稱神明或稀有的祥瑞（如鳳凰）來到人間，亦謂之「儀」，「惟德動天，神物儀兮」、「有鳳來儀」等是。頂多「儀床」一詞，人們不大愛聽，它指的就是靈床。

儀字還有一個特點，就是用來代表人物的特別多。人們提到戰國時代的縱橫家，就會說「儀尚」（張儀、靳尚），「儀衍」（張儀、公孫衍），「儀秦」（張儀、蘇秦），「儀軫」（張儀、陳軫）；提到會造酒的人，就說「儀康」（儀狄、杜康）；提到有才華的兄弟，就說「儀廙」（丁儀、丁廙）。此外，作為名字的儀，也通「娥」，舜妃娥皇也被呼為儀皇，甚至嫦娥也被呼為儀，月亮便有了「儀景」這個別名。

據明代流傳下來的筆記小品聲稱：到了端午節那一天，人們不只抹黃酒、插菖蒲、食米粽、賽龍舟，以及「採百草以製藥品，覓蝦蟇以取蟾酥」，還會在家中楹柱之上倒貼手書的「儀方」二字，為的是「避蛇虺」，然而——恰如羅大佑所唱的——這是我所不能瞭解的事：為甚麼「儀方」這兩個字會讓蟲蛇害怕呢？

誰能告訴我？

字詞辨正

# 禮乎？儀乎？

一、「豆」的本義是：①一種穀類植物 ②細小的物件 ③盛肉的器具 ④外型圓而光滑的東西

二、三國時代，皇甫規的美才女遺孀拒絕再嫁給董卓，詈罵不屈而被鞭扑致死，死後為世人尊稱為：①禮宗 ②禮閣 ③禮容 ④禮闈

三、「禮三本」是指：①天、地、人 ②天地、先祖、君師 ③周禮、儀禮、禮記 ④老子、孔子、孟子

四、「禮先一飯」一語與年紀大小有關，說的是：①在家中共食，長輩先用飯 ②招待賓客，要請年長的客人吃飯 ③年齒相差即使是一頓飯的時間也要講究 ④年輩大的人要負責照料年輕人飲食

五、古代端午節時，書寫哪兩個字倒貼在楹柱之上，以避蟲蛇？①儀令 ②儀方 ③儀刑 ④儀天

六、「心儀已久」的「儀」，表達了仰慕之情，其原意是指：①揣測 ②效法 ③禮敬 ④饋贈

七、「儀床」是指：①婚床 ②搖籃 ③文案 ④靈床

八、下列哪一個詞語不是指稱兩個人？①儀秦 ②儀軫 ③儀康 ④儀景

九、下列哪一個語詞所指稱的不是鳳凰？①儀禽 ②儀羽 ③儀鸞 ④儀鳳

十、下列哪一個「儀」字所指不是禮金？①祭儀 ②賻儀 ③程儀 ④奠儀

答案：③，①，②，③，②，②，④，④，③，①

# 無所用心，不如博上一把

## ——寬容、通達、競爭、換取，還有甚麼不是博？

我在二十三、四歲的那兩年裡，每逢農曆正月初五，都會到當時任職的《時報周刊》發行人簡志信先生家拜年。拜年是藉口，主人客人都明白，所謂「宴無好宴、會無好會」，大家午間去、午夜不散，本來就是紅著一雙眼來、也紅著一雙眼走，為的是賭「馬蚱」。

「馬蚱」，擬音之詞，就是簡易版的牌九。用麻將牌的三十六張筒子、加上四張白皮，四十張洗亂成一鍋，一輪莊、四家拿牌打兩鍋，旁人插花可以插到二、三十家不止。輸贏看點子大小，八點以上翻倍，摸著了對子牌，則從四倍起跳，名之曰「豹子」，最大的白板一對，叫「板豹」，拿著這副牌，可以收取十三倍的押莊錢。

那些年平日在週刊打工，我的工作是編輯，薪水之資，不過維持開銷而已，聽說簡公家開局放賭，雖然是一場迎春賀喜、帶有團拜性質的聚會，多多少少也巴望著趁趁手氣，賺一筆橫財。這心情，人人有之。據說有人還深通賭行乞靈弄鬼之術，不外就是裡面穿上艷紅內衣、內褲之類的把戲。

在第一年裡，我的輸贏究竟如何？已經不復記憶，第二年則輸得痛不欲生。事後回想起來，大約就在半夜兩點鐘前後的半個小時裡，我非但輸光了身上的現鈔，還欠下一筆至少折合月薪三個月的賭債。

我的債權人是資深記者趙慕嵩，他老人家早年是聯合報資深的社會記者，在我入行之前多年就已經是退休之身，由於放不下追根究柢、風聞記事的生涯，遂於花甲之年仍受聘擔任《時報周刊》的特約採訪。在簡公家大年初五的賭局裡，趙老大向來是豪情一擲、福惠眾家的財神爺。他原本也是出於好意，借了我幾張大鈔翻本，不料瞬息之間，風雲巨變，一路翻賠，再無恢復之勢。即使其間當上了莊家，也往往是以一賠三，還要加碼打發那些禿鷹也似的插花客，終不免越陷越深，回天乏術。

最後，只聽見趙老大在我身後低聲說了兩句：「留得青山在，明年再回來！」

消磨了運氣、又失去了奧援，大丈夫坐困愁城，也沒有人願意再跟我耗下去了。一時之間，我只能扼腕太息，深恨不已。隨眾人沒滋沒味地喝著一碗粥，聽趙老大說些社會上曾經發生過的、因賭而敗家、因賭而喪命、因賭而入獄的小故事。他的意思是：我這點小小折損，算得了甚麼呢？

「在簡公這裡，只是小小江湖而已！」他說。

然而對我來說，認真想想自己的人生，大概可以說是「已經跌入了谷底」。只能幻想趙老大忽然之間大發慈悲，說：「畢竟是過年，咱們的債務一筆勾銷罷！」然而，這事並未發生——我的債權人只能慷慨到讓我分期攤還的地步——每個月五號，也就是報社發薪水的日子，趙老大都會從高雄的時報辦事處打電話給我，提醒我：「大春啊！你的小江湖到期了！」

賭，一般不以為是件好事，可是「賭」字之構成究竟是怎麼回事？

這得從它右邊的的聲符「者」字說起。者，本義是分別事物之彼此，所謂「別事詞」，有如今天我們口語中的「這」。而「者」（，根據古文字學家嚴可均廣泛證諸鐘鼎文字的解釋）的字形字音又和黍米有關——由於黍米顆粒眾多，而眾多之物又必須彼此分別，「者」便是直指眾多事物之一；

王衍的〈醉粧詞〉即是：「者（這）邊走，那邊走，只是尋花柳。」

寫〈醉粧詞〉的王衍是五代人，他有一個同名同姓的老前輩，比他早出生六百多年，是個風雅飄逸的士族。此公雅好談玄，鄙惡俗物，尤其討厭妻子貪愛錢財。有一回，他的妻子想試試他，趁他睡著時令婢女拿錢繞著床鋪堆放，讓他起身之後無法舉足。王衍醒來見四周擺滿了錢，卻連錢字都不肯出口，只高聲叫喚婢女：「舉卻阿堵物！（拿走這些東西）」此事逐漸傳揚開來，「阿堵物」反倒成為錢的代稱了。

阿堵，就是「這」，也有個「者」字音符，而錢之為物，不正和黍米一般，總是聚積多數嗎？尤其是逢著賭博的場合，局戲一開，勝負相爭，莫不求多。賭字從者字發音，誰曰不宜？至於左邊的形符「貝」，自然就是籌碼了。

王衍之後一百多年，是謝安的時代，淝水戰前，偏安一隅的東晉朝野大為震恐。此時謝安奉命為大都督，卻把親朋族友聚集在山間別墅裡大事賭棋，後人以成敗論英雄，稱之為「賭墅」，表示臨危不懼的大將風度。這個例子提醒我們：以賭字造詞，未必全與金錢遊戲有關。賭春，是拚酒的意思；賭氣，是負氣的意思；賭狠，是逞能的意思；賭咒，是詛咒自己以表心跡的意思。此外，相傳尚有「賭空」一詞，說來簡單，就是猜猜我手裡抓了甚麼？「賭書」所競爭的是學問，一曰書法優劣，二曰背誦生熟，都可以用這個詞。果然，賭不一定是耍錢。

賭博二字連用。一般說來，博字給人一種廣大通達的印象，是個好字。此字甲骨文中不見，金文（）、小篆（）則十分相似，都是一個「十」（象徵廣袤周匝之義），再加上聲符「尃」（讀若「夫」），這個字含有散佈的意思。稱道人「博學」、「博聞」、「博涉」，即讚其能廣知散於四方之事。至於跟賭字連成一詞，其情不喻可知：錢財也就要輾轉散佈於四方了。

不過，細究起來，十方收來復散去，博字之作為「大通」解，原本有出有入。所以也常包含著「交換」的意義，俗語「博君一笑」、「博君一粲」、「博君一噱」，都是利用笑話或逗趣的方式，促人一樂。羅隱〈煬帝陵〉之句，深為隋煬帝不值：「君王忍把平陳業，只博雷塘（煬帝下葬之處）數畝田。」這感慨，盡在一個「博」字之中了。

博字用為賭戲，也往往比賭字看來正當得多。《論語・陽貨》：「子曰：『飽食終日，無所用心，難矣哉！不有博弈者乎，為之猶賢乎已。』」用今天的話來說，孔子的教訓可以轉譯為：「整天吃飽了飯，甚麼都不想，真是太難成材了！不是有捉寶可夢的嗎？划划手機，總比甚麼都不做要好。」

「博士」算是成材了，然而，未必一定指博古通今或者學位高尚。古代對於擁有某種技藝、或者是從事某一專業的人，也帶著些許微諷的趣味，以此敬稱之。「酒博士」是榷釀酤酒之人，「茶博士」是伺候茶水之人，「染博士」則是染布的工匠。明人黃省曾《吳風錄》云：「至今稱呼榷油（榨油）、作麵、傭夫，皆為博士。」

至於真博士如何？顏之推的《顏氏家訓・勉學》裡說：「鄴下諺曰：博士買驢，書券三紙，未有驢字。」一口氣寫了三張契紙，怎麼連個驢字也沒有呢？博士的想法應該是：若不絮絮叨叨打一番啞謎，以為博戲，豈不辜負了這一肚皮賭資？

# 居然賭字從多來

一、「阿堵物」常用來指稱：①書 ②錢 ③人 ④牆

二、下列何者比較接近「博弈」之意？①賭氣 ②賭狠 ③賭春 ④賭咒

三、「賭墅」是指：①從容不懼，有大將之風 ②聚精會神，見專注之力 ③蕩盡家產，有豪邁之氣 ④落魄街頭，無家宅可歸

四、除了比賽書法之優劣以外，「賭書」還有甚麼意思？①以家藏書卷為賭資 ②不惜拋售善本、珍本之書 ③與人競爭藏書之多 ④比賽背書的記憶力

五、「賭空」究竟是在賭甚麼？①競猜勝負卻不以錢財為注 ②手中握著東西讓人猜 ③輸到家徒四壁 ④將全部賭資押在一注之上

六、下列句中，哪一個「博」字意義與他者不同？①不有博弈者乎？為之猶賢乎已 ②大哉孔子，博學而無所成名 ③君王忍把平陳業，只博雷塘數畝田 ④博我以文，約我以禮

七、「博投」是哪一種賭戲？①擲骰子 ②射箭較準 ③鬥葉子牌 ④圍碁

八、「博士買驢」是形容：①旁徵博引，曲盡形貌 ②落筆細膩，娓娓道來 ③章句雜湊，炫耀學識 ④文辭繁冗，不得要領

九、下列哪一句詩中的「博」字意義與他者有別？①且博千金買笑歌 ②市頭博米不用物 ③多博村酤勞苦辛 ④英雄幾夜乾坤博

十、下列哪一個詞語不是地名？①博浪 ②博魚 ③博望 ④博山

答案：②，③，①，④，②，③，①，④，④，②

# 人若寬心不怕肥

## ——現代人以肥胖為醜、為病，甚至還是社會負擔，那麼從前呢？

我在開始出現老花徵兆的那兩年裡，同時體會到賈西亞·馬奎茲對於年老的警醒之語：「年老，就是感覺到器官的存在。」如果不太計較器官二字的醫學定義，我覺得腰圍也算數。

那兩年，我還有一點維持外觀的心思，積極運動，每週四、五天，都在健身房裡騎一個小時單車、在跑步機上快走十多公里、游泳兩千米，有時還做一點重量訓練。有如上癮一般，讓腰圍向二十八吋收縮，便成了我人生極大的目標。我的朋友謝材俊不止一次警告過我：「運動量不要太大，不然撐不久。」

我已經習慣了健身機具上所顯示的數字，只覺得維持那數字（甚至經常刻意增加一些）並不艱苦，自然沒有把過來人的忠告當一回事。直到有一天，巨大的倦怠感就像天頂打下來的一個霹靂，摧毀了兩年來積澱的一切努力。我忽然口占了一首詩：「原地圈圈奔似飛，平生何啻減腰圍。楚姬纖細邀誰看？人若寬心不怕肥。」

楚姬，楚國後宮之中的女人——雖然不一定只是後宮，也不一定只是女人。

《荀子・君道》說的是：「楚莊王好細腰，故朝有餓人。故曰：聞修身，未嘗聞為國也。」似乎並無性別專稱。

到了墨子那裡，則把這件事數落在楚靈王頭上。《墨子・兼愛中》說：「昔者，楚靈王好士細腰，故靈王之臣，皆以一飯為節，脅息然後帶，扶牆然後起。比期年，朝有黧黑之色。」一餓餓上一整年，餓得臉色發黑泛黃，確實需要超凡的意志力。

另據《墨子・兼愛下》相似的記載：「昔荊靈王好小要（腰），當靈王之身，荊國之士飯不逾乎一，固據而後興，扶垣而後行……而靈王說之。」說的仍舊是：楚靈王喜歡臣子有細腰。所以朝中的大臣，每天只吃一頓，以便控制腰圍。不僅此也，百官上朝議事之前，都要屏息縮腰，得扶著牆壁才能站起來。這是多麼艱苦的修行？可是不如此，似乎不能討楚靈王歡喜。此時，「姬」還沒有出現；換言之，為邀楚王之顧盼而餓得發昏的，應該還是朝臣。

到了韓非子筆下，喜歡小蠻腰的還是楚靈王，可是藉由瘦身而邀君侯之寵的，已經不只是朝中之「士」，而是廣大的國人了。《韓非子・二柄》說：「越王好勇，而民多輕死；楚靈王好細腰，而國中多餓人。」

成書必不在春秋時代的《管子》可能出於後人所偽託，卻也沒有放過這一條帶有諷喻性質的瑣語：「楚王好小腰，而美人省食；吳王好劍，而國士輕死。」這是先秦關於「楚腰」的記載中第一次直指靠腰取寵的是女子。

之後，漢代成書的《淮南子・主術訓》：「靈王好細腰，民有殺食自飢也；越王好勇，民皆處危爭死。」稍晚一些的劉向編寫《戰國策》，在《戰國策・楚策・威王問於莫敖子華》中記載：「靈王好小腰，楚士約食，馮（憑）而能立，式而能起。」這一段的故實與墨子所言沒有太大區別，主旨還是在說明：權柄的威脅或誘惑能夠讓人拂逆求生的本性。

然而，典故雖然有其命意，寖假漸久，歧誤滋多，連唐代的大詩人劉禹錫也留下了自己的註腳，他說這事應該歸之於楚襄王，其〈踏歌行〉有句：「為是襄王故宮地，至今猶自細腰多。」似乎寧可相信：忍餓瘦腰的，還就是宮娥而已。

我眼看著將近兩年來的汗水白流，頗有劉玄德「髀肉徒增」之嘆。然而，繼續運動下去的意志消磨殆盡，只覺得生而不做楚臣楚姬，為甚麼要為他人之悅目而斤斤計較自己的日益寬肥呢？在那首詩後面，我寫了一行小跋：大丈夫何患無腰？

寫罷了才發現，腰字寫錯了——我寫成一個「月」字偏旁。

講究用字的人會非常在意書寫的微細差異，像是部首在「玉」，聽不得人說這是「王字邊」；部首屬「虫」（讀若「毀」），不容人說這是「蟲字邊」。只有「肉」和「月」同化得相當接近，除了初識字的學生考試為難之外，不大有人在意。

若真要分別，也還算簡單——但凡是與動物身上臟器、組織、成分等有關之字，都歸於「肉」部，其餘如「朕」、「望」、「勝」之輩則通通趕去「月」字的麾下。

我倒是上過一次當。初中三年級，國文老師申伯楷先生忽然在黑板上寫下「月一盤」三字，問我們盤裡盛了甚麼。課堂上自覺腦筋兜得轉的都嚷起來：「是肉！」

「錯了！」申先生笑道：「是山藥。」山藥亦稱「薯蕷」，蜀主孟昶每月初一都茹素，愛吃山藥，宮人進膳時給起個風雅的名稱，頗能討皇帝的喜。

時人重養生美容，醫學專家也屢屢呼籲人們控制體重。這使「肉」部的許多字看來可厭，非僅不悅目，更隱隱帶來健康的威脅；而「胖」字必是其一。

就常民語意來說，肥已不可救，胖卻常隨身，是揮之不去的陰影。然而，這個字最初是將牲口破體中分，左右各半的意思，讀若「判」，所指的乃是動物脅側的薄肉，並沒有肥大之義。根據古籍載錄，大約同時出現的一個讀音是「盤」，意思是「安舒」、「愉悅」；「心廣體胖」指此，表現了一種以開闊心胸為快樂之本的教訓。「胖子」、「胖大」則是後來才衍申出來的音義。分肉、安舒、肥大，三個意思，三個讀音。

毫無疑問地，「肥」即多肉。有的文字學者把這個字的右邊解作「卩」

（節字的省寫，就是骨節），骨節本無肉；一旦有肉，肯定是肥。於是，豐厚的食物、豐滿的肌肉、豐美的壤土、豐裕的情境，都能以「肥」來表示。《毛詩傳》指稱「同源而異流」的水為「肥」；但是《水經注》卻認為「異源而同流」的水才是「肥」。這兩種說法恐怕誰也駁不倒誰。

杜甫詩裡不止一次出現「輕肥」的用語，無論「同學少年多不賤，五陵裘馬自輕肥。」或「掌握有權柄，衣馬自肥輕。」所形容者，皆是非比尋常的富貴。朱門巨室中人，穿衣何啻保暖而已？衣裘講究的「輕」，當是擇取上好的絲織品與毛織品。

而「肥」字意思更為複雜。這個字，早在《易經》的卦傳裡就和「遯」字連用，不只是形容多肉而已。由於肥有「饒裕」的意思，「遯」卦上就有一種「只緣身在最高層」的況味，處境如此，持盈保泰之道，唯有隱退，所以「肥遯」連用，還有提點那些掌握極高權柄的人「見好就收」的教誨。

中外文字對油脂的惡感略同，grease是油脂，浮華少年也常被冠以greasy的形容詞，grease the palm of即是賄賂；中文「揩油」之喻類此，「肥差」、「肥缺」、「肥秩」，哪有不暗示當權之「自肥」的呢？「膏粱子弟」說的是富貴之家的紈絝，而「膏」字本解就是融化的脂肪。

除了漿、糊而帶油性的狀態稱為膏，春風化雨，沾衣不濕的情味，也常以「如膏」形容。再抽象一個層次，「如膏之雨」所及，潤物而不至於成災澇，「膏沐」便可以拿來比擬清官善政以及在上位者所施予的恩德。大約除了「膏粱子弟」之外，令人不安的「膏」也就只有「病入膏肓」了。這個詞是漢醫用語——心下有微脂，鬲上有薄膜，病侵此處，針藥不能到，就算沒治了。

低脂、少油的流行講究會逐漸讓這一類滑膩的字益發使人不快，不過，最新的醫學研究指出：只要不過胖，身體脂肪較多的人比瘠瘦的人長命，請低頭看看「腴」處——那兒是小腹；你有長壽的本錢嗎？我可是積累了不少。

字詞辨正

# 肥胖何須盡在身

---

一、「月一盤」三字聽來風雅，它究竟是指甚麼呢？ ①盤中堆白肉 ②盤中注清水 ③盤中盛山藥 ④盤中鋪麵餅

二、「脂水」一詞，所從來久矣，但是不包含以下哪一個意思？ ①石油 ②煮肉所得的高湯 ③婦女盥洗後剩下的水 ④人體組織因潰瘍而分泌的液體

三、在指涉動物身體之時，「胰」特指哪一個部位？ ①面頰 ②腋下 ③胸乳 ④下腹

四、「輕肥」説的是： ①微胖 ②略瘦 ③貧弱 ④富貴

五、「肥遯」在古代指稱： ①聚斂 ②退隱 ③逃亡 ④剽竊

六、「富潤屋，德潤身，心廣體胖」，此處的「胖」是安泰舒適的意思，讀若： ①盤 ②綁 ③龐 ④判

七、「油雲」所形容的是： ①微抹之雲 ②飄浮之雲 ③疾飛之雲 ④濃厚之雲

八、「油浸枇杷核」意思最接近以下何者？ ①油鍋上的螞蟻 ②油甕裡捉鮎魚 ③琉璃蛋 ④油煠（炸）猢猻

九、「膏」、「蘭」二字並舉，成為一個隱喻之詞，是在比擬甚麼樣的人？ ①損己利人之人 ②損人利己之人 ③貧賤出身之人 ④紈綺貴遊之人

十、「油回磨轉」意謂： ①峰迴路轉 ②回心轉意 ③非常著急 ④十分忙碌

答案：③，②，④，④，②，①，④，③，①，③

# 醉裡乾坤大

## ——飲酒不只放鬆情緒，喝著喝著，還有很多字可以認得。

那是四十年以前的一個春天，我和同系又鄰宿舍的幾個同學相約飲酒。為甚麼要喝？除了感覺這樣有些長大的氣息之外，似乎沒有旁的緣故。喝甚麼？倒值得仔細研究。

有人根本不喜飲，但是捨不得錯過大夥聚會，便主張喝酒精度數比較低的啤酒；有人想誇示自己的酒量，便主張喝高粱、大麴；也有人對酒體沒甚麼成見，但主張調和中庸，覺得紹興、陳紹不那麼辛辣、也不至於撐肚子，加之以話梅、檸檬，還頗有些甜酸飲料的風味；也有人認為獨沽一味不如百味雜陳，想喝甚麼？何不飲者自理，到時候想嚐嚐別人的喉韻滋味，就相互換盞，也算是一種風趣了。

日後想來，那一番討論卻比喝酒的景況更耐人尋味。我們隨即擴散了邀約的範圍，去至更遠的寢室，也旁及其它的科系。大部分的人一聽到「要不要喝酒？」之一問，無論參加與否，臉上都會流露出那種「要幹一件不大得體但是一定很好玩的事」的欣羡之情。真正參與中文系酒約的外系人口其實不多，他們甚至像是商量好了的一般，也都沒有「自備口糧」，多半淺嚐即止，混兩三杯霸王酒，拍拍屁股就走人了。

我說「拍拍屁股就走」不是一句套語。因為相約的地點就在文學院荷花池外的一片草地上，春夜草長露濕，起身時總會沾黏滿褲子的草渣。我們挑了一棵花枝滿簇的樹下，席地而坐；當時談些甚麼、唱些甚麼、甚至鬧些甚麼，這麼些年下來，大抵不記得了。記憶中最鮮明的，是人手一隻有500cc刻度的玻璃杯。那型式的玻璃杯似乎是跟著高雄牛奶大王而風行起來的，自南徂北，即使不愛喝木瓜牛奶的人，也多以之為泡茶盛水的器皿。

我也有那麼一隻500cc，我也用那隻杯子經驗了我生平第一次醉酒，喝醉的原因很簡單，我自己準備的大麴三兩下就被哲學系的白賴客解決了。然而意興正濃、酒水不濟，只好隨意喝別人的。喝誰的呢？喝林國棟的。他是從高雄上來讀書的同學，平日儉省慣了，約喝酒雖然不忍錯過，卻只願意喝比較便宜的酒，那天晚上，我就是蹭著他的烏梅酒大醉而歸的。

喝烏梅而大醉，是一次難忘的體驗。我跟很多喝酒的朋友交換過心得，人人都說：醉在烏梅上的體驗無比難受。然而，對我來說，林國棟慷慨分潤的情誼實在難能再得。我和他人手一隻500cc玻璃杯搖搖晃晃回宿舍、還能夠攀爬空心磚牆上二樓陽台，究竟是如何辦到的？我們第二天都說不明白。不過，這也都沒甚麼，最讓我難忘的是：天亮醒來之後，我們都發覺一樁怪事，那就是我們的500cc是半滿的，裡面盛的既不是大麯、也不是烏梅，而是無數落花。

「太詭異了！甚麼時候落的？」我問林國棟。

這個文青笑笑，說：「我們的青春啊、我們的青春！」

四十年後想來，尤然。

酒的甲骨文（）是個尖底的酉字，就是酒尊，左邊看似楷書的水字偏旁、卻不是水，而是溢出的酒汁形狀，可見古人造字是有主張的，那水字偏旁，是在模擬酒漿發酵的情狀，而非泛泛指涉液態而已。

到了金文（），我們看到的仍然是一個尖底的酒尊，只不過尊身刻

畫的圖形略有變化，溢出的三滴酒汁省略了，酉字也擴充了它的涵義，為地支的第十位，也用來指稱八月（這是由於夏曆建寅的緣故），到了這個月份，穀類成熟，農事完畢，可以釀酒了。著名的毛公鼎底部的銘文就有：「毋敢湎於酉」的文句，這是周宣王勖勉毛公「不可酗酒」的教訓。

根據《周禮．天官》上的記載，有「三酒」之稱。有事而飲，謂之「事酒」；無事而飲，謂之「昔酒」；祭祀而飲，謂之「清酒」。有事容易理解，無論私家成禮，或者是官家典儀，都可以用酒來助引情感。可是「無事而飲」，還有個「昔酒」的名目，就頗費思慮了——推測這個昔，不是往昔的昔，而是「昔肉」（乾肉）之昔，後來寫作「腊肉」（臘肉）。沒事喝一點，配臘肉，這是古人最簡單的娛樂了。

關於「酉」字，司馬遷《史記．律書》裡有文字學角度的說明：「酉者，萬物之老也。」這個說法，自然是從前述八月農事熟畢而來，但是到了晉代的《搜神記》，竟然會以年歲老大的「龜、蛇、魚、鱉、草木之屬」為「五酉」，認為這些東西老到一定的程度就會變怪。

在文字演進的過程中，「酉」字成為一個部首，旁邊加上一個兼具意義的聲符，就會形成龐大的形聲字群組。關於酒種，甜酒稱為「醴」；薄酒稱為「醨」；厚酒稱為「醇」；清酒之用為祭祀者稱為「醍」；味濃而美者稱為「醑」；酒汁、酒滓相混的濁酒稱為「醪」；用米穀為糜和上酒麴而發酸的飲物則稱為「醯」——也就是今日我們習稱的醋了。

關於製造，施以麴糵發酵，稱「醞」、「釀」；去糟粕、取菁華，也就是漉取，則謂之「醡」；一夜間發酵速成的酒也有專稱，謂之「酤」，右邊居然是個「古」字，好像很不合乎字面義。至於發酵之後尚未過濾的酒，就叫做「醅」，醅上的浮沫，則稱「蟻」或「綠螘」，見諸白居易〈問劉十九〉：「綠螘（蟻）新醅酒，紅泥小火爐。晚來天欲雪，能飲一杯無？」

形容喝了酒的狀態，也有大量的字。微微有點兒意思了，謂之「醺」；一點兒意思都沒有，謂之「醒」；意思到了，謂之「醉」；意思過了頭，甚至失去了知覺，英文謂之「black out」，也有專字，謂之「酲」；比「酲」之不相上下的，還有一個詞語：「酩酊」；無論意思多少，一旦上臉，就叫「酡」；酒品不好，醉後逞兇的，叫做「酗」。有時候這個「酗」字的右邊不寫「凶」，寫「句」，說來也沒甚麼道理。

至於飲酒場合和環節，也有不少講究。古禮嚴明的時代，飲食皆須祭祀，喝酒之前，必須傾酒以祭地，還有個名堂，叫做「酹」，蘇軾的〈念奴嬌〉：「一尊還酹江月」說的就是這碼事。而在〈前赤壁賦〉裡，東坡寫曹操，用的是這幾句：「釃酒臨江，橫槊賦詩，固一世之雄也，而今安在哉？」「釃」就是濾去濁酒中的酒糟，取其清者。不過，多掌握幾個語詞，也還稱不了「酒博士」，這個名號，是給伺候酒桌者的專呼。

我不知道你下回與人共飲的時候喝些甚麼？酒量幾何？然而，如果席間只是翻來覆去「來」、「喝」、「乾」那麼幾個字，就實在有些乏味了。酒之味，酒之趣，酒之風流，應該都不是神智舒張弛蕩就算數了。再仔細想想：能夠經得起一醉的落花，該有多少，才能填滿青春的杯子呢？

字詞辨正

# 酒中滋味字中求

一、酉月穀類成熟，農事完畢，那麼是指農曆的幾月呢？ ①八月 ②九月 ③十月 ④十一月

二、毛公鼎內銘文有「毋敢湎於酒」，是周宣王勖勉毛公： ①不要造酒 ②不可酗酒 ③不守禮法行酒 ④不以時令飲酒

三、「事酒」是有事而飲之酒，「昔酒」是無事而飲之酒；那麼「清酒」是： ①慶功之酒 ②聯姻之酒 ③時之酒 ④祭祀之酒

四、「酉」也可以指： ①萬物之奇而不群者 ②萬物之巨而茁長者 ③萬物之老而成怪者 ④萬物之熟而腐壞者

五、飲酒而樂的意境，應該用哪一個字表達？ ①酖 ②酣 ③酪 ④酡

六、酒汁酒滓相混的濁酒，可以用下列哪一個字代稱？ ①醪 ②醨 ③醚 ④醅

七、下列何者不是指稱造酒的工匠？ ①酒人 ②酒大公 ③酒太公 ④酒博士

八、酤，原義是： ①長年發酵製成的酒 ②一夜之間釀成的酒 ③勾兑多次製成的酒 ④重複發酵製成的酒

九、古時會飲，推舉年長的人為代表，以酒祭地拜神，這個節目叫做： ①醴餞 ②斟酌 ③酬酢 ④酣醑

十、「醉吟先生」是下列哪兩位詩人的別號？ ①白居易、皮日休 ②皮日休、元稹 ③元稹、歐陽修 ④白居易、歐陽修

答案：①，②，④，③，②，①，④，②，③，①

# 歧路之羊何其多

——在羊肉爐和羊毛衫之外，現代人跟羊的關係疏遠了，丟失的羊字還真不少。

大四那年，選修課裡有一門孔德成先生教授的《禮記》。老夫子上課相當無趣，每登講台，危然肅坐，極少板書，也極少與學生接目交談，所言不外梳理章句、說解文字而已。孔老夫子說的又是一口山東曲阜方言，直到期中考過後，我才逐漸發現：全班能聽得懂夫子的話的，只我一人而已。

有一次說到《禮記・王制》：「天子社稷皆大牢，諸侯社稷皆少牢。」意思是：周天子祭祀土神、穀神時用牛牲；諸侯祭祀土神、穀神時用豬牲、羊牲。出人意表地，我們的衍聖公老夫子忽然咂了咂嘴，像是自言自語地嘟囔了一句與課程無關的廢話：「羊肉餃子拌甚麼做餡兒啊？」全班沒有人聽懂，也就沒有人作答。我聽懂了，但是想要個調皮，故意拿書遮住臉，用我家的濟南話高聲喊了一嗓子：「胡蘿蔔！」

老夫子根本沒有想到有人會回答，也沒有想到回答的人使用的是他熟悉的方音。他有點兒錯愕、有點兒不敢置信，根本不能辨別答話者所在的方向。坐在我附近的同學當然知道是我公然吼叫，但是卻不明白我為甚麼要吼叫、也不知道我吼叫了些甚麼。我只能忍住笑，看老夫子左顧右盼，好像在尋找一盤失落的羊肉餃子。

羊肉胡蘿蔔，成了我這一輩子和孔夫子最接近的一個話題。小時候家裡大人都教過的，山東人吃餃子，一共就三種餡料：豬肉韭菜、牛肉白菜和羊肉胡蘿蔔——而且顛倒錯亂不得；這就叫規矩。

羊字（）很鮮明，跟日月同屬一目了然的象形文，感覺上比牛、馬、龍、象都容易辨識。不過，在連綴它字以成詞彙之後，就往往要繞些彎子，加之以時移事異，農業社會、畜牧環境，於今都不是文明生活的普遍樣貌，所以有些語詞還顯著冷僻。

由於羊性和順，予人以安詳平靜之感，古人便用這個物種來徵兆人間順遂安好的處境，羊字遂與「祥」字相通。

這個通假的習慣，早在漢代就出現了。溯其源，羊是主要的肉食材料，味甘而厚，以羊字為部首的常用字，也多具備美好、合宜、愛慕的意思，像「美」、「義」、「羨」等皆是。

就連日後轉化成恥感的「羞」字，原本也是指美好的食物，即珍饈之「饈」的本字。大凡與脂肥油厚有關的意象，都有羊的加持。以「羊」建構出來的日常語彙之中，大概只有「羊羔利」不為人所喜——那是高利貸的意思。但是，這個詞時下也很少人使用了。

也因為羊是姓氏，許多帶有羊字的語彙包含著複雜的人事。戰國時代有複姓羊角、單名一哀字的士人，與左伯桃締交為友，這兩人有志一同，屬於戰國末期主張「合縱」一派的謀士，相商投奔楚王，冀獲大用，為小我謀功名，為大局開太平。這一番美好的願景不受上天庇佑，就在他們赴楚途中，忽遇大雨雪，計不能兩全，左伯桃便將衣糧交付羊角哀，自己活活凍死在樹洞裡。

這個故事還有悲壯的下半場——羊角哀終於輔佐楚王而功成名就，不料有這麼一天，左伯桃卻來托夢，說是當年臨時殯葬之墓，近旁就是荊軻的墳塋，荊軻刺秦不遂，反而成了陰間怨鬼，左伯桃每夜都遭到荊軻冤魂的騷擾、凌虐，著實不堪其苦。

羊角哀醒來之後，竟然拔劍自刎了，立時以鬼魂之身，驅滅荊軻。其激越悲壯，真堪為武俠傳統別開一方靈異又豪邁之生面。於是，人們一旦說起「羊左」，稱許的就是刎頸之交。

說到「羊公」，或「羊公碑」、「羊碑」甚至「墮淚碑」，都是指羊祜，西晉名宦，也是中國歷史上鮮少能與之並駕齊肩的好官。他擔任荊州都督、鎮守襄陽十年，有德政於民，死後百姓為他在峴山上立碑。相傳當時人人睹碑思人，無不泣下。到了唐代詩人的筆下，羊碑還是極通俗的典故，孟浩然的〈與諸子登峴首〉：「人事有代謝，往來成古今。江山留勝跡，我輩復登臨。水落魚梁淺，天寒夢澤深。羊公碑尚在，讀罷淚沾襟。」即是千古名句。

羊祜德高望眾，和他交上朋友的人，也有並世之名。一個是有「《左傳》癖」的杜預，也在他之後成為荊州都督，也有政績，於是時人以「羊杜」合稱。此外，羊祜任事荊州的時候和東吳大將陸抗對峙，雖然各司其國、各為其主，可是兩造使命交通，略無猜忌，又留下了「羊陸」的佳話。

羊公帶頭的詞，只有「羊公鶴」與羊祜無關。典出《世說新語・排調》。此鶴的主人叫羊叔子，平時鶴舞翩翩，十分悅目，等羊叔子跟朋友們吹了牛，都到府中觀賞，那鶴卻又文風不動了。羊公鶴，自此便喻為名不副實的人。

以羊字姓氏流傳的故事裡，似乎只有「羊孫」（指漢景帝時代的羊勝、公孫詭）沒有好下場——據說他們替梁孝王劉武策動了刺殺大臣袁盎的行動，也替主謀的劉武頂下了罪過，雙雙為漢景帝賜死。

羊氏本來不是大姓，跟羊有關的事典也常湮滅不聞。舉個例子：今人說「陰溝」、「陽溝」，以覆蓋與否為別。實則古來陽溝寫作「楊溝」或「羊溝」，指的是宮院中的水溝。寫成楊，是因為溝旁常栽植楊樹；寫成羊，則能喚起更有趣的畫面感，那是說羊喜歡以角觝觸牆垣，不得不築一道溝渠隔離，兼之以疏通水流，真是一舉兩得。據說，這羊溝還是古代皇室貴族鬥雞的場地。

羊之為物，既有貴盛的一面，也不無猥賤的用處。《後漢書・劉玄傳》上說那些個出身「膳夫庖人」（也就是廚子）的小人一旦得勢，穿繡面衣、著錦緞袴，呼號詈罵於街市之上，全無士大夫的風範，於是「爛羊胃，騎都尉；爛羊頭，關內侯。」的罵名就流行起來，所辱者就是這種出身不高、品流自壞的貪官。

在湮沒無聞的群羊之中，還有一頭叫羊欣的，值得認識。羊欣十二歲時就以隸書優美而知名，很受當時吳興太守、大書法家王獻之的賞識——你要問如何賞識？據說羊欣喜歡穿白練裙，王獻之就趁著羊欣在夏日裡睡午覺的時候，在他的裙和帶上寫字，「大書數幅而去」。這文人之間雅賞愛重的小故事不期然讓我們發現：原來男子也穿裙，而且是一層又一層的款式。

字詞辨正

# 吉羊鬥陣誇福氣

一、是哪位皇帝給哪位大臣起了「羊鼻公」這樣的諢號呢？ ①漢高祖／蕭何 ②隋煬帝／楊素 ③唐太宗／魏徵 ④明太祖／劉基

二、「羊踏菜園」說的是： ①茹素的人偶嚐葷腥 ②柔弱的人發動衝突 ③溫和的人失去理智 ④魯莽的人破壞環境

三、「羊碑」是指： ①確認牧民的地界 ②稱許書家的字跡秀美 ③獻牲於天的祭壇 ④頌揚官吏的德政

四、古語有「羊羔利」、「羊羔兒利」，說的是： ①宰羊刀具的鋒銳 ②小孩子聰明穎悟 ③美酒順口 ④高利貸

五、關於「羊溝」，下列何者敘述錯誤？ ①流經宮院的溝渠 ②羊行於溝中，專注向前，不為外物所亂 ③由於羊喜歡以角觗觸壁，故築溝於牆邊以隔絕之 ④古代鬥雞的地方

六、除了「賣羊的商店」之外，「羊肆」還有甚麼意思？ ①祭祀所用的全羊 ②以羊拉行的小車 ③羊癲瘋發作 ④馴羊失去控制

七、以下何者表示猥賤的小人成為污濫的官吏？ ①羊胃羊頭 ②羊質虎皮 ③羊狠狼貪 ④羊頭狗肉

八、「羊公鶴」是指： ①潔身自愛的人 ②勇於表現的人 ③名不副實的人 ④畏首畏尾的人

九、文人之間相互雅賞愛重，會用哪一個語詞來表示？ ①羊袖 ②羊裙 ③羊毫 ④羊裘

十、以下並稱的二字都是指古人姓氏，哪一組說的不是交情，而是陰謀詭計？ ①羊左 ②羊杜 ③羊陸 ④羊孫

答案：③，①，④，④，②，①，①，③，②，④

# 賽季開門

## ——爭勝是天性？那麼，在人生的起跑點上，還有好多字……

我的第一份正職是在當時號稱全台第一大報的副刊擔任主編秘書。那是一個憑空打造出來的職缺；所幹的活兒，除了處理主編高信疆先生的往來信件、整理文稿檔案之外，也支援些校稿、改稿的業務；由於忍不住手癢，還經常包攬一些採訪報導和代筆的業務。幾個月以後，才發現報社主編根本沒有秘書的編制，之所以破格任用，是因為副刊編輯滿額，高先生聘秘書，根本是因人設事。

這份任命當然令其他版面的主編不太順眼，只不過當時我還沒有足夠的智慧察覺這種使人側目的處境。有一天，某位元老級的主管趁著辦公室四下無人，忽然衝我開訓了：「這個社會啊！就是競爭。而且呢，一開始就決定了。進來是個甚麼姿態，出去就是甚麼姿態。你小子一進來就被人白眼，到離開的那一天呢，應該還是被人白眼吧？」

「所以呢？」我還真不明白他的意思。

「所以啊，」他嘆了一口氣，翻著白眼，豎起大拇哥，說：「你就繼續跩吧。贏的人反正無論如何都會贏的，是吧？」

如果在今天，我一定知道這話裡的諷刺意味；偏偏那個當下，我還以為元老是鼓勵我應該在人生的諸般競爭之中大無畏、做自己呢。「贏的人反正無論如何都會贏的，是吧？」

這就引出了一個故事。

南朝蕭梁開國大將曹景宗非但以武力幫助蕭衍（梁武帝）奪取政權，還攻討北魏元英、楊大眼，立下了不世的戰功。凱旋歸國，梁武帝賜宴於光華殿，給群臣辦了個分韻賦詩的節目，由當時知名的大詩人沈約主持。

曹景宗原是一介武夫，始終沒有分得參與作詩的韻字。這本來是文人之間附庸風雅的遊戲，他未必擅長，梁武帝更不願意在為他接風洗塵的慶功宴上讓他出乖露醜；可是曹景宗執意參加，一再請求。拖延到最後，待輪到他的時候，只剩下「競」和「病」兩個韻字了。曹景宗略一思索，隨即吟道：

「去時兒女悲，歸來笳鼓競。借問行路人，何如霍去病？」一時舉座為之嘆服，不只欽佩他才兼文武，更震懾於這詩的氣象雄渾恢闊，元氣淋漓。這個故事的每一個細節都包含著「競爭」，而贏的人又是無論如何都會贏的人。

後來，這個小典故濃縮成「競病」二字，代稱作詩用險韻，特別內行的人會把來稱讚那些行伍出身，可是偏愛寫詩的將軍。像蘇東坡的「老守亡何唯日飲，將軍競病自詩鳴」、朱松的「將軍競病詩成處，南浦春歸蘭玉叢」皆是。

「競賽」二字連稱，於今常用於表現體能的運動。在甲骨文裡面，這「競」（）寫作兩個雙腳一長一短而並列之人，看起來的確像賽跑。不過，在這兩個人的頭部，各有一個倒三角字符，乃是「辛」字。這說明了兩個跑者的身份若非戰俘、即是奴隸。文字學家推測：這是戰勝者或奴隸主迫使這些「辛」（戰俘、奴隸）拚鬥性命，以為娛樂。這個說法很有趣，讓我們想起羅素．克洛主演的好萊塢超級大片《神鬼戰士》（*Gladiator*）。不過，中國古代有沒有這樣的實境秀？又是不是以賽跑的形式實施？可能還需要進一步的考察。

可是到了金文之中，這個字複雜化了，在「宗周鐘」銘文裡，兩個「辛」的倒三角形頭部變成了兩個「言」（），後來的小篆（）也根據這個寫法，所以我們不能僅就甲骨文的字形望文生義地說：「競」就是賽跑——至少沒有任何考古資料旁證這樣的賽事存在過。像羅振玉、林義光這樣的古文字學家就會從稍晚複雜化的金文證據提出：競，就是「誩」（也讀「競」），言語的爭執；就是辯論。

「賽」這個字原本也沒有爭勝的意思，它是一個省略了「土」的「塞」，算是音符，也容有「充實」的解釋；底下再比合以另一個表義的「貝」。意思就是說：用有價值的東西（珍寶、犧牲）來「充填」、「落實」對神明的允諾，也就是答報神明的賜福。「賽」原初應該更接近「酬謝」、「報答」。

不過，「賽」這個字在我成長的山東濟南人家族環境之中，一直有個外人根本不明瞭的用法：就是「好」、「非常棒」、「最佳」之義。我從小幹了甚麼得體的事，父親都會獎勵我一句：「楞（音『稜』）賽！」一旦此語出口，就會惹母親發笑，回頭說父親：「真土！」我學會了這句魯西土話，卻始終不明白它的來歷，直到近些年翻看雜書，才發現這也不是純粹的山東方言，而是揉合了蒙古語：「賽因（sa-in）」——是個雙音字，據說漢字也可以寫作「賽音」或「賽銀」，正解就是「好」，稱頌大佳之義。

比這個字常常和賽連成一詞，就算單獨使用，而今常用之「比」，已經不再是「櫛比鱗次」、「朋比為奸」、「比比皆是」、「比物醜類」這一類的「比」；而是在比高下、比先後、比多寡、比大小等意義上用得更多。這是時代環境使然，在一個充滿各式各樣競爭的環境裡，每個單獨的字從遙遠的語意環境中一路走來，卻非始終如一。仔細推敲一下，我們不難發現：除了「爭」（）——兩人相持一物而不能下——之外，競、賽、比這些個字後來通通縮節、簡化了。

字，反映了每一歷史階段的現實處境和價值取向。字的意義有時膨脹，有時萎縮，隨時人而決。當競爭、比賽無所不在，甚至深切地擠壓著我們的心靈，這些個字的其它意義就消解了，換句話說：這些個字的別種意義就死去了。除非，在一個無時不競爭、無處不競爭、無人無事不競爭的時代，我們若是肯低下頭想一想：我們會不會是那競技場上相互殘殺的格鬥士（gladiator）呢？我們是不是某種權力意志所驅使的戰俘或奴隸呢？

字詞辨正

# 競爭之外

一、「賽色」是指：①選美 ②賭紙牌 ③擲骰子 ④搴旗取勝

二、「賽娘」是指：①美女 ②女奴 ③神女 ④女兵

三、「賽鸚哥」說的是：①將鸚鵡染成五彩繽紛爭奇鬥豔 ②將風箏繪成五顏六色 ③將杜鵑花染成綠色 ④將牡丹花培育成紫青色

四、「勝民」通常是指：①交戰雙方勝利國的人民 ②前朝遺民 ③階級地位較高的人民 ④統治者壓制人民

五、「勝兵」有好些不同的意思，下面哪一項不在其中？①能充當士兵參加作戰的人 ②精兵 ③打勝仗的部隊 ④殘留在戰場上的部隊

六、除了爭逐、比賽，「競」這個字還有哪些意思？①追趨 ②爭相 ③竟然 ④與「境」字通

七、「競病」二字連成一詞，說的是：①作詩押險韻 ②文章義法不通暢 ③互相以生病訴苦 ④不敵病魔摧殘

八、「競民」是指：①追求人民利益 ②有競爭力的國民 ③使國民處於對立狀態 ④爭訟之民

九、①爭子 ②爭友 ③爭伯 ④爭弟；以上四個「爭」字，哪一個音、義與其他三者完全不同？

十、以下哪一個「爭」字用法與旁者不同？①爭如 ②爭些 ③爭向 ④爭奈

答案：③，①，③，②，④，①～④，①，④，③，②

# 人生勇敢果艱難

## ——關於勇敢的字好像少了點，而畏懼呢？

小時候每年過舊曆年，家裡都會設一場一連兩三天的牌局，大人們從八圈搓到四十八圈，吃了打，打了吃，輪流做「夢家」的一兩人便在牌桌邊的小榻上、竹椅上睏覺。

牌戲方酣的那幾日，大白天的，家裡待不住，外頭也沒處可去，我和一個小姊姊玩伴就提著原本放水果的竹編籃子，裡頭盛滿了空香菸盒，步行到村口的幼稚園閒晃——那兒是我的「學校」。有一回忽然察覺玩得晚了，天都黑了，小姊姊看看天色，又看看四下裡帶著迷茫煙氣的庭園，說：「鬼都出來了。」

我聽過鬼故事，然而鬼故事裡的鬼一向都在故事裡嚇唬小孩兒從來沒有那麼切近地來到我身邊過。這一句「鬼都出來了」著實太恐怖，我渾身上下不由自主地打起了哆嗦，還得假做鎮定地說：「他們從哪來的？」

小姊姊仍舊一副雲淡風輕的模樣，這廂看看、那廂看看，不住點著頭，說：「白天太熱，他們都躲在磚縫裡。晚上涼快了，磚縫裡又太擠了，所以他們都出來了。」

我嚇得登時就哭了，說：「我要回家！」

小姊姊說：「你是男生，你要勇敢呀！」

那應該是我此生第一次感覺到這個語詞和我有關，可是確實又一點關係都沒有的一刻。我一路大哭著從龍江街跑進巷子，但覺兩邊磚牆的縫隙之中不斷地飄出了輕煙一般的鬼身。但聽得小姊姊在後面不知多麼遙遠的地方說：「你的籃子！你的籃子！——欸，你要勇敢一點啊！」

我才不要。

不知道心理學家怎麼說，但是從語言學的角度看，常用字裡面，表現膽氣豪壯的大約只有勇、敢、果三字。我只能勇敢地判斷：人性中畏懼的成分所佔的比重相當大。

在金文中，「勇」（）是一隻手拿著一支短兵器——這兵器的形體

就像是一個頂上缺了那一橫劃的「用」字——持短兵以臨敵，表示近身接戰，你說勇敢不？

「螳臂當車」的故事出自《韓詩外傳》，說齊莊公出獵時，看見這麼一隻不自量力的小傢伙，竟然「舉足搏輪」，齊莊公趕緊「迴車而避之」，以表示敬重天下勇士之意。這故事告訴我們：真正的勇敢可能不是不自量力，而是有眼界、更有胸懷。至於有的文字學家另持異論，以為「甬」是花朵茂盛的樣子，把來形容實力壯、氣勢盛，這解釋怎麼看都有些虛張聲勢。

相較之下，甲骨文的「敢」（）複雜得多，兩隻手相持，前趨而爭取。左下角看似「耳」的字符其實是個「甘」，算是這個字的聲符，並不具備字義。由原初的「盡力爭取」之義逐漸演化，敢字就有了「行為堅決」的用意。

果敢兩字連用，早在《禮記・文王官人第七十二》中就有：「營之以物而不虞，犯之以卒而不懼，置義而不可遷，臨之以貨色而不可營，曰絜（潔）廉而果敢者也。」這一長串字句裡所形容的勇敢，可不是逞意氣、鬥蠻力，而是一種全面的、堅決的價值感，那是理想的官人（卿大夫）所應該具備的特質；很容易讓人聯想起孟子所說的那種「富貴不能淫，貧賤不能移，威武不能屈」的大丈夫。

而「果」字——植物生命的終極之物，當然也隱喻著人生行事的目的，它不但象徵著充實飽滿，也顯示「能」、「真」、「決然」、「如若」等義，可是當它被用來表現軍事階級的時候，顯然是鼓勵人以個人最終的結局來對賭國家的榮譽——《左傳》所謂「殺敵為果，致果為毅」，而唐代的「果毅都尉」、「果毅校尉」就是這麼來的。

不過，絕大部分表述人心感應於外物的情緒，多是不勇敢的。先說「怕」，這個最常見的恐懼之詞原來並非恐懼之意。一個心，一個白，表達的是「內心恬靜，言行無貪無肆」，就是「無為」。又因為「白」是日將出之前所見的微光，便有單純、高潔的意思。無論是《老子・二十章》：「我獨怕兮其未兆。」（我卻淡泊得沒有甚麼想做的事），或者是司馬相如的〈子虛賦〉：「怕乎無為，憺乎自持。」（抱持著淡泊無為的心境）都與「泊」字通。

到了唐代，這種單純高潔的心境便不知如何轉出了「畏懼」的意思；杜甫的〈官定後戲贈〉詩就寫道：「老夫怕趨走，率府且逍遙。」玄宗天寶十四載，杜甫被任命為河西縣尉，他不肯屈就，改任右衛率府胄曹參軍。這是個看守兵甲器仗、管理門禁鎖鑰的差使，杜甫實在傷心，便寫了這首自嘲之作。

其他如韓愈〈雙鳥詩〉可證：「鬼神怕嘲詠，造化皆停留。」以及元稹的〈俠客行〉：「俠客不怕死，怕死事不成。」也都可以證明：唐朝人說的「怕」，已經沒有漢朝以前的人那麼玄了。看來應該是民間俗語所致，或許心中空無一物，就將虛心變成了心虛。

「害怕」也是俗語，卻把「害」字變「怕」了。「害」本來有災禍、惡事的含意，原來「宀」表示家庭，「口」表示爭吵，顧名思義，災禍多起自家庭中的是非口舌，而中間那個長得很像「丰」字的字形（讀作「介」）現在已經死了，這個字是三斜撇貫以一「丨」，意思是「散亂之草」，這個聲符兼有表義的功能，表示災亂。本來「害」字就是用以描述災亂，沒有表述心情的用意，可是連上一個怕字，就跟「駭」字相通了。

俗語的力量強大，至少在宋代（如《朱子語類》），「怕」字還轉出了

「難道」、「豈是」的用法，所以「恐怕」不是真的怕，而是反詰猜測之詞，可見人們對於不可知、不可測的結果，總有一種先入為主的悲觀。此外，還有一個「怖」字，也是怕得莫名其妙，原本「怖」是將貴重之物（古代的貨幣）敬獻於神前，小心翼翼、莫使污損，結果也成了恐懼的代詞。

仔細檢索以「心」為部首的字群，會發現大部分表現人類情感的字都是負面的，其中又以憂懼居多，除了「怕」、「怖」之外，「怪」、「恐」、「怔」、「悒」、「悸」、「惴」、「慄」、「憚」、「懍」……都含有膽怯、畏葸的意思。

如何抵擋這種恐懼呢？我發現一個也已經死了不知道多久的字——「悾」，原先以為它跟「恐」字差不多，稍稍一留意，才知道這是表現「中心誠實」的一個字，能虛其中而無我、亦無我執，乃見誠實。看來跟本義的「怕」差不多，怕字既然已經怕了，不想為怕所苦的人能放空自己嗎？

也許，放空我執正是勇敢的基礎。然而總透露著幾分說來容易的況味，老實說：空言放空容易，讓我感覺磚牆縫裡真的甚麼都沒有，還不只是理智能夠達成的。

字詞辨正

# 果然都害怕

---

一、哪一句中「敢」字與其他的差異最大？ ①敢問夫子惡乎長 ②敢布腹心，君實圖之 ③若得從君而歸，則固臣之願也，敢有異心 ④果敢之氣，剛正之節

二、「帝果殺吾子」之「果」，與下列哪一句中的「果」字意義相近？ ①言必信，行必果 ②果能此道矣，雖愚必明，雖柔必強 ③刀筆吏不可為公卿，果然 ④君是以不果來也

三、「勇蟲」是指： ①螞蟻 ②螳螂 ③蜜蜂 ④蟋蟀

四、「怕不是被我猜對了」的「怕」，應該解作： ①難道 ②恐懼 ③想必 ④應該

五、「天氣怪冷的」的「怪」，應該解釋作： ①太 ②甚 ③微 ④忽然

六、「懼」的本義與哪一類動物有關？ ①昆蟲 ②小獸 ③鷹隼 ④虺蛇

七、以下哪一個字與敬神所產生的畏忌有直接的關係？ ①恐 ②怖 ③怯 ④怕

八、挑個錯字： ①毛髮慫然 ②毛髮悚然 ③毛髮聳然 ④毛髮竦然

九、下列何字沒有憂懼的意思？ ①悾 ②恐 ③悸 ④惴 ⑤慄 ⑥憚 ⑦懍

十、「勇盧」是一個五官之神的名字，主掌： ①眼 ②耳 ③鼻 ④舌

答案：④，③，②，①，②，③，②，①，①，③

# 病字仍須識字醫

——除了身體之病、精神之病，還有語言之病；對於這一方面，人們似乎不太講究。

我四歲那年春天，久咳不止，父親帶我到村子口的松本西藥房找鍾大夫。我記得非常清楚，鍾大夫診斷得斬釘截鐵：肺炎。父親有兩個選擇：要不就送往大醫院住院治療，要不就每天早晚帶我上西藥房來打針。將家庭蓄積、用度合計了一番，父母親商量的結果：「還是交給鍾大夫吧。」

鍾大夫在日據時代是個獸醫，娶了一個皮膚白晰、總是溫言軟語的日本妻子，先後有了四個女兒之後，才生下一個和我同齡的男孩，只知道那孩子小名的發音是「Adibo」（日語發音，原意是醫學用語的脂肪 adipose）。病程長逾匝月，我跟 Adibo 甚至成了每天早晚都要隔窗相互點頭微笑的朋友。日日清晨黃昏，父親或母親，或抱、或揹地帶我「上松本」。

我知道：「上松本」的意思就是早晚三針。通常，第一針粗大如水管，盛裝著黃色透明液體；第二針細小如鉛筆，裡面是無色透明液體；第三針的尺寸介於前兩者之間，針管裡裝著奶白色的液體——這一針能不能打，還不一定，得每天早晚作「實驗」（我第一次瞭解並記住了這個語彙），那就是拿一把有磨砂面的小鋼刀，在我的肘彎內側刺開一個十字紋，抹去滲血，再滴上一滴針筒裡的奶白液體，五分鐘之後，鍾大夫會問我：「會不會癢？」「會不會痛？」

每天早晚割兩刀肉其實沒甚麼，每天早晚扎兩次針也沒甚麼，真正令人恐懼的是要我回答那兩句：「會不會癢？」「會不會痛？」鍾大夫問得越謹慎，我就答得越心虛。我不知道自己是不是應該感覺癢、或者應該感覺痛；我也不能形容，那種既覺得癢、可是又不如平時感覺的癢；既覺得痛，可是又不似平時體會的痛，實在難以名狀。尤其是鍾大夫早就威脅過：倘若「實驗」有差錯，我的身體對藥物有過度的反應，是可能「出事」的。鍾大夫每回說到「出事」的時候，食指還在我面前勾了一勾。

那是我生平第一次感受到死亡的威脅，來自一位慈祥和藹的醫生。他治好了我，可能相當得意，有時看我在隔壁理髮店剃頭，還特意跑來摸摸腦袋、抓抓手、露一嘴金牙呵呵笑；彷彿我是他的某種得意成品。據母親說：他還想收我作乾兒，父親說：你太容易生病，這主意倒不壞。我卻抵死不從，從此成了一個絕對諱疾忌醫之人。

這種心理障礙不免讓我覺得「醫」這麼難寫的字應該也含有難以親近的意思罷？

醫療專業，自古已然。古代名醫扁鵲的話堪稱最為豪快——傳聞魏文侯曾經當面問他：「你們一家兄弟三人，都執業行醫；敢問誰的醫術最高明？」扁鵲應聲答道：「我的長兄能觀察氣色，是以名不出於家族；仲兄能辨視毫毛，是以名不出於鄉里；至於我，針人以血脈、投人以毒藥，故能名聞天下。」

杏林春暖、妙手回春，都無法捕捉醫者的殺伐之氣——「醫」原本就是如此。這個字的上半，右邊是個「殳」（音「書」），是古代的一種長兵器。左半邊的「医」則是裝盛箭矢的囊袋，引申為「擊中目標所發出的聲音」，看來也攻擊性十足。

至於「醫」的下半部——就是今日繁體書寫的「酉」字部首——也有

用意，酉即酒，很多時候，「酒」可以說是藥的媒介。一向別具隻眼、注重文字演變歷程的文字學家、《說文解字注箋》作者徐灝認為：「治病以藥為主，而以酒為使（使者）。」是很務實的說法。畢竟，對於病人來說，能驅疾的醫者是慈悲和善的神仙；但是對於疾病而言，醫者便是殺手剋星了。

和醫字經常連用的「療」也基於通俗文化的流傳而在近年間成為一個廣泛使用的字。我們常稱某些喜談心靈創傷及自我啟發的抒情散文作者為「療癒系作家」，也有許多土地開發商推出住宅建案時會強調：住居規劃中一定會包括近似溫泉設施的「水療區」（ＳＰＡ）——可見有病不求人也十足成了風尚。「療」與「自癒」看似有了不可分割的關係。不過，這個字原先是指古代祀神求福禳災的時候所舉之火（燎），這一定是跟古人治病的時候有迎神的儀式有關。

從「療」字看，幾乎所有與疾病有關的字都屬「疒」（音「床」），原本是人因病攣縮曲倚之狀，更好的解釋則是人靠在一張床上），這說明中國字的分類涵蓋生活經驗的準確性和普遍性。試想：無論內科、外科；亦不分診療、休養，有甚麼是共通不變的？恐怕還就是那張惱人的病床。

歸病床所轄，最常見的是「疾」、「病」二字；這兩個字也有層次之分。「疾」字在甲骨文中原本不是「疒」字偏旁，而是畫了一個人腋下中了一箭（），其痛苦可知。箭矢有快速之義，所以這個字也常用來表達「急速」的意思，引申而言，「疾」也表示「急病」、「病勢來得很快急」。「病」就更有意思了，由於「丙」訓火，含有火熱之義，以生活經驗而言，急病一旦加重，引發身體的抵抗，體溫不免升高，發燒了。這就是病字的來歷——不消說，病是比疾還要嚴重一些的。

和「病」字經常連用的還有一個「症」字。一般多將「病症」當成同義複詞使用，這也是誤會。究其原本，「症」字在中古以前不見於書寫，連小篆裡面都沒有出現過，恐怕是一個相當晚出的後起字，它的意思是疾病的「徵候」，應該是從「證」分化出來，專用於醫療的名詞，指的是藉以看出病根的種種外顯的徵候，以之為證，藉以診斷的意思。

每說到醫病關係，我就會想起蘇東坡〈墨寶堂記〉裡的話。他語重心長地提醒世人：「蜀之諺曰：『學書者紙費，學醫者人費。』此言雖小，可以喻大。世有好功名者，以未試之學，而驟出為政，其費人豈特醫者之比乎？」

引《國語・晉語》裡「上醫醫國，中醫醫人，下醫醫病。」的話勉人立大志，似乎高瞻遠矚，但仔細想想東坡「學醫費人」的話，會不會嚇得儆醒一些呢？

字詞辨正

# 醫，何等殘忍

一、下列哪一個「醫」字帶頭的語詞不是古代名醫的名字？ ①醫閭 ②醫緩 ③醫和 ④扁鵲

二、《周禮．天官》上記載了四種帶有酒精的飲物，分別是清、醫、漿、酏；請問「醫」的成分是甚麼？ ①艾汁發酵 ②水加醴酒 ③粥加麯糵 ④白朮加酒釀

三、顧名思義，「疾疾」有快速的意思。但是，這個詞語也可以形容： ①病懨懨的樣子 ②殘廢的樣子 ③痛苦的樣子 ④憎恨的樣子

四、「疾夫」用以形容： ①身體衰弱的人 ②心懷嫉妒的人 ③動作迅速的人 ④情緒惡劣的人

五、《春秋．公羊傳》上形容楚國：「夷狄也，而亟病中國；南夷與北狄交，中國不絕若線。」這裡的「病」字表示： ①疏遠 ②侵犯 ③憎惡 ④鄙夷羞恥

六、「病入膏肓」形容病勢險惡、難以醫治，「膏肓」的位置在： ①心肺之間 ②肝腎之間 ③心臟與隔膜之間 ④隔膜與肝脾之間

七、以下哪一個詞裡的「病」字和其他的病字詞性有差別？ ①病香 ②病魅 ③病酒 ④病涉

八、《禮記．樂記》有「病不得其眾也」，此處的「病」是指： ①痛苦 ②惱恨 ③禍害 ④憂慮

九、「疒」是一個人倚靠著甚麼？ ①椅子 ②牆 ③床 ④几

十、「療」字的聲符「尞」與下述何者有關？ ①環境開闊 ②掀開遮蔽 ③明白內情 ④舉火祀神

答案：①，③，④，②，②，③，①，④，③，④

# 一個小宇宙

——這個字的右半邊就是它的本相、本義，衍申的常用字屈指可數，它卻自成一個宇宙。

那年冬天，全班的小朋友都在比賽身上穿得下幾件衣服，有人穿八件、有人穿七件，都不是甚麼防寒的材質，即使穿得再臃腫肥厚，還是冷。只好趁下課十分鐘衝上教室頂樓，玩騎馬打仗。

必須是兩個底盤厚實、身材魁梧的大個子側身向前、四臂搭把、握成兩圈，由這兩人馱起一個體態輕盈、身手矯健的小個子，才會是最佳戰力組合。遊戲再簡單粗暴不過——某一方的三人組合將另一方的三人組合絆翻、拆垮，或者六個人滾作一團倒地之後，視騎壓在最上方的一人為準，裁定獲勝的隊伍。

班上敢玩也愛玩這遊戲的人不多，但也總湊得出七、八個隊伍。各自編組之後，一場混戰，很快就會分出勝負，就連在一旁呵著白煙看熱鬧的同學，也能分享鬥戰的熱烈之氣。的確，我就是那個從來都只能看熱鬧的，因為我不只個子小，筋力也弱，通常一上馬就給人隨手推倒了滿地滾著傻樂。

同樣很難與他人組成隊伍的另一個人是沈鴻烈，外號人稱「西瓜頭」，西瓜頭個子不小，但是後腦杓上長年貼著一兩塊黑皮膏藥，據說那膏藥下面是外觀紅腫、內在深不可測的癤子，也就因為那癤子太顯眼，沒有人願意和他並肩作戰。

有那麼一次，正當各組人馬整頓手腳、振作精神之際，估計是西瓜頭太想加入戰圈了，他忽然低聲跟我說：「你等等騎到我背上來，我們就這樣衝過去，把他們全部都放倒！」

不知道是哪來的信心和勇氣，就在他人發動一場混戰之際，我跳上了西瓜頭的背，扶著他的肩，很快地擠進戰圈，聽見有人大喊：「Os——kay！」（當年我們說這句話的意思就是暫停），因為有人發現了我和西瓜頭並不是三人組合，然而西瓜頭不在乎這些，他一逕低頭猛撞，彷彿就是要把所有的人衝倒；而我，只是一件他使來並不十分趁手的兵刃罷了。

很快地，我被張國器和葉光陵戰隊的騎士吳品怡一把緊緊抓住，吳品怡個子比我還要瘦小，可是力氣出奇地大，他雙手抓住了我的衣領，就像扔鐵餅一樣地把我甩了出去。我的頭就撞在不知何時杵到我身後來的石牆上。接下來我聽見了上課鐘聲，滿地翻滾的同學大聲吼叫：「不算！不算！」看見西瓜頭的膏藥脫落了，癤子滲出血來。但他仍瞪著一雙虎圓虎圓的眼睛喘氣，還想找個甚麼人來推一推的樣子。

可是，我自己卻經歷了此生最奇特的一次神遊。

此後不知過了多久，我只有一段記憶：那是騎馬打仗之前七、八年吧？我可能只有兩、三歲大，父親帶著母親和我參加了一次國防部部內的參觀旅行，目的地是基隆港口的大小軍艦。行程當中，一度我在一艘較小的快艇裡，嚷著要小便，然而當時天候極壞，大雨傾盆，艙房門窗都緊緊關閉著，而室內也沒有廁所。父親掏出一條手帕，要我尿在裡面。我執意不肯，便放聲大哭了。這件事在我成長的歲月裡常被父母拿來說笑，到底後來如何解決，我也沒有一點印象。可是，在暴風雨襲打的顛簸浪濤之上，面對一張手帕而不肯尿尿的記憶，卻在我此生首度、也是最後一度的騎馬打仗大挫敗之後盤旋腦際、纏祟多時。我稍微恢復神智的第一眼看見的，是站在講桌旁的社會科老師宋新民。社會科是下午一、二節課，那麼，上午的最後一節課，以及接下來的午餐、午睡都到哪裡去了呢？我怎麼一點影都不記得了呢？而我能夠想起的，怎麼就是父親掏出來、捧在掌心裡的一方手帕呢？

這件事，我只在二十年後跟一個號稱博聞強記、無所不通的同儕說起。我向他請教：「我那樣算是腦部受傷了嗎？會是永久性的傷害嗎？」

我那博學的朋友答覆我：「理論上，人只要經歷過了，就不會忘記任何事，你忘記了，只是沒有找到搜尋的路徑。應該問的是：騎馬打仗之後那一段時間裡的記憶路徑，為甚麼會被暴風雨裡的軍艦覆蓋？」

「為甚麼？」我問。

我的朋友非常哲學地回答我：「我不能回答你的腦子裡的問題。」

在常用字典裡，腦、惱、瑙算是一個群組，分別隸屬不同的部首，意思彼此無涉，右邊的字根也從未獨立成一個有意義的字，它甚至沒有讀音。左邊若是加上個「匕」，則是「腦」的本字（），這個寫成匕的偏旁也和匕首無關，其實只是一個反寫的「人」，人的身體為甚麼要反著寫呢？因為造字的人有個奇特的觀點，認為腦在人體的後方；怎麼表現呢？乾脆把人體寫反。匕字偏旁的腦，就是一個大頭殼，上面長著幾莖頭髮——巛。

巛，是川的異體字，本義是較大的水流——可想而知：較小的水流就是巜、再小的水流就是く；可是這裡還有更複雜的問題。腦字右上角的巛根本與大小水流無關，它就是頭髮的象形而已。寫成巛，是書寫同化的自然現象（就如同「春」、「秦」、「泰」三個字的上方都是三人，卻完全不是同一來歷，意義也各不相同）。

在頭髮底下，當然就是腦的本體了：右下角的「囟」（讀作「信」），是「頭腦蓋會合之處」。幼兒階段以前，人的顱骨前方柔軟似孔竅，謂之「囟門」。這個「囟」字很容易跟「囪」、「囱」混淆，事實上，「囟」字中間的「㐅」，就是腦的紋理，而被稱為「瑪瑙」的玉石之所以這麼命名，也是由於石中「文理交錯，有似馬腦。」（曹丕〈瑪瑙勒賦序〉）。

腦之為物也大矣。近代西方醫學的常識告訴我們：腦是一個我們不但沒有充分開發、甚至還可以說是低度開發的小宇宙。但是漢字之於腦，似乎帶著某種存而不論、敬而遠之的態度。雖然人的思慮、情緒、感官、運動無不與腦有關，可是繫諸於此之字，居然只有一個字：惱。

惱，和腦、瑙一樣，都是小篆以後才出現的字，本義是「有所恨也」。有的文字學家指出：這是因為人在憤恨動怒的時候會頭痛的緣故。頭痛，把腦、惱連結在一起，也就如此而已了。你若要問：人的七情六慾那麼複雜，怎麼都不關腦的事呢？是的，純粹從漢字的書寫和認知活動來看，我們把那些複雜的東西「一股腦兒」都放在「心」裡了。

此外，長期以來，由男性士大夫主導的文字詮釋傳統也不免透露出對於負面情緒的性別歧視。作為一種稱不上偉大的惡劣情緒，惱還可以寫成女字偏旁。所以，我們甚至可以大膽地推論：古人總在表現忸怩、悵惘的情感時用「㛴」字，使之充滿受委屈的女性的氣質：「春色惱人眠不得，月移花影上欄干。」「笑漸不聞聲漸悄，多情卻被無情惱。」「夢斷漏悄，愁濃酒惱。」翻遍唐宋人詩詞，唯有李白的〈贈段七娘〉詩裡活用了惱字，他筆下的惱，沒有一點怨氣，全是強大的相思：「千杯綠酒何辭醉，一面紅妝惱殺人。」壯美極了！

我在讀小學的那個時代，台灣最重要的名物就是稻米和樟腦，我始終不明白，衣櫃和廁所裡發出陣陣刺鼻香氣的白丸子是哪一種動物的腦呢？樟樹不是植物嗎？植物又怎麼會有腦呢？日後漸漸明白，原來老古人形容事物之精華，多用腦字。《本草》上說：南番諸國盛產一種香料，叫「龍腦香」，都是在深山窮谷之中才能得見，必須是千年以上的老杉樹，枝幹不曾遭到砍伐損動，才會產生自然的香氣。萬一有損，則「氣洩無腦」。這一套說法或許經不起科學的檢驗——起碼龍腦香不該出自杉樹應該無疑，樟腦也應該是由樟樹根幹的酮類結晶提煉而成。不過，我猜那「氣洩無腦」四字用意，在奉勸人維護高年老樹，無論哪一種喬木，謂之有腦，畢竟還是出於敬惜保育之心。

字詞辨正

# 大好頭顱仔細看

一、下列哪一句詩的「惱」字與他者用意不同？ ①一面紅妝惱殺人 ②東風惱我，才發一襟香 ③春色惱人眠不得 ④多情卻被無情惱

二、「囟」讀若： ①凶 ②釁 ③窗 ④匆

三、「腦」右邊的字根是頭殼的象形字，長在囟上的「巛」讀作「川」，它是甚麼意思呢？ ①頭髮 ②水流 ③熱氣 ④草叢

四、「腦後插筆」是形容人： ①用字粗率 ②文思敏捷 ③好打官司 ④足智多謀

五、「腦後賬」是指： ①賴掉的債務 ②過往的事 ③說不清的糾紛 ④誤傳的消息

六、該用下列哪一個詞形容帶有錯晝紋理的寶石？ ①馬腦 ②瑪瑙 ③碼碯 ④以上皆是

七、「腦脂」是指： ①白皮膚 ②白頭髮 ③白內障 ④白血球

八、「晉侯夢與楚子搏，楚子伏己而盬其腦。」這是《左傳》上很有畫面感的一個夢境，「盬」是甚麼意思？ ①敲打 ②挑弄 ③塗抹 ④吸食

九、猜一猜，道教稱為「腦華」的是甚麼？ ①頭髮 ②眉毛 ③枕骨 ④皺紋

十、再猜一猜，佛經上稱「腦根」的是甚麼？ ①頭髮 ②眉毛 ③枕骨 ④皺紋

答案：①，②，①，③，②，④，③，④，①，③

# 魔與騙的欺迷之障

## ——看魔術而受騙上當，才會大呼過癮，這不奇怪嗎？

初學騎自行車，還是小學五年級的時候。我騎的是父親那一輛二十八吋的幸福牌，左腿落地像個撐子，屁股還搆不著坐墊，右腿則必須從橫槓下方斜穿到對過，才能勉強踩住踏板，一使勁兒，輪子左左右右扭晃著，迤邐歪斜能踩出幾十尺，從巷子口騎回家門口，還沒有摔趴，我已經相當得意了。

門口的母親操著一口終身不改的濟南土話對我說：「你要能片上車，才算是真會了。」說時，她半旋了一下身子，右手順勢誇張地畫了一個大圓弧。當時聽在耳朵裡，是那個「片」字。她的意思，我是明白的，就是要我用左腳發動，單踩一邊，踩得車身向前移動了，同時高抬右腿，直接坐上坐墊，右腳也就搭上位在高點的右踏板了。

就跨身上車而言，「片」，是個意思完全不相干的錯字。

學習母語之時，並不是字字皆就音而通義，往往在還很幼小的時候，人們留得了某些「字」與「意思」的關連印象，便以為就是那麼寫、就是那麼讀、就是那麼解釋。然而，若是沒工夫查考，卻可能誤會一生；這是自己騙自己的障眼法，應該算是一種原生的魔術。讓我們從魔術說起。

有的魔術師願意這樣說：魔術就是騙術。但是能這麼說，須要一點兒勇氣。

「魔術」二字的翻譯詞極好，因為「魔」這個字的來歷恰恰符合了這種雜技的特性。魔，不見於甲骨文、金文。小篆中有此字（），便是群鬼之一，但是在一般文史資料中也罕見。這個指稱某種鬼怪的字若非佛教東傳，用來作為梵文mara的音譯，恐怕也就是一個死掉的字了。

佛教之中，將一切擾亂身心、妨礙修行的心理活動都稱為「魔」。所以，這個重生的字便不再是某一神秘妖物的名字，而成了我們感知、情智與意志上軟弱、迷惑的代詞。大約除了「魔力」一詞以外，絕大多數冠以魔字的語彙——如魔心、魔道、魔障等，都意味著施與受相對、相需而導致某種功果受阻的情況。也只有「魔合羅」看來算個好東西——這是宋元以降，每年農曆七月初七，為表送子祝福之意，市集上會出現的一種吉祥物。

既然說魔術是騙術，被騙的人越是受愚受弄，越是開心，這心理狀態也有趣。其情頗類同於閱讀《見字如來》，原先自以為明白的字，忽然發現出於長遠的誤會，一旦恍然大悟，也頗有意趣。

就像先前提到的這個「騙」字，在中古時代，就是描述一人「側身抬腿跨上」的動作，之後，就可以在大量的元代戲曲、明代小說裡讀到這個字。最初應該是專指飛身上馬的動作，像是《金瓶梅詞話・第六八回》：「一面牽出大白馬來，搭上替子，兜上嚼環，蹤著馬台，望上一騙，打了一鞭。」一直到幾百年後，洪昇的《長生殿・合圍》裡也這麼說：「雙手把紫韁輕挽，騙上馬，將盔纓低按。」

大約在這個字義普遍成立而廣泛使用的同時，也引出跨越、超越的意思，汪元亨《醉太平・警世》曲：「吞綉鞋撐的咽喉裂，擲金錢踅的身軀趄，騙粉牆掂的腿脡折。」明代無名氏《下西洋・第三折》：「西洋取寶傳天下，故駕輕帆騙海來。」

從「騙（跨過、超越）粉牆」的說法開始，「騙」字已經悄悄地跨過單一語意的藩籬，準備行騙。我們用久了這個和「翻牆」、「跨界」意象密切相關的字，自然也就把我們上了當（被人超越了理智防範的屏障）、於不知不覺間被欺罔的感受也就跟著堆疊上來。欺騙之意，遂乃成立。

除了「騙」是從超越這個意義上轉入了欺哄之外，「欺」這個字原本也有遮蔽、凌駕甚至辜負的含意。我看小篆此字（），右邊就是「欠」，那是一個人喘著大氣，像是要搬動左邊几上的一個大籮筐——也就是「其」——這跟哄、騙有甚麼關係呢？那就得查考：在許慎的《說文》中，欺應該是「諆」的簡化字，原本形容人說話不老實，是得費挺大的勁兒的，大言成風，屢屢長吁短嘆，這「諆」乃是形聲兼會意之字，一旦簡化，「欺」字反而表現得不明不白了。

障眼法應該是吳承恩在《西遊記》裡的一大發明，這三字似乎表示，唸一口訣即能使人注意力渙散、轉移，而不能見物。障字，原本也沒有甚麼好意思。除了遮擋、阻塞之外，還可用以稱呼邊境檢查崗哨所在的戍居小城區，以及與「嶂」字相通的險屏高山、與「瘴」字相通的毒癘病害。佛經翻譯也豐富了這個字的內涵，人的煩惱，還有基於某種輪迴因果而導致的挫折，都可以用「障」來涵攝。

障字結詞，也會產生美感。古代帝王儀仗裡的長柄大扇子，用雉尾毛羽製成，目的不是搧清涼風，而是蔽人耳目。至於拿袖子遮臉的，一定是美人嗎？請勿存疑——遮住了也就不暇求證了；白石道人的〈角招〉詞寫得多好：「猶有。畫船障袖，青樓倚扇，相映人爭秀。」「障日」一詞常出現在書畫史，古人題壁於佛寺，稱牆為「障日」；走馬時跨下有鞍韉，垂於馬腹兩側的「擋泥板」製作精緻，常以錦繡裝飾。李白〈紫騮馬〉有句：「臨流不肯渡，似惜錦障泥。」形容的「障泥」，又名「障汗」。

我們把這些與受騙、錯覺、屏蔽、障礙有關之字一氣讀來，應該不難體認：上了當、著了魔，不必他求於人，是我們自己的感官知見出了岔子。至於到底是怎麼岔的？可別問我。語言本身不能解決現實——語言，人說也是一障，很難騙——跨越——過去。

字詞辨正

# 魔障心生

---

一、下列哪一個詞彙中的「魔」與他者語意疏遠不類？ ①魔術 ②魔駝 ③魔星 ④魔漿

二、「魔合羅」與下列哪一個選項無關？ ①每年農曆七月初七 ②表示上天送子之意 ③一種吉祥物玩偶 ④人身蛇頭的護法神

三、「騙」字的本義是： ①側身抬腿跨上 ②欺瞞 ③哄 ④搬弄唇舌

四、「騙馬」不包含下列哪一個意思？ ①欺哄婦女 ②不務正業 ③精於騙術的老手 ④翻身上馬

五、美女明星出遊，防狗仔偷拍而躲閃，正符合古代哪一個形容美女之詞？ ①障狂 ②障袖 ③障面 ④障扇

六、婚嫁時新婦過門，夫家親族鄰里圍觀，擁門塞巷，這是唐人婚儀的一個環節，謂之： ①障車 ②下婿 ③卻扇 ④觀花燭

七、「障日」是指： ①屋簷 ②牆壁 ③屋頂 ④窗簾

八、「障汗」是甚麼東西？ ①衣領襯墊 ②馬腹擋泥錦片 ③綁縛頭顱的毛巾 ④鳥籠外的罩布

九、「欺」字語意豐富，包含下列何者？（※ 本題複選） ①詐、騙 ②遮蔽 ③辜負 ④超越、勝過

十、不常見的語詞「欺魄」，所指的是： ①向生者求代一命的鬼 ②求雨所用的土偶 ③含冤負屈的心情 ④禳災所用的祭器

答案：②，④，①，③，②，①，②，②，①～④，②

# 紛紜眾說到繁春

——每年的第一個季節都充滿了祝福、期待和生機，令人興奮的開始，有時也令人迷惑。

年幼時我所居住的眷村，家家戶戶都是竹籬泥壁，只在農曆新正之前髹漆了門窗，貼上春聯，顯得有些亮眼——那是我識字的開蒙之處。

父親喜愛的聯語也就那麼幾對，其中有「一元復始，大地回春」。旁人家也貼寫，但常見的總是「一元復始，萬象更新」，對仗比較工整。父親說萬象更新不如大地回春好，因為：「裡頭藏著我兒的名字！」

由於字形演化、改變的緣故，春字在不同的字書裡被歸為不同的部首。東漢許慎的《說文》將春字歸入「艸」部，這是因為小篆的春（）寫成一個「艸」頭，底下一「屯」，「屯」下一「日」，這個字的原初之義是個動詞，讀若「蠢」——也並沒有愚笨的意思——所指涉的，乃是振作、出動。「屯」既是這個字裡的注音符號，也兼具表義的功能，和上面的「艸」

頭一樣，象徵草木之初生。

到了隸書和楷書裡，春字大致定了型，字頭就和「奉」、「奏」、「泰」、「秦」、「春」同化了。看來都是「三」、「人」的組合，隸書多將那人字底下的兩撇和三字的最後一橫劃斷開，看來像兩撇八字鬍；楷書則讓這個人形貫通而下，顯得神完氣足多了。

無論如何，「三」、「人」合體，是將原先形狀和意義根本不相干的初文符號硬生生統一起來。比方說：「奉」字原先寫的是兩隻手拱捧一物（），「奏」字在石文裡則是地下帶根的三棵草（），「秦」是雙手倒持著已經結實的禾穗（），「春」字的金文非但有一左一右兩隻手，手裡還拿著杵，往下頭的臼裡擣粟米（）。可是一旦同化了，就一律「三人行」了。

我聽到最荒怪的一個解釋是：人之為物，可以貫通天地人三才，而「三」的三連劃，就是《易》卦裡的陽爻，所以才會說：「三陽開泰」。實則這個「泰」字原本與八卦、術數一點兒關係也沒有。在石文裡，這個字（）的上方是個「大」字，也就是這「泰」字的聲符；中間左右是兩隻

手，底下的符號更清楚，就是水。雙手捧水，取其滑而易脫，多麼流暢？多麼亨通？

但是老古人造字立說，未必不可通假附會。讓我們回到春字來看一看，會發現《易經》也不是全然沒有立足之處。在前文提到的《說文》之中，許慎訓春字為「推也」，以時序而言，冬天的寒冷之氣，到了立春之後轉溫，草木到此時也競相生長，這是大自然給造字者的啟迪。而《易經》的「屯卦」也有萬物充盈其生機而始生的意思，人與事，無不在此時萌發。

萌發是多方面的，君不聞廣東鄉親稱禽魚之卵為「春」，連江浙方言裡也有一樣的字彙。至於酒，出於冬釀而春飲者亦名春，今之「劍南春」就已經相當知名了。唐代李肇的《國史補》記載過更多，包括郢地的「富水春」、烏程的「若下春」、滎陽的「上窟春」、富平的「石凍春」等皆是，看名稱就消得一醉。

很多植物於花名而外還叫做某春、某某春。像是罌粟，別呼「麗春」；芍藥，復名「婪尾春」；牡丹，又叫「壽春」、「紹興春」、「政和春」、「玉樓春」、「漢宮春」；至於「獨步春」，這是荼蘼，「開到荼蘼春事了」，二十四番花信風的休止符。

名字裡有春字偶爾也會成為話柄，我三十歲不到就被人呼為「春公」，這絕不是尊稱，而是以諧音為不雅的聯想，我也只能阿Q地把「春宮」設想成太子之所居。不過，命名曰春畢竟佔有便宜之處，我每年幫好幾百位朋友寫「春帖子」，幾乎都少不了「向陽門第春先到」、「春風大雅能容物」、「繁春到此是文章」之類的句子，感覺自己果然身在每戶人家，真是福澤廣被。

字詞辨正

# 聊寄一枝春

一、「春物」易解，春天的景物——尤其是花卉、花朵之屬；如果特指一物，會是甚麼呢？ ①酒 ②茶 ③稻秧 ④發芽的種籽

二、「春」字常用來借指東方，為甚麼？ ①東方屬木，春序木生 ②北斗斗杓東指，是為歲始 ③日由東出，萬物繁興 ④春水東流，滋養生機

三、春天有腳，也有眼，「春眼」是指： ①朵朵綻放的桃杏 ②柳葉的嫩芽 ③清晨東方最早升起的啟明星 ④迷離惺忪的睡眼

四、以下何者不是「春宮」的語意？ ①神話中東方青帝所居之處 ②太子起居之地 ③諸侯受封的宅邸 ④色情的圖畫和書寫

五、以下哪一個語彙與今日所稱的春聯無關？ ①春帖 ②春書 ③春勝 ④春詞

六、「春駒」是以下哪一種動物的別名？ ①蜜蜂 ②蝴蝶 ③蟢子 ④蜻蜓

七、「春賬」？是的，你沒有看錯，春天這筆賬和何事有關？ ①男女的戀情 ②上繳的田賦 ③未了的花事 ④政府發放的農作貸款

八、今天已經不舉行的「春薦」之禮原本是指以果物祭獻宗廟，古代庶人階級的春薦之物是： ①黍 ②麥 ③韭 ④稻

九、「春腳」不是「春天的腳步」的省稱；那麼是指甚麼？ ①春天草木伸展的樣態 ②生機逐漸萌發蓬勃 ③年輕人壯遊四方 ④官吏有德政於民

十、「春」字還是個動詞，有振作、發動的意思，其讀音若： ①春 ②純 ③蠢 ④舂

答案：①，②，②，③，④，②，①，③，④，③

# 應知癡字最深情

## ——罵人不智最容易，不花甚麼腦筋，所以這些字的字意常常混淆互用。

我從小沒有被父母罵過一聲笨，日後才知道：這是很罕見的。我大多數的同儕天天受這話的打磨，有的還真自覺變笨了；有的渾不在乎，大約就是把話原封不動地把來教訓自己的子女。可是我也一樣會犯傻、幹些魯莽的事、說些不得體的話，總記得我母親還是給教訓，只不過不是一個「笨」字那麼簡單。

還是孩子的我，最常犯的過錯就是丟東落西，眼鏡、雨傘、毛巾、飯盒，沒有不丟的，丟了找不著，便只能花錢添置，添置之不足，還是會弄丟。每當母親唉聲嘆氣一陣，說：「你是屬雞的，不是屬老鼠的。」

這裡頭就藏著個老山東人代代相傳的故事。

老鼠多精明哪？牠們都會算——此處的算，不是算術，而是未卜先知；

貓在哪兒？老鼠只要一拈鬚就算出來了，可是偏偏老鼠沒有記性，前爪一離了鬚，往地下一放，就把剛算出來的事給忘了。母親用的話是「撂（山東話讀作『料』）爪兒就忘」。她從來不說我笨，只說我屬雞的不該像老鼠。

《朱子語錄》上明明白白罵：「諸葛亮只是笨。」諸葛亮「功蓋三分國，名成八陣圖」，再怎麼樣以成敗論英雄，也還不至於淪落到愚昧不智的狀態；然而以朱熹的學術，也不該對諸葛亮有這樣偏差的理解。這是怎麼回事？

「笨」與「愚蠢」相提並論不無可疑。它原來是用以表述「竹白」的一個字。段玉裁在注解《說文》提到：竹子的內質色白，像紙一樣，又薄又脆，相較於竹的其它部位，不能製作器物，實在沒有甚麼用處。所以朱熹的話，應該是從大歷史的發展上惋嘆：諸葛亮沒有在歷史發展的主流上起作用。

罵人不智最容易，因為不花甚麼腦筋，所以在任何一部字書上，這些語詞都是互相註釋的。「傻」字訓「蠢」，「呆」字訓「癡、傻」，「蠢」字解為「愚笨」，「癡」字也解為「愚笨」，「愚」字和「笨」字則互相註釋，

「駃」字有另一個讀法，音若「駟」，是急促行走之意；可是一般讀「皚」的這個字，還是「愚」、「呆」之意。無論字形怎麼改，意思怎麼繞，就是說人智能低下。

此中還有相連上下二字之詞造成意義轉植的情況。比方說「愚蠢」。「蠢」字的本義就是「蟲類蠕動」；「春」字作為聲符，也具備意義——試想：春天萬物萌芽勃發，蟲動適其時也。這個字再引申，就有騷動、不安的意思，不過並無關乎智能之是否低弱。直到「愚蠢」成為連詞，上字之不智，原用之以形容下字，意思就是不經深思熟慮的盲動、輕率的躁動。《後漢書．五十八．虞詡傳》記載，大將虞詡上書漢順帝云：「百上不達，是有司之過；愚蠢之人，不足多誅。」這意思就很明白了，躁進而妄動的人，其罪不及於死。若是解為「癡傻」、「呆笨」就說不通了。

然而人的價值觀總隱藏在語文體系的內部。除了「蠢」字是被牽連笨的以外，這一群形容智能低下的字，大多有「專注」、「固執」、「冥頑不靈」的意思。最有意思的是這個「呆」。《莊子．達生》所謂「呆若木雞」裡的「呆」字並沒有笨、傻的意思，而是專注凝神不動——馴養鬥雞的最高境界。關於這一點，我們從「槑」字就得以認知：這是個古寫的「梅」，梅花開時，枝上無葉，「槑」字明明是象形，可見與智能無關，只是那花凝姿寂然，供人傻看、或是看傻而已。

「傻」也是一樣，方言裡說傻白，就是極白，顯示出一種高度的純淨。芍藥之極白者，別有一名曰「傻白」，卻也還提醒著賞花之人：這傻，是有雅度的。再用這樣一種理解方式看「癡」字就很清楚了，我們說人癡情、癡愛、癡賞，還是不要先假設這樣的人智能不足；畢竟心無旁騖地用情，說不定還是一種修行，也是一種美德呢。

關於「癡」，另有一個值得參考的說法。古語云：「借書一癡，還書一癡。」這話頗值愛書人會心一笑。因為借書的經驗往往慘痛，不是出借一方忘了索還，便是借入一方刻意不還；因此而傷了交情的事，所在多有。看看有人居然還敢將書出借，豈不愚騃？好容易能以借貸方式得來一書，居然還會奉還，又怎一個笨字了得？

可是根據宋人邵博《聞見後錄．卷二十七》的考證，認為這個「癡」原本是同音字「瓻」的訛寫。「瓻」是酒器，「借書一瓻，還書一瓻。」說的是借書也應該有償，兩瓶小酒，惠而不費，於往還之際奉致主人，聊表謝意。這是君子相期之道，又怎麼能變成了「傻帽兒」的譏嘲呢？

從這個角度看事理人情，我常覺得：那個忘性特大的小老鼠能具備真智慧。儘管貓的威脅並不稍減，小老鼠卻寧可一廂情願地徜徉在無憂無慮、無牽無掛、無拘無束的情態之中，那境界是癡，毋寧生死以之。

字詞辨正

# 愚蠢癡呆傻笨騃

一、請判斷：班固《漢書．古今人表》中列為最末一等（下下）的「愚人」裡面，不包括下列何者？ ①夫差 ②太宰嚭 ③秦二氏胡亥 ④趙高

二、作為動詞的「蠢動含靈」和下面哪一個選項的意義近似？ ①滾石不生苔 ②眾生有佛性 ③堅執終有成 ④進取賴慧根

三、「蠢爾」是指： ①無知而動 ②蟲類驚蟄而出貌 ③愚笨的你 ④萬物萌芽之始

四、「癡伯子」是指： ①鴟鳥的別稱 ②豬的雅稱 ③將書出借的人 ④借書而返還的人

五、「癡雲」是停滯不動的雲，「癡雨」是久下不停的雨；那麼「癡雲騃雨」的意思是甚麼？ ①積鬱已久而終於爆發 ②直指久陰之後的霪雨 ③因本質近似而互為因果 ④比喻沉迷於戀情

六、「癡客」是哪一種花卉的別稱？ ①向日葵 ②菟絲花 ③月季花 ④木蓮花

七、兩個「呆」字並排書寫成「槑」，是指： ①梅 ②蘭 ③竹 ④菊

八、「傻白」也是哪一種花的別名？ ①蓮花 ②芍藥 ③油桐 ④梅花

九、「笨」字的字源與竹子的哪一個部位有關？ ①竹根 ②竹節 ③竹膜 ④竹皮

十、「騃譴」意即： ①因愚昧而受侮 ②傻笑 ③笑譴者恆癡傻 ④愚弄

答案：③，②，①，①，④，③，①，②，③，④

# 天下的媽媽一樣說

## ——母親之於子女、之於人類、之於大地和自然，都是不滅的象徵。

許多人對小說作者的記憶力有一種奇特的推許，以為能說故事的人一定記事甚早、且記事甚牢；據說有一位前輩作家也因此順竿而上，說自己還能記得出生時的情景，真是了不起。

有人問我最早記得何事？我只有一個粗略的印象：扒開媽媽的旗袍斜襟上的盤釦找奶吃，媽媽不是太高興地瞪我一眼，說：「早就沒有了。」那時我幾歲呢？真想不起來。但若要說起最早的人生風景，除了母親和她乾癟的乳，別無他者。

乳子一事，自古為然。在甲骨文裡面，乳這個字原本就是一幅授乳圖（）。一個跪坐著的母親，雙手環護，讓懷裡的嬰兒吸食，胸脯是一根短線，並無豐腴之態——看來孩子已經吃了不少。目前留在隸書、楷書字形

裡的「乚」（乙）字偏旁，正是甲骨文中母親那已然呈現側彎的脊椎。

到母親九十歲的時候，身形益發佝僂。有一次為了測試她的記憶力，我故意問她：「我吃奶吃到幾歲？」她想了想，說：「你騎著小車還要奶吃呢！」我記得的是旗袍上的盤釦，她記得的是小車兒。

動物行為學家勞倫茲（Konrad Zacharias Lorenz, 1903~1989）觀察幼年期的離巢鳥類，發現牠們從孵化後的第一天便跟隨著母親，勞倫茲遂稱之為「imprinting」——這個字，有翻作「銘印」的，也有翻作「印痕」的。即使在人工孵養的環境之下，這種反應只在出生後的一段關鍵時期出現。幼鳥的銘印能力能夠經刺激後得以發揮，認定周邊移動的龐然大物為母親；似乎人類也如此，而關鍵期約在十八個月到三歲之間。

古今中外呼「母」，有著相當廣泛的一致性，可能也與這種「imprinting」的反應有關。牙牙學語的孩子還不會分辨元音、輔音，還無從組合字義，即使雙唇緊閉，所發出的「m」、「m」，便是最直接的呼求。叫娘了。

母之為字，原本也很簡單，就是一個被指出兩點——即雙乳——的女子。今日通行的楷書字體可能看不明白，因為楷書非但將那兩乳從一左一右變換成一上一下，還扭折了這兩點的框架——那原本就是個「女」字。而「女」，正是一名雙手受縛跪地的人。在老祖宗們還大量造字的那個時代，女人的地位如何？顯然已不言可喻。

中國最早的字典之一《說文》經常使用近音或同音字解釋字義，在「母」字底下，許慎用一個「牧」字來為「母」作解釋，顯然並沒有人倫歌頌的情懷，也沒有感恩報德的意思，清代學者段玉裁講得很明白：「以疊韻為訓；牧者，養牛人也，以譬人之乳子。凡能生以啟後者，皆曰母。」

不只在《說文》出現的東漢（甚至更早的幾千年），即使順時向現代揭露，有很長一段時間，我們今天用來稱呼最親愛的母親的很多字：「媽」、「娘」、「姆媽」多由方言中來。在書寫文本裡面，則一逕出現得較晚。以「娘」為例，本來這字寫作「孃」，是少女的稱呼，有類單位詞，像是聶隱娘、紅娘、趙五娘、陳三五娘之屬。

宋代以前，杜甫的〈兵車行〉裡有「爺娘妻子走相送，塵埃不見咸陽橋。」肯定是藉由俚語反應現實，可知娘之為母、為祖母並無不妥。但是，在比較正式的文章典籍之中，似乎找不到稱母親為娘的例子。開始將母親稱作娘的第一人，似乎是宋太祖，也依然是出於維持民間習慣，趙匡胤稱其母杜太后為「娘娘」。之後司馬光作〈書儀〉，說：「古稱父為阿郎，母為娘子。」看來並沒有可信的證據，應該是「託古改制」的意思居多。

至於「媽」字，登台成為書面語可能更晚了，至少在明清小說之前，唯獨南宋洪邁的《夷堅志》裡有〈霍秀才歸土〉一則云：「見去歲亡過所生媽媽在旁指我泣曰：『此是陰府，汝何為亦來？』」而外，經史群書之中根本找不到用例，而這看見死後顯靈之母的兒子本來就是一般百姓，設若不是通過小說，還真不得傳其言。

如果從音韻的源流看：「媽」這個形聲字的聲符「馬」在上古時期可能並不是像今天這般發開口音，經由對比古文獻可知，馬字的發音居然是跟武、午、母相近——甚至以官職「司馬」掌武事以及午年肖馬為例而證，所使用的還是「以疊韻為訓」的那一套解釋方法。

為甚麼聲音相近、意義就相通了呢？聽人們叫媽媽就明白了，這大概還就是本文開篇時所說的那個詞兒——imprinting——我們總離不開；母、媽、姆媽，喚一聲，回到原初。

不過，關於脫離授乳所象徵的意義，還是我父親的一則小故事比較具有諷世趣味。有一天他接到一通推銷電話，對方再三兜著圈子追問：「府上吃哪一個牌子的奶粉？」父親聽著不耐，答曰：「我們一家三口早就斷奶了！」掛了電話之後，他對我說：「這些賣東西的，比媽還嘮叨！」

字詞辨正

# 跟媽媽有關的字

一、「母夫人」的意思是：①兒子得官，母親受官誥而成為夫人 ②丈夫得官，妻子受官誥而封夫人 ③尊稱他人的母親 ④尊稱自己的母親

二、「母權子」一詞是指：①母親讓兒子代為主持家務 ②由母親為兒子籌畫事業 ③由本金滋生的利息加入本金，通稱複利 ④通貨膨脹時使用鑄造較重的大錢 ⑤通貨緊縮時使用鑄造較輕的小錢

三、「母婦」通常是指：①有子女的婦女 ②外婆 ③有孫子女輩的婦女 ④丈母娘

四、「姆」這個字最初的意義與何事有關？①孕育 ②哺乳 ③教導 ④撫養

五、作為「姆媽」一詞的「姆」字，其讀音是：① mu ② mi ③ ma ④ m

六、梁啟超〈新民說〉裡有「披綺羅於嫫姆」的句子，其含意是：①老婦人也有盛裝打扮的權利 ②讓醜女著飾華服反而增益其醜 ③錦裝繡飾恰足以表現對尊長的敬意 ④慈祥的懷抱勝過精巧的衣裝

七、「姆姆」在近世以來有稱「修女」之義；然而至少在宋、明之間，「姆姆」原本另有所指，是：①兒媳呼婆婆 ②弟妻呼兄妻 ③兄妻呼弟妻 ④親家母互稱

八、「媽媽論兒」說的是：①民間流傳的俗話 ②對於事物的喋喋不休 ③品頭論足不能自已 ④養而育女的媽媽經

九、古代小說、戲劇裡常常出現「娘行」這個字眼，它的一般性含意比較接近以下何者？①特種行業的婦女 ②上了年紀的婦女 ③已婚的婦女 ④指稱女紅一類的手藝

十、「娘子軍」的創始者是：①春秋時代的吳起 ②三國時代的諸葛亮 ③唐代的平陽公主 ④宋代的梁紅玉

答案：③，④，①，③，④，②，②，①，②，③

# 一字多少周折

## ——字裡有「斤」，總不免殺伐砍斫，將斷未斷之間，差別不小。

直到五十年後，我才發現幼年的學習記憶有錯，而且是糾纏難解的錯，真是挫折。

當時我大約才四、五歲，跟著父親到「國光戲院」看一齣戲，戲名叫《胭脂寶褶》，父親把最後這個字唸成「穴」，並且告訴我，這個字的意思就是「夾襖」。我從來沒有懷疑過，也沒有查證過。

《胭脂寶褶》原本是兩齣戲拼合而成。一齣叫《遇龍酒館》，一齣叫《失印救火》，最初根本不是一個故事。到了鬚生泰斗馬連良手中，整併為一，前半截說的是書生白簡進京趕考，在遇龍酒館遇見了微服私訪的明成祖朱棣。名君得遇賢士的套路之餘，白簡還把先前得自二龍山上江湖人物公孫伯所奉贈的一件胭脂褶轉送給朱棣。之後，穿上龍袍、恢復帝王面目的朱棣封白簡為「進寶狀元」，復招安公孫伯；這些都是老戲之中順理成章、司空見慣的情節了。

然而故事是拼盤，拼湊成篇的下半場則換成了受封為八府巡按的白簡微服私訪，不意失落印信，被人拾去了、獻給酒鬼縣官金祥瑞。金祥瑞酗酒無能，公務皆倚賴班頭白槐打理，而白槐又恰好是白簡失散多年的父親。

父子因公務往來而得以重聚，遂由白槐設計，趁金祥瑞謁見白簡之時，白槐自去衙署後縱火，白簡則託辭救火，逕以空印匣交付金祥瑞保管。故事的趣味就在醉鬼縣官發現印匣是空的之後，向白槐告急求助，白槐於是獻策，把拾來的印放入匣中。白簡的官銜、性命保全了，還得以奉養那足智多謀的父親。

這故事和許多民間戲劇一般，有著市井小民對官僚人物一廂情願的想像，可是白槐的機智與金祥瑞的顢頇、白簡的迂闊所形成的鮮明對比，恰恰鋪陳出小人物戲弄與拯救大人物的喜趣。然而，戲演完了，再回頭看看那戲名——《胭脂寶褶》；簡直令人有不知所云之感。我就記得了一個讀作「穴」的「褶」字，「夾襖」。

這個字，跟父親教我的另一個故事的記憶還重疊在一起——讓我先說這第二個故事；那也是齣戲，叫《贈綈袍》。戲名應該出自唐代大詩人高適的〈詠史〉：「尚有綈袍贈，應憐范叔寒。不知天下士，猶作布衣看。」

「范叔」，即范雎。《史記．范雎蔡澤列傳》載：戰國時范雎遭受私通齊王的不白之冤，被辱幾死，靠了買通守衛、換以死囚之屍，才逃到秦國，改名「張祿」，遊說秦昭王以霸術，拜相封「應侯」。當魏國派遣須賈使秦求和之時，范雎刻意假扮潦倒，遇須賈於道途之間。須賈畢竟還有憐惜故人之意，送了他一件綈袍。後來須賈才發現：他要求助的「張祿」竟是范雎，立刻前去謝罪，范雎說：「然公之所以得無死者，以綈袍戀戀，有故人之意，故釋公。」便放須賈回魏國去了。高適〈詠史〉詩裡的「寒」字一語雙關，既是寒冷，又兼具貧困之意。

父親為我說了故事，順便說：綈袍，就是厚襖子。

好了，又一件襖子。在亞熱帶的台灣生長，沒體驗過多麼厚重的衣物，居然將「褶」與「綈袍」混同為一物，而且在教孩子認字的時候還傳衍了那個「穴」字的讀音。

其實不對的！「褶」作夾衣解釋時，讀若「疊」；作「左衽騎射之胡服上衣」解釋時，讀若「習」；作衣裙上面經折疊（甚至熨燙）而留下的痕印解釋時，讀若「者」。三處都不一樣，但是從來沒有「穴」這個讀音。讀作「穴」的這個音，恐怕是父親老家塾裡的先生依鄉音的讀法。至於《胭脂寶褶》，主體是「失印救火」的故事，與《贈綈袍》更是南轅北轍的兩齣戲，連袍子都不一樣。

至於字形上和「褶」也很相近的「摺」就更複雜了。「摺」也有「衣上疊痕」的意思，所以也讀「者」，通常以語詞「摺子」表述。但是更多的時候，摺作「折疊」、「轉折」、「重」、「層」或者是雜劇裡面的一個段落，和「折」字相通，讀音也同於「折」。可是，這個「摺」如果放在「折脅摺齒」（打斷肋條、拉斷牙齒）的四字成語之中，「摺」字居然要讀作「拉」。有趣的是：「折脅摺齒」四字的出處，恰巧就是前文中提到的《史記・范睢蔡澤列傳》：「魏齊大怒，使舍人笞擊睢，折脅摺齒。」別忘了，要讀「拉」齒！

與「摺」字相通的這個「折」寫起來輕鬆，會意起來也不容易。這個字，從小篆以後，直到楷書、行草，一路寫來都是提手偏旁，但是這並非造字本源。在甲骨文（）和金文（）裡，「折」都是右邊畫一個表示刀斧的符號，左邊畫兩束上下割斷的草，這就相當清楚了：折字的本義就是以刀斧斷物。比較起甲骨文裡的「析」（），反而十分接近，只不過甲骨文的「析」字的左右兩個字符和楷書正相反，看來刀在左邊，而右邊的木頭並沒有被斬斷。

中國人古往今來都好說文解字，有時穿鑿得近乎荒唐，不過，這樣也足見用字人時刻揣摩造字人的心意，如此虔誠，的確是文化的核心。我在尋訪那「褶」字的過程中，仔細讀了「習」字的來歷。文字學家們對於習字底下那字符究竟是「日」還是「白」爭執不休。有人說：小鳥學飛盡日不息，故應從日；有人說：小鳥學飛費勁使力，口吐白氣，故應從白。這喧呶之爭說來有些無謂，卻總令人興起一種肅然之感。

字詞辨正

# 一斧劈來都是字

一、有一個常見的詞「習習」，以下何者不是它的意思？ ①風吹和舒貌 ②鳥兒振翅屢屢欲飛貌 ③努力求學貌 ④行路貌

二、「析圭」是指： ①鑑定玉石 ②收藏寶器 ③核對契卷 ④分封官爵

三、「析薪」含意豐富，但是不包括何者？ ①劈柴 ②揀選合適的燃柴入灶 ③繼承父業 ④替人作媒

四、「折衝尊俎」常用來形容辛苦調停及排解糾紛，此處的「折」是指： ①判斷 ②審理 ③防止 ④打擊

五、今人稱「一扠（音『眨』）」應為「一折」，為簡易度量長度的單位，其法為伸張以下何者？ ①拇指到食指的長度 ②拇指到中指的長度 ③拇指到無名指的長度 ④拇指到小指的長度

六、「折券」的實際意義是： ①換取買賣折扣的文憑 ②毀棄債券不再索取 ③將文件收整歸檔 ④兌換等值貨幣的代金

七、「折乾」一詞的正確意涵是： ①南北漕運明令規定的糧米損耗額度 ②用錢代替實物 ③以金銀財寶行賄 ④以上皆是

八、「折齒」除了字面上的意思之外，亦表「備受挫辱」；然而，也與下列哪一種情境有關？ ①調戲婦女被拒而受傷 ②竊取財物被捕而受刑 ③討好上官被斥而受辱 ④淩辱下僚被訴而罷職

九、「折脅摺齒」這個成語中的「摺」字讀音與下列何字相同？ ①拉 ②折 ③者 ④習

十、「褶」字的正確讀音究竟為何？ ①疊 ②習 ③者 ④以上皆是

答案：③，④，②，③，①，②，④，①，①，④

# 我變、我變、我變變變

## ——自其變者而觀之，也要自其不變者而觀之。

若說看老電影是一種享受，那享受的滋味之中一定有很大一部分未必關乎影片情節或情感，而是觀賞者重返了自己早先的人生。也許還不只是重新想起甚麼而已，不是這樣簡單、率直；我相信在那整體的重返經驗的深處，還會有所發現，發現我們原來曾經如此不一樣地感受過、理解過自己和世界。

一九八〇年，勞勃．瑞福執導了他生平的第一部劇情長片《凡夫俗子》（*Ordinary People*），我對這部片子有出奇深刻的印象，包括主要演員的姓名和他們各自在影壇上的表現、也包括影片在第二年獲得四項奧斯卡大獎的獎項。我甚至還能在三十八年後重看之際，背誦出片中好幾段並不特別出色的台詞。從這部片子之後，我沒有錯過任何一部勞勃．瑞福執導、以及唐納．蘇特蘭和提摩西．赫頓參與演出的電影，而且總在其他的電影中尋覓、對比這些演員在《凡夫俗子》裡的角色性格或情感。

對我而言，不論之前之後看過多少部偉大的影視作品，《凡夫俗子》都是一個不能超越的地標。而且我深深明白，這種里程碑似的感動並非來自它的形式或美學，而是它所揭櫫的主題和意義。

一個中產小康之家忽然遭逢了長子溺斃的巨變，故事開始的時候，悲劇已經落幕。但是，家中的父母和弟弟如何化解或是領悟悲痛，則成為各自無法承受、卻終於無法迴避的課題。對我而言，這部從頭到尾說著家常話的電影帶來最強烈的衝擊竟然就是 ordinary ——溺死的親人（失去了摯愛）或許只是一個隱喻；這隱喻為我們揭露的真相是尋常生活的艱難，而那艱難的本質卻來自人們不能面對生死際遇所帶來的改變，啊！我們多麼怯懦？

電影故事裡的弟弟為了自己在帆船事故中生還而自責，母親則陷入不能追求幸福的苛刻自溺，父親除了繼續扮演老好人之外，「只能坐在圍牆上目睹妻兒隨波逐流而去」。受苦而勉強活著的人甚至不知道自己還擁有愛的能力與否。這個疑惑，到電影結束時仍無答案。

人生樣貌，自其小者而觀之，一瞬而何止百千萬變；自其大者而觀之，回首前塵如觀賞老電影，也不免令人有今夕何夕、逝者如斯的感懷。那麼，無論我們隨時感知、或者是久後察覺的種種變化，難道只是此一時也不同於彼一時也？只是這樣嗎？

從漢字造意來說，好像不僅如此。

有些字典將「變」收入言部，有的則收入攴部，無論歸類的想法如何區別，都顯示了因外力（「攴」作打擊解）或言詞（商議或辯論）而導致事物不同了。

從許慎的《說文》開始，賦予「變」字一個「更」（讀一聲）的意思，這就是本義了。更，通常表示代、換、改之義。不過，細心認字之人不難發現：「變」這個看來頭重腳輕的字的上半身，似乎還有難以貫通意義的字符——在言字兩邊，拆分了一個「絲」。無論放在一個字的甚麼位置，拆分成兩處也罷、砍去一半變成了「糸」也罷，這個字的意思是不怎麼改變的，多表「存續不絕」。

改變、取代、置換，聽來和存續不絕似乎很矛盾吧？然而造字者似乎正是要強調：萬變不離其宗。無論經由外力迫使、或者是言詞說服，變化的主體還是像絲一樣綿長而不中斷。甚至，包含了言在內的絲，也是一個獨立的字符，讀若「䜌」，本有「治」、「不絕」之義。漢字的道理好像還真是正說反說、無不可說。

除了變化、更改之外，變還表示一種因時、因事而制宜的方略，所謂權變。而「權變」大概是此字少數較具正面意義的語詞。其他如災異、死喪、禍亂等，看著總令人不太舒服；可見造字的古人大概是不怎麼愛「變」的。而這正是文化底蘊的流露；光從這個字來作出「中國人不大喜歡變化」的推論也不算離譜。

變字寫著繁複，也有讓事物複雜化的意思。唐五代時期的一種說唱文字被稱為「變」或者「變文」，內容多講述佛經故事，日後民間傳說、歷史軼聞也摻和進來，豐富了這種體製。至於為甚麼稱之為「變」，學界眾說紛紜。我的看法是：素樸的道理包裹在動人的情節之間，這種加工、裝飾，正如同《周禮・春官》所記載的「變几」——相對於「素几」一詞，便一目了然——在素几上添加玉材、巧為雕琢、甚或髹漆塗紅，都是為了吉事祭神之用，這就是「變几」。所以「變」，還含有踵事增華的裝飾之義。

比方說我們偶爾會用的一個古語：「豹變」，說的是幼小的豹漸漸成長，脫褪了原先的胎毛，變得紋采煥發。語出《易經・革卦》：「君子豹變，小人革面。」說人改過向善，或者是稱人由貧賤而至於顯達——這也是變好的意思。

可是，變賣、變產、變現……這一類的詞卻給人一種賣方要吃虧的語感。還有「變主」，是宋代就出現的一個詞彙，說的是遭遇盜匪打劫的人。如此說來，變還真不見得是好事。我們常說「變天」，除了政治上的改朝換代，用意不外是指天氣忽然轉變——而且通常是用在轉寒涼、轉風雨的時候。但是，在《呂氏春秋》上，「變天」另有專旨，說的是東北方包含著箕、斗、牽牛等星的天區。注解《呂氏春秋》的高誘認為：「東北，水之季，陰氣所盡，陽氣所始，萬物向生，故曰變天。」這個概念，正好和俗語的天氣變壞是相反的。

人們經常追求變化，也憂心難以應付變化；世事多變，而變之為善為惡，卻又福禍相倚。單從一個變字的多方面來看，還真找不出一個絕對的答案。你想要改變嗎？再想想。

字詞辨正

# 變化何以莫測？

---

一、下列哪一句中的「變」字意義與他者不同？ ①夫子之病革矣，不可以變 ②前有利獸之樂，而內無存變之義，其為害也不難矣 ③舍人弟上變，告信欲反狀於呂后 ④卒然有非常之變

二、下列哪一句中的「變」字意義與他者不同？ ①非亟得下東國者，則楚之計變，變則是君抱空質而負名與天下也 ②守經事而不知其宜，遭變事而不知其權 ③范蠡乃乘扁舟浮於江湖，變名易姓，適齊 ④刑者，侀也；侀者，成也。一成而不可變，故君子盡心焉

三、和一般的「几」比較起來，「變几」是比較： ①素樸的 ②裝飾的 ③次等的 ④古老的

四、「變告」是： ①告發謀反 ②捏造情報 ③篡改文書 ④傳遞謠言

五、除了天氣上、政治上的劇烈變化，「變天」容有下列哪一個古代天文學上的解釋？ ①星辰稀疏的天區 ②天亮前的天區 ③東北方的天區 ④遙遠不可觀測的天區

六、下列哪一個詞語和他者不同？ ①變現 ②變產 ③變計 ④變賣

七、「變主」是指： ①主導大局走勢的人物 ②負責的革命者 ③出主意的謀士 ④受劫掠的苦主

八、「變卦」本來是掛爻互變而成新卦，但是俗語中變了意思，指的是： ①已經決定的事臨時生變 ②事情的發展超乎想像 ③努力改變現狀卻失敗了 ④意外的阻力破壞現況

九、「豹變」的意思是： ①性情變壞 ②遭遇凶險 ③逃離事故 ④改過遷善

十、「變相」二字究竟是指甚麼？ ①鋪陳佛經內容而繪畫成的圖像 ②改變原來的模樣 ③事物的形式不同但內容或本質並未改變 ④以上皆是

答案：①,②,②,①,③,③,④,①,④,④

貳

# 見故人

# 關於龍，我們有些誤會

## ——你得先相信：它不是動物。光是這一點，就很難。

我二十歲那年初見賈公，他不過六十許人，卻獨居在台北北郊萬里鄉的一所老人院裡；地近海，十分荒僻。

父親說服我去看這樣一位老人家可花了不少氣力。稱道他學識好、人品高、一筆字寫得如見二王，這些都難以打動我。但說賈公打從四九年來台以後，始終單身未娶，是因為在山東濟南老家有妻有子，他這是「守節」。當時的我有些好奇，為甚麼守節？

在輾轉換車前往萬里的路上，我問父親：「賈公為甚麼要守節？」父親說：「不知道。關於賈公，很多事其實我也不知道的。」

那一次見面，賈公所言及身世者不多，當然也不會傾吐個人私密之事。印象中許多話題都圍繞著我在中文系念書的內容，從經籍掌故，到章句訓詁，卻滔滔不絕。的確令我驚訝嘆服的，是他同濟大學電機系畢業的學歷，與文史專業的學術領域毫無關係。

雜談本無約束，賈公卻似乎看出了父親帶我拜見鄉前輩的心思，竟再三囑咐父親：關於家學風教，毋須寄託過甚。我尤其記憶深刻的是，他說：「不必望子成龍。」

「中國人壞就壞在望子成龍。」

以一種完全出於想像而顯示形貌的動物而言，我們似乎不必附會於考古學或生物學上的知識來印證龍的存在。龍之為物，就是呈現了中國人對大自然最深刻的敬畏。牠是最高權力的象徵，集祥瑞與威勢於一身，能大能小，且騰且隱，無論是潛於淵、戰於野、飛於天或浮沉於江湖，都洋溢著神秘而燦爛的精神，而且昭示著活潑無窮的變貌。

從甲骨文的字形（）來看，本來很簡單，就是一個倒置的曲線形角錐，有如向右側歪斜的A字，A中間的一橫向外延伸，勾成盤屈的身體、結束於像倒鉤一樣的尾端；而A的開口便是龍最顯著的象徵：一張大嘴。

到了較晚期的甲骨文裡，龍的「肉冠」明顯起來，而且形狀多變，規矩轉折的方筆似乎有意表現那肉冠不是天然的，倒像是頂帽子：這意味著人們開始「用自己的形象造神」。無論後世的文字學家怎麼割裂拆解，把龍頭、龍身、龍尾分別賦予不同的來歷，至少在絕大部分的甲骨文、鐘鼎文裡，龍還是完完整整的一尾活龍。

然而中國字越來越遷就方塊，太長、太寬的造型都得隨書寫規格而改變。到了秦代的小篆（），龍就給圈進了籠子，左一邊、右一邊，龍頭與龍身、龍尾分居兩處，簡直令龍的傳人不忍卒睹。

我們今天唱流行歌，通常不會感覺〈龍的傳人〉也是個被曲解的象徵。龍的傳人第一代九個兒子，沒有一條成龍。九子說法不一，到了明朝士人的手裡，才算是總結了流傳已久的民間說法，把這九子的名目和職守大致定了下來：分別是「囚牛」、「睚眥」、「嘲風」、「蒲牢」、「狻猊」、「贔屭」、「狴犴」、「負屭」和「螭吻」。說牠們有的看門，有的司獄，有的坐屋脊，有的踞刀頭；也有抱香爐的，也有馱石碑的，也有守橋墩的，也有護食具的，各自因緣分際，不一而足。但是沒有一條是龍。

就傳承二字來說，這樣傳而不傳，實則深具意義——至少，對於那些望子成龍的父母來說，應該認清這龍生九子的神話所著意者，原本就是一代與一代之間活潑的變化、率性的差異。每一頭龍子，都具備了一些前代的特質，卻絕非父母的複製品，更不是實踐父母私心渴望的工具；九子不肖龍，當作如是觀。

有關龍的誤會，流傳最為廣遠的是「群龍無首」。我們一般使用這個成語的時候，多指一群人沒有領導，缺乏共識，而不能合作行動，達成共同的目的。但是在《易經・乾》的原文如此：「用九，見群龍無首，吉。」如果說一夥烏合之眾，不能協力齊心，怎麼會是「吉」呢？

顯然我們要從反面來看：如果一群共事之人，人人各成一龍，又何必要定於一尊，唯領導者之馬首是瞻呢？

最早提醒我「龍生九子不肖而各有所為」的，以及「群龍無首，吉」的，正是賈公。然而，想起他來，我更常會想起父親的話語：「關於賈公，很多事其實我也不知道的。」那一次會面之後沒有多久，歲序方才跨入八〇年代，賈公消失了，老人院忽然留下了一間空房，沒有人知道他去了哪裡。我不由得想起孔老夫子的話：「至於龍，吾不能知，其乘風雲而上天，吾今日見老子，其猶龍乎？」

又過了將近十年，父親忽然有一天從對岸得到消息：這位曾經擔任國府戰區政治部少將主任秘書、東南長官公署人事室主任、以及國防部中將簡任一級秘書的賈公，已經是北京市人民政府參事。他在台灣的一切行藏，到今天看來都是一個徹底的謎。

我在上世紀九〇年代初曾經赴北京探訪過他兩次，他白髯當胸，鶴髮童顏，一派瀟灑。只是和妻兒相處得極不融洽；然而老人似乎渾不在意，已經忘記了曾經點撥過我「龍生九子不肖而各有所為」的話，卻道：「我的名字叫『似曾』，父祖命名是希望我能比擬曾子；可是我看這名字，不過是『恍兮惚兮，似曾相識』的意思而已。」

究竟甚麼樣的人格能擔待得起用「龍」字來形容？《世說新語．容止》形容王羲之：「飄如游雲，矯若驚龍。」可以給我們一個提示。從「東床坦腹」那個著名的典故可以得知，當王家子弟個個為了能當上太傅郗鑒的女婿而矜持作態、故示莊重之際，只有王羲之坦腹東床，置若不聞；其從容瀟灑，無與倫比。這樣的人，怎一個「龍」字了得？

字詞辨正

# 說　龍

一、俗諺「龍多乃旱」，意近於：①意見紛陳，不易協調 ②枉費功夫 ③過多的變化反而使得目的難以達到 ④三個和尚沒水吃

二、「龍雛」是指：①帝王年幼的時候 ②小蛇 ③幼筍 ④多年生蔓藤植物的嫩芽

三、「龍蠖」二字並舉，是因為兩者都：①能屈能伸 ②模擬環境而變化 ③屬於體態細長的動物 ④十分罕見

四、以下何者與「龍吟」的用意無關？ ①形容簫笛之類的管樂 ②形容深沉或細碎的聲音 ③形容人語音洪亮 ④形容華麗高貴的詩篇

五、「龍戶」是指：①生活在水上的居民 ②深山裡的隱士 ③帝王之家 ④狀元之家

六、「龍山會」是指：①上元節燈會 ②端午競渡會 ③重陽登高會 ④除夕團圓會

七、關於「龍甲」，以下何者為誤？ ①作戰用的甲冑 ②蛇蛻之黑色鱗片 ③一種紅色的蜻蜓 ④雪片

八、「龍具」是指：①細絲織成的衾被 ②亂編麻製的牛衣 ③油紙做的雨傘 ④皇家的禮儀服飾

九、「忌」有「禁」的意思，那麼「龍忌」呢？ ①禁止議論國事 ②禁色欲 ③禁煙火 ④國殤期間禁一切娛樂

十、「龍津」是地名，即龍門，也有仕宦顯達之途的意思，那麼「龍津女」呢？ ①酌酒侍客的妓女 ②達官顯貴的千金 ③被逐出門第的婦女 ④龍津地方的姑娘

答案：④，③，①，④，①，③，②，②，③，①

# 英雄不與常人同

## ——超越眾生，超越凡俗，超越往昔——英雄們背負了不少期許。

那時，他住我隔壁，一家五個孩子，三男兩女，非常熱鬧。他和他二哥的名字裡重了一個「粹」，卻又不是排行字，二哥叫「粹豪」，他叫「粹潔」。我沒寫錯，不是傑，是潔。我曾經問過他：為甚麼你哥是「豪」、你卻不是「傑」呢？他說他也不知道，叫他回去問，他不敢。

一村四排百餘戶軍眷人家，那一波年紀相彷彿的孩子總在三十個上下，我獨與粹潔相親近；一來兩家相鄰，二來他有一種么兒的憨懦氣，讓人總覺得應該隨身攜帶，不可須臾離之。時日稍長，粹潔也會展現出一種「士為知己者死」的衝動情感，總在各種我們共同參與的童戲之中，出任最艱難的角色。

比方說：玩起「追蹤旅行」，他一向當那個極端無趣的「鬼」，只能在棋盤也似的巷弄中來回絕望地巡弋，深知所有的人都不會認真留下足供同伴清晰辨認的行蹤記號，甚至大部分的人都早早溜回家洗澡睡覺了。唯獨他仍然一盞接一盞的路燈、一袖擦一袖汗水，絕望而不假思索地四下張望。我曾經在隱蔽處窺看過他假裝已經發現了敵蹤，躡手躡腳朝根本無人之處撲身，甚至還和空氣中的不知甚麼鬼說話：「好罷！這一次就暫且放過你了！」

再比方說，有人發起打棒球，我由於家裡有廢棄的網球（這是主要球具）之故，得以出任投手，一整條巷子裡願意為我擔任捕手的，也只有他。他非但不比別人更會接球，相反地，每當人揮棒落空，他一定閉眼，只能用球套護住臉面，接著就任憑身體的某一部位把球擋下來。偶然接住了球，他還會非常驚訝地多看一眼手套，笑著對我說：「好球啊！」

這種遊戲中帶著小小情義的日子並不太長，很快地，我進了一所以升學聞名的私立初中。考試開啟了新的洪荒時代——過關的跌入更多考試的夢魘，過不了關的跌入逼人的現實。國中時代，我幾乎沒有見過粹潔的面，鄰居的孩子都已經長得腿壯腰圓，偶或在巷弄中相遇，說起話來也會驚訝對方聲音變得粗嘎不堪。於是乃有「粹潔進去了」的傳聞，我向粹豪打聽過，做二哥的諱莫如深，只說：粹潔轉了學，所以得去桃園親戚家借住。

村裡的傳聞雖然簡略，卻沒有停過。大約是說：粹潔一進國中，便被吸收入某幫派，成了小弟。據說他在學校裡倒還不太撒野，但是在「外面」，刀光劍影的場子乃是家常便飯，這一趟他進的是桃園的少年觀護所，不是甚麼親戚家。然而我到那一刻才聽出一個道理：我的人生，原來一直沒有「外面」。

升上大三的一個暑假，我在霧社的一個夏令營擔任服務人員，團體活動之中居然有童子軍體系所發展出來的、具備嚴格意義的追蹤旅行。玩到有一整個小隊在深山中的保線路上失蹤一夜，我負責各種對外聯繫的時候，清晨時分，無意間接到一通電話，竟然是從來不理會我任何課外生活的父親，劈頭一句：「隔壁李小弟在家門口劫囚車，被捕了。」

老人家還叫他「李小弟」，報上的稱謂則是「大盜」，詳情則是在延擱了一天以後才跟著前一天的早報來到迷霧蕭森的溫泉山區，也沒甚麼更驚悚的細節，不外是持槍、西藏路中華路口、還有一名同夥的女子。我腦子裡全是電影裡的畫面。唯一的對白只是：「為甚麼你哥是『豪』、你卻不是『傑』呢？」

英雄豪傑四字一出，小說感就來了。彷彿現實人生巴望不到的人格、境界、胸懷、理想，都在虛構的文本之中可以獲得解決；英雄豪傑，大約就是那樣遙遠的人物吧？

「傑」字是這一組語詞裡「內部矛盾」最大的一個字。稍通國史可知，傑的字根「桀」是上古之暴君，萬惡歸之無疑。「桀」的確是個壞字眼，本來是將被處決而身首異處的罪犯高高掛在木架上示眾。怎麼會有人起這名兒呢？原來「桀」是個諡號，這暴君本名叫「履癸」，由於殘暴好殺，諡之以「桀」，就是為了要給他留個罵名。

由於「裂殺示眾」過於殘忍，一般通行的解釋多以「雞棲於桀」來表現這個字的意思，那就溫和許多。此字流通之義成了標示所在的木樁子，至於「桀」上面到底掛著甚麼，就不追究了。由此而衍申出豎立、特出、甚至堅硬的語意，但是仍不免在某些時候，用以表達「凶悍橫暴」，像是：桀虐、桀悍、桀猾等等。不過，一旦為這字加上一個人字偏旁，惡義盡銷，人傑出世。

豪傑兩字一向並稱。「豪」本來也就是貆豬（箭豬）一類的小獸，身體上有「筆管」也似的硬毛，可能讓老古人暗生敬畏之心。漢代的《淮南子》稱「智過百人」為豪，更早在先秦時代，道術家之言《鶡冠子》則稱「德千人者，謂之豪。」這就不是倚賴智力過人取勝的衡量，而是將這個字賦予了造福公共的社會價值。儘管我們還是稱勢力強大、才智出眾、以及放情恣性者曰豪，然而「德千人者，謂之豪。」一語，的確可以提醒我們：聰明才智愈大者，宜服萬千人之務這樣的理想情懷。

「雄」字最早見於小篆（），甲文、金文都沒有它，原本只表現動物的性別。左邊這個「厷」（音「洪」）是具備意義的聲符，指人的上臂（肱）——也是人最能出大力的部位。這就把強力、出眾、勇武、剛健甚至富有和險要……之類的意義牽連進來。

「英雄」並不是一個太古老的詞彙，至少在漢代以前的古籍中皆無所見；連司馬遷都沒用過。倒是在班固的《漢書》上，提及劉邦「總擥英雄，以誅秦、項。」日後英雄便演變成一種或一群能夠乘時造勢、左右世局的人上之人。「英雄不怕出身低」、「英雄所見略同」、「英雄氣短」、「英雄無用武之地」……這些個俗語有一個共同之處：無論英雄發達或者沉埋，他們實在引人側目。

明代的李攀龍在〈唐詩選序〉一文裡，還發明了一句酸溜溜的「英雄欺人」，來諷刺李白：「太白縱橫，往往彊弩之末，間雜長語，英雄欺人耳。」李白在唐代、甚至在整個中國詩史上都是獨一無二的發明家，其句法變化雄奇，無出左右者——那麼，他欺負了誰呢？恐怕就是欺負了（像李攀龍那樣的）千古以來沒能比他的語感更自由的詩人們了。

英雄豪傑在不同的時代、不同的社會、不同的生命情調和生活環境裡，大約都旨趣各異。中國字的字義早已昭示了這一點：那些特出的人、那些偉大的事、那些高超的情感、那些動人的故事，各有面目，但是皆非尋常之輩所能爭取贏得，最關鍵的一點就是他們不與人同。最多的時候——我們不難發現——堪稱英雄豪傑者，他們肯做的犧牲也與常人迴異。

我沒說完的是粹潔。粹潔距離豪傑，果不其然還有十萬八千里，連名字都只涉嫌同音罷了。可是我始終記得霧社活動完畢歸來的那天傍晚，父親同我見面第一句話就是：「李小弟幫襯他一大家子這麼過來的，也不容易，你不要瞧他不起。」

字詞辨正

# 論天下英雄

---

一、「英」的初義是花，也有「草木初生的苗」的意思，試問在此義時，「英」字讀作：①殷 ②秧 ③映 ④英

二、「豪」原本是指哪一類的動物？①虎豹 ②熊羆 ③貊豬 ④麋鹿

三、古代道術家對「豪」的期許是：①能造福於他人 ②能造福於百人 ③能造福於千人 ④能造福於萬人

四、下列哪一個詞中的「豪」與他者字義有別？①豪汰 ②豪侈 ③豪宴 ④豪矢

五、「雄方」是近世以來罕見少用的詞彙了，它的意思是：①勝利一方的軍隊 ②大塊烹調用肉 ③贏得交配權的動物 ④題詩的大板子

六、「雄黃」是藥材，那麼「雄紅」呢？①牡丹 ②牲血 ③朝霞 ④廟門

七、「雄成」一詞在《莊子》中有貶義，說的是：①以成就某事為傲 ②男性強出頭 ③過於努力求勝 ④以折服他人為能事

八、「雄」之成字，左側的音符「厷」也表現了字義的起源，是指：①性別 ②力道 ③美好 ④高大的意思

九、「傑郎」是指下列哪一種人？①巧匠 ②將帥 ③和尚 ④副官

十、以下哪一個名詞所指稱的不是壞人？①桀宋 ②桀溺 ③桀跖 ④桀冥

答案：②，③，③，④，④，①，①，②，③，②

# 蛇龍百變豈虛與？

## ——蛇有令人生懼的特質，但是，有關蛇的字義，不只是惡毒而已。

「那蛇究竟有多麼大呢？」馮伯伯瞪著一雙圓眼問道。

我看看小凱，小凱看看他姊姊小寶，小寶看看她那個還未必聽得懂問題的么弟彥國。除了彥國，我們每個人都搖了搖頭。馮伯伯又把一雙圓眼從左往右、再從右往左、慢慢巡了一個來回，才繼續說：「小和尚也不知道啊！怎麼辦呢？就只好硬著頭皮往山洞裡走吧？」

這是典型的馮家的故事，和我家的風格大異其趣。在我家，父親總是手捧一卷演義，照章按回一節一節說。羅貫中、施耐庵和吳承恩怎麼寫，父親便怎麼說，那時節我對書本的認識，就當它是父親聲音的來歷。馮伯伯的說法完全不同，他手上就一把圓扇，大鼻象和飛天鵝都是從那扇子裡隨手搧出來的。小和尚也是。

那小和尚的故事，我只聽了一半，就跑回對門的家去，照原樣說給父親聽，希望他也能「講這種的故事」。但是，「既然是好聽的故事，為甚麼不聽完呢？」父親頗為疑惑。

「太可怕了，我想在家聽比較好。」我說。

父親哈哈大笑，說：「那我不會啊！你馮伯伯有那本事——吃鐵絲兒、拉笊籬；肚子裡現編。我沒那本事。」

馮伯伯的小和尚在那山洞裡走了三天三夜，路越走越窄、越走越暗，也沒看見那一條令村人們驚恐不已、爭相傳說的大蛇。他的糧食吃得差不多了，飲水也只剩下小半壺了，打火石和油料大約也不夠點一時半刻的火把了。他有些氣餒，想想：或許等春天裡，那蛇睡醒了，出來活動的時候，再來找罷。小和尚只能暗自祈禱：沒有那蛇膽，希望師父的病還能夠撐下去。不過，若是有佛祖、菩薩保佑，勉強撐過了冬天，應該是可以的吧？

就在這麼想著的時候，地面和山洞壁面忽然之間上上下下、左左右右地搖晃了起來。看樣子，又發地震了。小和尚可不想被活埋在這偏僻的山裡，他抓緊了火把，撒開雙腿，拚命往回跑。

說也奇怪，連這地震都似乎故意跟他為難。平常發震，不過就是抖擻那麼一下，眨眨眼便過去了，這一回真不尋常，彷彿整座山給這大冬天的寒氣凍壞了，就這麼一刻也不肯停地打著哆嗦。

「蛇，會不會被這地震給震醒了、就出來了呢？」馮伯伯又瞪起那一雙圓眼問我。

我站起身，卻不敢回答。

「不會不會，不怕不怕！」馮伯伯笑著說：「因為——」

他又停了下來看看我，我看看小凱，小凱看看他姊姊小寶，小寶已經大叫起來。「因為——」馮伯伯拉下臉，看似既害怕、又兇暴地說：「因為小和尚根本就在這條蛇的肚子裡呀！」

我就是在這一刻衝回家的。

許慎沒見過甲骨文，但是他很篤定地表示：「它」字（）就是「蛇」字，而且還想像著上古時代的人草居野處，對於蛇之為患，是非常有戒心的；是以彼此之間相問訊，都會說：「無它乎？」徐灝作《說文解字注箋》的說法是：「它、蛇，古今字。」所謂「古今字」，根本就是一個字、

相隔多年、兩種寫法。證諸兩千年後出土的甲骨文，許慎說得一點都不錯。

但是，我們更可以利用文字之間的假借來解釋一個字變成兩個（甚至多個）字的現象。本來一個象形的蛇字，寫成「它」（今音讀若「蛇」），寫成「虫」（今音讀若「毀」，同「虺」），所指都是同一個物種。當假借現象發生以後，「它」字非但指稱體圓而細長的爬行動物，也因讀音之小異而擁有了不同的意義。今音讀若「脫」的字，指「別的」、「另外的」。後來更寫作「他」這個字。它者、它心、它年、它故，唸成「脫」、或者「他」，都是可以的。

此外，「它」也有「陀」的讀音，如「它它藉藉」（讀若「陀陀及及」），形容的是縱橫交錯的樣態。在今天讀來，「它它藉藉」的「它」便是一個二聲字。另外還有一個語詞：「橐它」。「橐它」有時也寫作橐佗、橐馳、橐駝、橐駞，讀音和意義都一樣，意思就是駱駝。柳宗元有〈種樹郭橐駞傳〉，形容的是駝背的人，然而用字如此。

至於「蛇」（），則非常奇特，其構成，竟然是左邊一條蛇、右邊一條蛇。晚清的文字學者羅振玉推測：蛇本來可能也有寫作兩條蛇游動的象

形字，在很古老的時代就被人「誤析為二」——也就是誤認成兩個不同的字符（左虫右它），到了許慎眼中，承繼了這一看法，才又在虫部之外，別立它部，根本重複了。

蛇，也不是只有一個意思。作為動物的蛇，還有種種形貌情態，與哺乳類大異其趣。它柔軟屈曲、可以纏繞盤迴。「蛇蛇」二字連用，讀若「宜宜」，可以形容人呈現一種安舒之態，也可以進一步狀述人淺薄而自大的樣子。

蛇字讀「宜」，比較常見的是在一個成語之中：「虛與委蛇」。這話出自《莊子．應帝王》，語意相當複雜，既表現了雍容自得的模樣，也隱含著順隨應承的情致。

「委蛇」的蛇如果回到蛇的本音，則這個詞還是一種鬼物的名稱——在《莊子．達生》裡形容：委蛇，大如車轂，長似車轅，穿紫衣、戴紅帽，不喜歡聽打雷之聲、車行之聲；一旦聽到了雷、車的響動，這東西就會捧著頭呆立在原處，而遇見委蛇的人，將會成為天下的霸者。這段話聽起來像是胡扯，胡扯的話居然也為齊桓公聽信了，而且還十分高興呢。正由於古文傳寫多方，虛與委蛇的寫法很多，包括：「虛與委蛇」、「虛與委移」、「虛與委迤」、「虛與委虵」，都不能說是錯字。

蛇鼠常為人並舉，不是甚麼好東西。蛇鼠一窩、蛇鼠橫行，就是群聚一處、作奸犯科的小人。蛇入鼠出，則形容人行蹤隱密，所反映的仍然是人鄙夷這兩種動物的成見。比較奇特的是「蛇豕」並舉，說的卻是由於貪殘暴虐而殘害人命的景象，語出《左傳．定公四年》：「吳為封豕長蛇，以荐食上國。」

說這話的是申包胥，當時，流亡的伍子胥搬請吳國的大軍、攻破楚國郢都，申包胥眼見國之將亡，只好北上至秦國，請求秦哀公發軍救援，所以他把吳國形容成肥豬巨蟒，是能夠逐步侵蝕鄰國的惡獸。然而，必須附註的一點是：蛇也不全是惡毒的徵兆。它的體型與傳說中象徵皇權的龍相近，所以「蛇化為龍，不變其文（紋）；家化為國，不變其姓。」說明了「蛇變」一詞，甚至還有一種高張雄視的偉態。

與蛇有關的詞彙之中，只有「蛇祖」令人費解，說的是竹子，可為甚麼是竹子呢？對我而言，蛇祖應該是一條超級大蛇，它張著嘴讓人走闖進去，走上三天三夜也走不完……

字詞辨正

# 它，就是蛇，它們也是

一、「它它藉藉」的意思是：①交錯雜亂 ②井然有序 ③名譽很壞 ④聲望極高

二、「君子正而不它」的「它」（讀作「宜」）是指：①分歧 ②歪曲 ③惡毒 ④變動

三、「橐它」（讀若「陀陀」）是哪一種動物？①蚺蛇 ②烏龜 ③駱駝 ④蜣螂

四、「蛇蛇」是一個形容詞，有淺薄自大之態；但是，也可以形容為：①蠕動貌 ②盤旋貌 ③危殆貌 ④安舒貌

五、除了綿延屈曲、彎折行進的形狀樣態之外，「委蛇」二字還表達了甚麼意思？①雍容自得 ②順隨應承 ③就是蛇的名稱 ④以上皆是

六、挑出有錯字的成語：①虛與委蛇 ②虛與委移 ③虛與委它 ④虛與委迤 ⑤虛與委虵

七、「蛇入鼠出」比喻的是：①處所荒圮 ②行蹤隱密 ③榛莽茂密 ④盜匪猖獗

八、「長蛇封豕」形容的是：①貪殘害人 ②水草豐美 ③天然未鑿 ④物種肥大

九、「蛇牀」（或「蛇粟」）是一種羽葉植物，狀似蘼蕪，可以製藥。那麼「蛇祖」又是哪一種植物的別名？①梅 ②蘭 ③竹 ④松

十、「蛇變」有以下哪兩個意思？①洪水氾濫 ②蛇妖災異 ③盜匪猖獗 ④帝王興起

答案：①，②，③，④，④，③，②，①，③，②④

# 認栽？認認這個災

## ——看來都是自然天數之故，人力微薄不支，卻凝聚了自己的道德勇氣。

Fudy和我本來是兩條道上的人，起初由於我作廣播節目訪問了他而結緣，後來成了朋友，是因為他種田的緣故。他可以不種田，然而他選擇種田；我想種田，可是現實上不允許。我羨慕他能夠在建立起自己的廚藝小王國之餘，照顧一塊又一塊以自然農法支撐生產的田地。他是大飯店的廚藝總監，可是名片上印著的顯著頭銜則是「農夫」。

聽這幾句話，他說的：「之前我的農場出現很多的蚜蟲，現在慢慢地消失了。因為我的環境讓瓢蟲來了，瓢蟲的幼蟲很喜歡吃蚜蟲。」他總是在城市裡面、或者邊緣找到一塊面積足夠開墾的荒地，清理了廢棄物之後，逐漸創造出讓土地自然生出雜草的環境條件，大概就甚麼也不做了。他說不急，可以等；等天下雨、等天放晴，等雜草枯萎、微生物滋長、昆蟲聚集……在數以千百計的晝夜間，只有自然之力寂然入土。他告訴我：他甚至不會去翻動土壤，因為那樣做可能會傷害在表土層下蜿蜒著生活的蚯蚓。

他讓我想起老古人的字典（如《爾雅》、《方言》）裡的一個字——「菑」；等同於「災」，看來意思不是太好。實則這個字在沒有那麼激進的自然農法的時代，還真有一些貶義，所指稱的就是「不耕之田」，還有一種說法：尚未開墾成熟的「一歲田」，被稱為「菑」，乃至於「反草曰菑」，說的是剛開始耕作的田，猶屬大片荒蕪，遠遠望去，都是野草，要把這些野草壓埋入土，使之腐朽，滋養禾稼，久而久之才能成為可耕之田。

我老覺得Fudy的英文名字真該直譯成「福地」，不過，誰又會知道：「福地」這樣一個吉祥美妙的語詞卻與荒地的概念結合成為一體。直言之：要讓地力得以休養生息，就要讓它荒上一陣子。荒了越多年，土壤自然而然得到的滋養越多，這時我們都會發現一個奇特的語意現象：荒（災、菑）竟然就是福！

一個字，能有三個異體的確實不多，我所知道的一個是「粗」字，它可以寫作「麤」、「麁」以及「䴥」，都不算錯。它們都是在文字發展過程中由於不同造字原則和書寫習慣廣泛地為人所接受，而保留下來的。「災」字的異體字也不少，有「灾」、「烖」和「菑」（後來也訛變成「葘」）。

甲骨文的災字（）很簡單，就是一個川，中間橫陳一槓，橫槓下方左右對稱地打一勾（✓），直觀說來，就是發大水造成了水害，川中字符就是「在」字，既表聲，又會意，人在河道之中被大水淹著，能說不受災嗎？

可是到了小篆裡（），這個字另有一解，跟川、水都無關了。上面的川成了三曲之形，底下加上一個火，這個字另有一解：天火。人為了炊爨、取暖、照明而生火，這是「人火」；可是不知所從來、也不知所為何來的野火，也經常會燒毀屋舍、人畜、器物，這就是天火。此情何堪？一字以蔽之，曰災。

但是前文說了：災字有異體，其中之一是「菑」。此字跟火又沒有關係了，說的仍然是川。解字者認為：三曲之川，中間加上一橫就是河川壅塞之意，讀音同是「災」。為甚麼上面要戴著草頭、下面要加上田畝呢？原來這個「菑」，是指那些不耕之田；荒草遍野，混充禾稼。不過人力無限，為了謀生致富，還是會胼手胝足、竭盡心力，開墾耕地。

「甾」同時還可以變形成「甾」，將整個字形減去了三曲之川中間的那一橫槓，成了「甾」（讀若「次」），也就是說，「甾」這個字形減去一劃之後，借給了一個讀音為「次」的字，而這個「甾」所表達的意思則與災害無關、與反草耕種也無關，而是指那些「枯死而尚未倒地的樹木」（台灣學界給的新名詞是枯立木）。在表達「枯立木」的時候，「甾」不能讀「災」，要讀「次」。要記得這麼些複雜的變化，我覺得真是災難！

災難二字總給人痛苦的印象，不過有幾個基於諷意而流傳的語詞，不免令人時而會心一笑——災梓、災紙、災扇，乃至於「災梨禍棗」。

這些語詞都跟騷人墨客的翰墨風流有關。古人以木板印刷，版上雕字謂之「梓」，故交稿謂之「付梓」。印書費紙，毋須待言；而雕版復多以梨木、棗木為之，這兩種木料，用來製作家具，都非凡品，以之雕版，則事後報廢，就不能再加利用了。縱使不付印出版，文人為了散播文章，往往也會拿人家的扇子下手。可想而知，許多明明不值得流傳的文字，畢竟還是被好名炫才而實無本領者雕了版、書了扇，這就是用一災字恥笑他們的來歷。

人們有時問我：「怎麼好久不見你出新書了？」我總說：「不忍災梨禍棗。」

他們大多滿臉狐疑地笑笑，假裝明白了我的意思。

較諸於災，禍字一般多強調人為。其字根、也是聲符的「咼」（讀作「快」字的一聲），是一個不常見的姓氏，本義如字形所示，是指人患了歪嘴病。而常見的「禍水」一詞本來是一個傻道士用來指控漢成帝的寵妾趙飛燕，而後千餘年，則泛指連累男人受害的女子。基於男女平權思想的發達，這個詞近年已經不大流通，大約在數十年內會徹底消失。

誰會帶來災禍？《老子》上說：「天道福善而禍淫。」《左傳》上說：「禍福無門，唯人所招。」未必是真理，因為這畢竟小看了上帝。不過，災禍感喚起人的戒慎恐懼，不算壞事。就像一塊地荒著、廢著，也不算無福。

字詞辨正

# 忍事敵災星

一、下列哪一個字跟「災難」無關？ ①灾 ②炎 ③烖 ④菑

二、下面哪兩句的引文中，「菑」字所述的是「枯死而尚未倒地的樹木」？ ①菑，始災殺其草木也 ②周公之狀，身如斷菑 ③居幹之道，菑栗不迆，則弓不發 ④作之屏之，其菑其翳

三、「災梨」是指： ①種植美麗的花卉 ②砍伐堪用的樹木 ③採收不成熟的果實 ④刊刻不值得出版的書籍

四、以下哪一個詞彙與其他具有諷刺意味者不同？ ①災梓 ②災星 ③災紙 ④災扇

五、除了歉收的荒年、凶厄之年以外，「災年」一詞還有甚麼意思？ ①閏年 ②兵禍之年 ③太歲當衝之年 ④氣候異常之年

六、下列何者不是「菑田」一詞的用意？ ①不耕之田 ②初耕而未熟之田 ③耕作之地雜草叢生，芟夷並壓入土中使之腐朽 ④礫石滿野，不勝拾取，溉之而不潤，只得半途而廢

七、「禍」字的字根「咼」既是一個聲符，也是一個義符，下列何義正確？ ①斜眼 ②斷鼻 ③歪嘴 ④跛腳

八、「禍水」的典故與哪一位知名的美女有關？ ①西施 ②趙飛燕 ③貂蟬 ④王昭君 ⑤楊玉環

九、「禍鳥」通常是指： ①雀 ②鴉 ③鴞 ④鷹

十、下列哪一組語詞和其他各組意義差距較遠？ ①禍魁、禍首 ②禍梯、禍階 ③禍媒、禍隙 ④禍本、禍基

答案：②，②④，④，②，①，④，③，②，③，①

# 信不信由你

## ——一個表示信賴的字，會讓人不敢相信其意義那樣複雜。

我稱父親的表哥為表大爺，他有點兒瘸，有點兒嗒呼，有點吝嗇；但是這些都礙不著我和他有一種獨特的親近感。當我還只有三、四歲的時候，跟著父親和表大爺一道上北投泡溫泉。沒去不明白，到了現地，才知道是一個洗石子構造的公共浴池，大約就是家裡那小餐室的大小。雖然現場只有我們爺兒仨，但是我死活不肯脫下小內褲進池子，只願意坐在池邊踢蹬著泡腳。我父親說：「三歲看八十，以後會一天比一天拗、一年比一年拗。」表大爺懶懶地答了一聲：「信馬由韁唄！」

「信馬由韁」一向是表大爺的口頭禪。不論撞上任何事，或許是他一時口拙、不能應對；或許是他三思無計，漫聲敷衍。到頭來，總不外一句：「唉！信馬由韁唄！」聽久了，自然知道他的意思，就是：「隨便啦！」「別問我啦！」諸如此類。

年紀稍長一些，我總喜歡加入長輩們餐桌上的各種議論。有一次，又聽他在那裡「信馬由韁」了幾聲。固不能解，只能攀問：「信馬由韁」究竟是甚麼？不料這一問卻引發了父親和表大爺一晚上的激辯，父親的意思是：「信」即不理會、聽憑而已。表大爺則認為：「信」即不疑，也就是信任。父親表示：「聽憑」未必然就是「信任」，「聽憑」甚至也頗有無奈之意。表大爺更不同意，直扯著嗓子喊：「你信不過那馬，怎麼會聽憑牠走呢？」

當時不大明瞭：這就是大人們喝多了、沒事找事練嗓子鬥元氣的玩笑，而我卻著實受了些驚嚇，直覺不該挑起這樣的衝突。直到許多年過去，忽一日，父親對我說：「表大爺回了濟南，看似沒有再回台灣的打算了。」

我有些驚訝，直覺則是再也不會見到這位老人家了。

「他也有兒有孫的。」父親說：「信馬由韁唄！」

信，究竟是隨便、敷衍、不在乎呢？還是信任、託付、不懷疑呢？還是這兩種心態之間，竟然可能有一種因果關係呢？換言之：只要是基於信任而有所託付，就甚麼都無所謂了。

司馬遷在《史記・刺客列傳》裡敘述魯國的談判使者曹沫用匕首劫持齊桓公。在脅迫之下，口頭約定了齊國返還侵佔魯國的土地，並且退兵。當曹沫棄擲匕首之後，齊桓公非常憤怒，想要悔約，管仲說：「不可！夫貪小利以自快，棄信於諸侯，失天下之援。」

這一幕清楚地為〈刺客列傳〉中所有的傳主刻畫出一個簡單而明確的性格，就是「重然諾」。如果用後世越發複雜的德目標之，則一個「信」字便可以包舉。

作為一個孤立的字，「信」並不只如遵守諾言、「明知其不可而為之」的豫讓、專諸、聶政以及荊軻所顯示的那樣單純。最簡單的解釋：人言為信。既然言為心聲，凡人說話必須落實，才能邀人信任，這道理似乎一兩句話就說透了，所以「信」字的本義，不外就是古書上常見的那個「誠」字。

這意味著老古人在書寫工具並不發達的時代，相當重視且倚賴空口說白話。儘管話出如風，無影無蹤，只要一方說了，雙方就應該執以為憑。至於文書、函件、印璽，不過是餘事而已。信，在發言的那一刻，便已於兩造間同時成立。

所以「信」字早在上古《書經・湯誓》裡就有「相信」、「不疑」的意思：「爾無不信，朕不食言。」引申出來，才出現「果真」、「確實」的形容詞；同樣，《書經・金縢》中記錄「諸史及百執事」應答太公、召公和周成王的話說：「信！噫，公命，我勿敢言。」翻譯成今天的白話文，就是：「的確呀！唉！這就是周公的命令，可是我們不敢說出去。」

大約是從春秋戰國時代開始，信字又分化出「符契」、「憑證」和完全相異的「任意」、「聽任」兩種意思。

前者可見於反戰而擅長作戰的墨子之文。《墨子・號令》有云：「大將使人行，守操信符」。據說是一種由木、竹或金屬製成的牌板，板上刻了文書之後，當央一剖，分為兩半；一半留置於朝廷，一半操持於將帥，日後朝廷若有發動軍隊的必要，便出具朝中所具有的半邊，與將帥手中的相互對照，以契合為驗。這就表示：至少在春秋時代，人們行使重大的公共權力，已經不大信任一般性的語言承諾了。

後者——也就是表達「任意」、「聽任」的信字——可能出現得更早，在《荀子・哀公》裡記錄孔子對魯哀公說：「故明主任計不信怒；闇主信怒不任計。」可是，我們實在無法從孔子當時的文獻（如《論語》）中找到任何一處「信」字可表達「任意」、「聽任」的用法，可見荀子極有可能是把他自己想說的話塞進孔子嘴裡了。

中古以後，信字更是變化多端。由於佛教的傳入，以信字相冠的語詞，多有宗教含意。如信衣、信鼓，皆屬信具。其它宗教儘管有人信，然而很多法器加上了信字，看來唯佛獨用。不過，有一個詞例外：「信杖」。「錫杖」、「禪杖」歸於佛門無誤，但是「信杖」卻是「信仗」的異寫，這詞回歸了「信任依靠」的意思。

信字從上古時期就有另讀別義，只是不大通行。相傳周天子以玉作「六瑞」，「王執鎮圭，公執桓圭，侯執信圭，伯執躬圭，子執穀璧，男執蒲璧」，這是表示爵位等第，其中第三等爵名為「侯」（次於王、公），侯之所執，名為「信圭」。此處的信，必須讀作「身」，取義也是「身」，和第四等伯爵所執的「躬圭」意思一樣，象以人形，欲其慎行保身。從這個讀音再引申，信字更有了原本全然無涉的意思——「伸張」；也就是說：由身體之「身」，而進據了伸張之「伸」，應該就是同音字的假借現象。

事實上，信字難守，歧義紛紜。依據不同的上下文，它還表示「使者」、「知道」、「深切」、「軍旅外宿兩夜（以上）」，甚至帶些語氣的「如果是真的」，也常出現在詩中，如《中州集》載楊雲翼詩：「金波曾醉雁門州，信有人間五月秋。萬古河山雄朔部，四時風月入南樓。」此處的「信有」，如果要準確地解釋，應該含有：「怎麼能相信呢？」「實在令人難以置信的是……」這樣的意思。

同樣是「信風」兩個字，既可以說成是按季節而定向吹過的風，也可以說成是任由風吹去的情狀。一旦聽見人說「信風而去」，則表示無論東西南北甚麼風，都能造成的飄零之態。信，難道真是那麼隨便嗎？

信不信由你，語言總會展現信口開闔的本質。

字詞辨正

# 隨便信，信隨便

一、金代詩人楊雲翼的詩句：「信有人間五月秋」的「信」字解作：①消息說 ②信上寫 ③如果是 ④隨便想

二、「司空鄭沖馳遣信，就阮籍求文。」這段文字裡的「信」是指：①書函 ②消息 ③使者 ④印鑑

三、「信士」不包括下列哪一個意思？①誠實可信的人 ②負責郵傳的差員 ③出錢布施的義人 ④信奉佛教的俗家男子

四、以下哪一個「信」字讀音與他者不同？①信圭 ②信石 ③信衣 ④信矢

五、《三國志．諸葛亮傳》有：「孤不度德量力，欲信大義於天下，而智術淺短，遂用猖獗，至於今日。」這一段話裡的「信」作何解？①相信 ②倚賴 ③吹噓 ④伸張

六、「信口開闔」的「信」字，與下列哪一個信字不同義？①信步而行 ②信及豚魚 ③信手拈來 ④信馬由韁

七、杜甫〈兵車行〉：「信知生男惡，反是生女好」的「信」字表示：①深切 ②不疑 ③主張 ④猜測

八、下列四詞，何者與佛教法器無關？①信衣 ②信鼓 ③信具 ④信杖

九、下列哪一詩句中的「信」字表示「知道」？①須信豔陽天，看未足，已覺鶯花謝 ②驅去驅來長信風，暫託棟樑何用喜 ③信宿漁人還泛泛，清秋燕子故飛飛 ④怨懷無託，嗟情人斷絕，信音遼邈

十、「信星」又名「鎮星」，就是：①金星 ②水星 ③木星 ④土星

答案：③，③，②，①，④，②，①，④，①，④

# 慈悲的滋味

## ——有的字義充滿希望與關心，有的則充滿悽愴……

小時候最不能理解的一件事，就是我有兩個表姊，以及一個一個跟著來的表妹。有一陣子，我一直以為「表妹」就是不斷增加的人口的代名詞。表妹之增生，與表弟之闕如，其實是一體的兩面。我舅舅盼兒子，一發不可收拾，就再來一發；我父親說這是再接再厲。

在我四歲那年，舅媽果然生出了兒子，但是沒保住，未足歲便夭折了。之後不上一年，又生了一個女兒，取名「葳蕤」，有草木蓊鬱而繁茂之意。我父親說這名字從古詩裡借來，起得有學問，但是這兩個字之於我，則始終有「小男孩」的印象，那是因為舅舅、舅媽把這個女兒當兒子打扮將養。

經常抱著葳蕤、逗著她、哄著她、餵著她的，卻是我的大表姊小慈——我直到上了好幾年小學之後才知道，小慈的本名是「孝慈」。孝慈表姊生來一張圓盤臉、大眼睛，逢人就笑，打從她自己還是個孩子的時候就開始幫襯著舅媽帶孩子。我總記得舅舅一家子每逢大年初一來家團聚，都是孝慈為每一個孩子碗裡分配餚饌。按著個人年紀，一一佈菜，我排在小萍表姊後頭，特別留心她的處分是否公平，她從來沒有失手過。

拖著一大家眷口，舅舅在法院擔任書記官的薪水是很吃緊的，有些時候，舅媽背著舅舅來家裡借錢，總不免長吁短嘆，說是尋思著讓孝慈初中唸罷就不要升學了，去考個車掌小姐來貼補家用。

關於這個人生處境與選擇的重大決定，母親不敢出主意，父親則以為不能繼續讀書就是可惜，我則一逕幻想著哪一天能搭上孝慈表姊吹銅笛指揮上下客的公共汽車。說來是幻想，可是由於這一幕情景經常在腦海中浮現，竟然歷歷如置目前。我甚至還有斷片也似的影像記憶，是孝慈攙著個老太太上車，關上車門之後，她綻開一張笑臉、請託一個乘客把位子讓出來，之後，回頭對我說：「你乖。」

多年以後，我和舅舅、舅媽以及所有的表姊、表妹都斷了日常的聯繫，始終沒有機會問問孝慈：我搭過你吹銅笛的公共汽車嗎？甚至：你在公共汽車上吹過銅笛嗎？

不過，我始終記得一件事：我已經年近不惑、而父親也臥病多時的某一個冬天，舅舅摔斷了腿。也許是傷病的誘發，也許是衰老的慣念、或者還是大半生諸般懷抱志趣之不得伸展的緣故，脾氣暴烈不得收束，時時與家人為難。母親前去探視了幾趟，總在回家之後跟我說：「多虧了小慈、真多虧了小慈。」

我看一眼病榻上的父親，想起他幾十年前就說過的：「葳蕤的確是個好名字，不過，還是孝慈有意思。孝、慈本是一回事——能孝必慈，能慈必孝。」

茲這個字去了草頭（艸），成為兩個並置的幺，也還就是茲，甲骨文（）、金文（）都寫成這樣，是「絲」的省筆字，讀音與絲也相當接近，取義於「草木多益」，也就是草木繁多的意思。又因為絲是很細的東西，經常要聚合許多，以成就作用，於是「茲」也就產生了「叢聚」的意思。武王伐紂之後，要修復宮室，兄弟重臣各有職司，其中衛康叔姬封負責鋪張蓐席，《史記．周本紀》記載的字句就是「衛康叔封布茲」——布，鋪

設；茲，編織綿密的席子。

茲的字根（並置的兩個幺）很好用，小、細、密、多……不一而足，甚至還有形容詞的繁盛、增加之義，也表示名詞的「口上之鬚」（「琅玕龍茲」：像玉一樣的龍鬚），以及代名詞的「此」和連接詞的「如此」、「致使如此」等眾多意思，到底何時用本義？何時用假借義？實在不勝負荷，於是不得不使出「本字另加形符以明本義」的故技，於是「滋」就誕生了，滋生、滋長、滋補都有了水的潤澤。明白了這個「茲」的廣泛含意，在它底下加個心，成為「慈」，應該是漢字之中少數完全沒有負面意義的好字。

「慈」字的發生很晚，在甲骨文、金文裡都不見有，本義就是愛。這種情感有一定的指向和範疇，是指長上（年齡、輩分、社會地位、政治階級）全心全意愛護幼小。這般用心，以「茲」為聲符，也另有會意的成分；試想：茲者，草木叢茂，不正是因為長上之輩養育扶持得法所致嗎？

《禮記・大學》上說：「為人父，止於慈。」《大智度論》上說：「大慈，與一切眾生樂。」到梁簡文帝〈唱導文〉都說：「覆載蒼生，慈育黎首。」可見慈的發生總有一種較高位階的主體，有如父母、有如佛祖、有如天地。大概只有在「昧爽而朝，慈以旨甘……日入而夕，慈以旨甘。」這一處用語，說的是孝子以敬愛之心侍奉父母飲食，恐怕還是從父母身上直接反射情感的用法。

悲字人人懂得，誰沒那麼點兒悲摧的經驗呢？可是「慈悲」二字連用，無疑是佛教大興以後了。原本「悲」字很直接，上面的「非」就是一個人哀傷時擠眉弄眼的象形，作為聲符的「非」正解是「相背」，人的意願與現實相背，豈不悲哉？《大智度論》是把悲和慈看成一體的兩面，既然慈是「與樂」，悲便是「拔苦」——在這一連用之下，悲不再是個人的感傷情緒，而有了對眾生天地立宏願的磅礴格局。

從比較細膩的語感去體會，悲不獨展現情緒，還是一種同情心、同理心的作用。感嘆人容易受到習俗的影響而不克自拔，常說「悲絲」、「悲染絲」、「悲素絲」。臨死前大嘆「高鳥盡、良弓藏」的韓信留下了「悲良弓」的醒覺；臨刑前對兒子感慨再也不能牽狗出城打獵的李斯留下了「悲東門」的典故；失寵於漢成帝的班婕妤在〈怨歌行〉裡也留下了「悲紈扇」的感傷，這些都還有親身遭遇的大痛苦。

但是，有些悲，並不是肉體或現實的折磨，而是抽象思維帶來的棖觸。像楊朱，鄰人走失了羊，歧路難覓，他老人家卻悲傷起來，問他怎麼也不說；不說是個更深刻的玄機，我們只能臆測：眼見歧路之中復有歧路，究竟如何走、如何追尋，才落得跟腳，恐怕是所有思想家的疑惑吧？這千古難解之惑，所喚起之悲，又豈是一人一身、一生一世、一死一別而已呢？

到了三國時代，阮籍也有異乎尋常的悲。他經常獨自駕車出遊，雖說縱意奔馳，卻總有「行不得也」之處；每當來到道路的盡頭，他就大哭而回，這便是「悲路窮」了。阮籍不是瘋人，他的悲，恐怕比所有的凡人都透徹，他每一趟出門，都體會到作為一個人的限制。那是命運帶給生命的終極困境，沒有誰能夠逃脫。

字詞辨正

# 細數心頭慈與悲

一、下列哪一個「茲」字語意與他者不同？ ①念茲在茲，釋茲在茲 ②文王既沒，文不在茲乎 ③寒暑有代謝，人道每如茲 ④衛康叔封布茲

二、下列哪一個「茲」字與「慈」同音？ ①龍茲 ②龜茲 ③休茲 ④今茲

三、「慈壼（同『闈』）」是對哪一種身份的人的敬稱？ ①皇帝 ②皇后 ③太上皇 ④太后

四、「慈姑」除了指茨菰（一種藥用植物之外），還是指哪一位親戚？ ①嫂子 ②舅媽 ③夫母 ④長姊

五、「慈恩題記」與哪一樁喜事有關？ ①金榜題名 ②親人團圓 ③洞房花燭 ④父母壽誕

六、下列哪一句話裡的「慈」，不是長上對幼小的愛心？ ①慈以甘旨 ②大慈，與一切眾生樂 ③為人父，止於慈 ④覆載蒼生，慈育黎首

七、感嘆人容易受到習俗的影響而不克自拔，宜用哪一個詞？ ①悲絲 ②悲染絲 ③悲素絲 ④以上皆是

八、「悲田」是說： ①土壤貧瘠，不堪耕耘 ②賦稅沉重，入不敷出 ③施濟窮困，種福得福 ④求田問舍，一無所獲

九、①悲良弓 ②悲東門 ③悲紈扇 ④悲烹狗 ⑤悲路歧 ⑥悲路窮；以上哪一個語詞的故事跟李斯有關？

十、①悲良弓 ②悲東門 ③悲紈扇 ④悲烹狗 ⑤悲路歧 ⑥悲路窮；以上哪一個語詞的故事跟戰國時代的思想家楊朱有關？

答案：④，②，④，③，①，①，④，③，②，⑤

# 母，除了偉大，還有很多

## ——母親孕育生命，但是作為字的「母」，卻充滿了誤會。

我只見過士乾三四面，且集中在一個月之中。那是一九八八年春天，我回濟南祖家探親期間。方此之前，我從來沒想到我會和一個比我大三十歲的晚輩交上朋友，這交情，在現實中淡薄，在回憶中綿長。

論輩分，士乾是我的侄兒，一見面就跪下磕了個頭，說：「給叔叔見禮了。」我慌忙起身，卻被一旁輩分比我高的姑姑按住，說：「應該的。」往後每一回在堂屋裡見，他都沒有座位。可老人一旦圍坐談心，第一件事就把士乾叫來。

因為「他甚麼事都記得」。二、三十年前的事，四、五十年前的事，國事家事大事小事，經歷過的聽說來的，士乾腦子裡都有一份原本，老人們對於某人某地某時某事甚或是某樣物件起了爭執，就問士乾，士乾老老實實站在門邊，不問沒話，有問必答。聽的時候雙手環胸、一腳踩在門檻上，說甚麼都一口咬定、乾淨利索。

有一回說起我的曾祖母——也就是士乾的高祖母；於我的兩位大爺和兩位姑姑，那就是他們的奶奶了，在座四位輩分最長的老人家也只能約莫說出他們這位奶奶是同治年間生人，其餘的，只有問士乾。他知道四代以前老家估衣鋪開張的準日子，知道後院石板底下流出大門牆外的一道泉溝在風水上的意義，甚至說得出光緒年間一張估衣清單上幾套衣服的質料、款式、顏色、花樣的記載。我忍不住問他：「你怎麼知道得那麼清楚？」

「俺高祖王母親口說的。」士乾道；而那應該是五、六十年前的事了。

士乾堅持稱「高祖母」為「高祖王母」，就像他說起自己的奶奶，就一定得說「王母」——那是我第一次聽到這個詞彙。回頭問我姑姑，姑姑說：「他愛怎麼叫怎麼叫罷！」問士乾為甚麼如此稱謂，他也只說：「應該的。」

之後二十多年，我無數次往返海峽兩岸，卻總是沒有機會再回一趟濟南，每於旅次之間，想起不多謀面的親戚，必定會想起一腳踏在門檻上的士乾。而也是再一次旅行歸來，忽然接到堂哥的來電，告訴我士乾過世的消息。

「士乾是在家裡老了的，」堂哥說：「他還特別囑咐說：沒能再見你一面，很可惜。」

「老」，濟南人說話，就是死的諱稱。一個甚麼都記得的人，就要讓人不再記得了。我想起他說的「王母」，一個多年來我居然沒有順手查考的語詞。

大部分的字典會把「母」字歸於「毋」這個部首，也有的古文字學者把「母」、「毋」說成一個字，這是不對的。實則字形相近、容易混淆的，還不只這兩個字，還有一個把「田」字中間的「十」分別朝左右和下方捅出去一點的「毌」，它和「毋」的區別是中間那一豎要寫得很直，不要向左撇，這個字讀作「慣」，也就是「貫」、「慣」和「摜」等字的聲符。「毋」是無、莫要、禁止的意思，而「毌」卻是貫穿、串過的意思。可惜今天大部分的電腦識別把這兩個字給統一了，人們也就不區別了。

再回到媽媽身邊來說：「母」，和「毋」、「毌」完全不是一回事。在甲骨文裡，它是從「女」字增形而來的。這女人跪著，可以很清楚地看到：

這跪姿女人的雙手是被綑縛在腰腹之前，據說這顯示女子地位的低落。而母（），就是把這女子的雙乳左一點、右一點地標示出來，如此，母親的地位、職責便很形象化了：她就是個哺乳的工具。

母親的地位在人類社會裡崇高起來，是源於文明的進化。中國老古人逐漸將家庭、親族體制和國家政府的結構投射一致。母親和父親的地位合乎一定比例地上升，「母」字就帶有一種原初、源起、根本、來歷的語意。

相關的詞組就是從此類譬喻衍申而成，母舌，就是自家民族的語言；母錢，就是用來增加財富的資本。甚至凡是形容所以從出者，都可以用母字：漢字起頭的輔音，就叫聲母；引起發酵作用的真菌，就叫酵母；一國之根本大法固然通名之為憲法，說起憲法的位階，都會說它是一切普通法律之「母法」。

在親族關係上，祖母又稱「王母」；原來不是甚麼方言或土俗的稱謂，其淵源甚至可以上溯於《禮記・曲禮》。王父，即祖父；王母，即祖母。曾祖母，又稱曾祖王母；高祖母，也叫高祖王母。以此推之，神話裡的「王母娘娘」並不姓王，而是暱呼為「祖母娘娘」以顯示其親近、慈祥罷了。由是觀之，不只人人可以為王，姑姨伯叔舅家，但凡為長輩之妻者，都可以稱母了。供乳的娘子即使是外聘而來，沒有血緣關係，也稱乳母、食母，恩誼等同生身。

大家庭裡人口眾多，有時容易混淆，比方說「母母」，可不是指母親的母親，要是這麼呼喚，「王母」是會生氣的。「母母」是丈夫的嫂子，也就是伯母，也只有身為弟妹的人可以這麼稱謂。至於師母，是老師的妻子——絕不可以稱師奶；母師最簡單，就是女老師；但是也有「作為母親的典範」這樣的用法。

在思想家那裡，「食母」一詞是饒富意趣的象徵。《老子》上說的「食母」，是「守道、用道」：「我獨異於人，而貴食母。」這是因為老子本人把「母」字解釋成「生之本」，那就是他主張的「道」了。

在植物裡，「貝母」能夠止咳化痰，「益母」可以養血化瘀，「知母」助人清熱去火，都是入藥的植物。不入藥的，還有「芋母」，也就是「芋艿」。此物葉片有如綠色的盾，柄肥大而長，古名「蹲鴟」；一隻隻蹲著的鴟鷹，其大可知。所以「母」字，也有粗大的含意了。弦樂器上最粗的弦，謂之「母弦」，巨大的筍也稱「母筍」。

母字當頭，底下牽引著動植物的字不勝枚舉，但是母猴則不只表示雌性的猴，這個語詞和「沐猴」、「獮猴」、「馬猴」都一樣，指的是一種猴子，從這些名稱的發音可知，都是聲母為「m」的字，或許是諸地方言有別所導致的結果。

在一般生活裡，我們比較不太注意也不太使用的「母」字也不少。《禮記‧內則》上就記錄了一種食物，作法將煎肉醬塗在小米或黃米餅上，再均勻地抹過一層膏油，可能跟今天麻醬燒餅的製法相當接近。這種食物叫做「淳母」——此處的「母」字就要讀作二聲，而字義是模子，日後再由這個意思引申為「標準」，本此而產生了一個詞，叫「母兒」；決計不是指母親和兒子。

我們都知道：生日是母親受難的日子，故誕生亦呼母難。不過，還有一個很容易被誤會、也犯忌諱的詞：「母憂」，可不是母親憂愁了，它同「母艱」一樣，是指母親過世了。

母字最親，可是仔細盤詰考據，好像也有很陌生的地方。我們忍不住自問：我瞭解媽媽嗎？也別說媽媽了，我現在每想起「母」這個字，就會覺得我實在應該好好認識的老侄兒士乾，都由於自己渾不在意的輕忽而被糊塗錯過了呢。

字詞辨正

# 認一認這個媽

一、下列敘述何者正確？ ①爬行類鼉鱷之厚甲者曰「母」 ②鳥類鳲鳩之佔巢者曰「母」 ③獸類狐鼠之穴居者曰「母」 ④蟲類蜘蛛之長腳者曰「母」

二、除了神話裡「西王母」、「王母娘娘」這個角色之外，「王母」二字本有的意思是： ①皇后 ②太后 ③祖母 ④高祖母

三、下列哪一個詞不是藥材？ ①芋母 ②貝母 ③益母 ④知母

四、這裡有一個「母」的意思跟其他的不一樣，是哪一個呢？ ①母舌 ②母錢 ③聲母 ④食母

五、「母母」是個親族稱謂，指的是： ①妻弟之妻 ②夫兄之妻 ③丈母之母 ④曾祖母

六、除了指「雌性的猴」之外，「母猴」還是猴之一種，其別名不包括下列何者？ ①沐猴 ②獼猴 ③葉猴 ④馬猴

七、「母兒」的「母」如果讀作二聲，那麼這個詞的意思是： ①慈愛、養育 ②標準、模子 ③根本、方向 ④對象、關心

八、一詞二義的例子很多，「母師」就是如此，意指下列哪兩者？ ①作為母親的典範 ②身為母親的老師 ③老師的妻子 ④女老師

九、「母筍」是形體比較大的筍，那麼「母弦」呢？ ①比較細的弦 ②作為音準的弦 ③比較粗的弦 ④安置琴弦的枕木

十、「母憂」與下列哪一個詞同義？ ①母艱 ②母難 ③母愛 ④母服

答案：④，③，①，④，②，③，②，①④，③，①

# 咬牙切齒說分明

## ——牙、齒都是人身上的小零件，但是字詞意義，卻常用在身外。

我的父親還見識過大家族，同氏別房裡的親戚就不說了，單說我祖父祖母，就生養了七個兒子、兩個女兒。父親是濟南西關製錦市街懋德堂老張家各堂裡唯一來到台灣落地生根之人，有了我這個獨生子；我再成家、養兒育女，就再也不能體驗百年前那幾廂幾進的大宅院裡熙來攘往的情景。

三十年前初回祖家的時候，我還見過五大爺、六大爺以及兩位姑。六大爺從堂屋裡邁腿跨步奔出門，一見我面，便咧開大嘴笑，一面拉起我的手，急忙問道：「你爹都怎麼跟你說老家的？」

沒提防有此一問，只好將就著眼前即景，我用濟南話應聲答道：「說俺家裡人的牙口都好得不得了！」

六大爺笑得更歡了，答了兩個字：「那是。」

我的答覆顯然大出長輩的預料，然而他們還是高興，每一個人都要用自己的方式帶我認識一遍祖家周遭的地理、房舍的分布、人口的構成，甚至大小家具、陳設的來歷和變貌——以及所有權；也就藉著這些，人人自有一個版本的祖家故事。

父母與祖家兩地懸隔、千里睽違，那是四十年以上的疏離感傷與親近渴望交織起來的陳述，有些家事繁瑣到難以拼補銜接，說的人卻不能不傾吐一遍、又一遍、再一遍。似乎只有在那樣嘮叨、夾纏的訴說之中，個人的孤寂、痛苦才能夠得到釋放。

我，只不過是當時還沒有來得及回鄉的父親、母親的替代物，父親的兄長、嫂嫂、妹妹、妹夫……們也都不在意我是不是邊聽邊打瞌睡，逕顧著一個勁兒地說下去。而我，但凡是清醒的時候，總會不時地感受到：父親打從我很小的時候就說過的話，那一句：「口口相傳不知道多少代了，俺家裡人的牙口都好得不得了！」這些在几邊燈前滔滔不絕的親長們，怎麼都長著這麼好的一副白牙？還真像是專為說故事咬字而生的一般。

一九八八年之後，我雖然有不少機會在兩岸通勤奔走，一晃眼二十九年過去，我竟然連一回祖家都沒有再去走動過。其間老宅拆毀、新屋落成、親友星散離居，再過些年，五大爺、六大爺、大姑姑也相繼去世，我這一輩的哥哥、姊姊們也老態畢露，近三十年別後重逢時蒼蒼其髮、佝僂其身，與我初老的容顏相映，看著都像是我的老輩了——唯獨他們的那一口白牙，我沒得比。

二姑今年九十，已經呈現了相當明顯的痴呆之態，時時神遊於過去九十年的某一個特定的時空節點上，而大部分的時候，她的現實與身邊所有人所共感共知的現實全然不同。更令我驚奇的，則是她居然戴著一整口的假牙。我問她：「甚麼時候戴起假牙來的？」

她則反問我：「你不是說俺家裡人的牙口都好得不得了嗎？」

她還記得！三十年前初返祖家的那一剎那，我和六大爺一來一往的對話，二姑居然還記得？就在我的眼淚幾乎要迸出眶子來的時候，她又補了一句：「是大春回來跟六哥說的，說是你告訴他的，說俺家裡人的牙口都好得不得了，呵呵呵呵！」

原來二姑眼裡的我卻又不是我，而是我父親了。

「姑，那我是誰呢？」我齜起一口不怎麼張家的牙，想藉著逗她來掩飾自己的淚眼。

二姑仍舊笑著，看來一點兒也不糊塗地說：「你是誰你不知道？那就趕快照照鏡子去！」

我是誰我知道嗎？我後來知道的是：原來把一口牙齒徹底保養好的人就只有我父親，祖家裡上下三代，沒有幾個不靠假牙過日子的。他那句「俺家裡人的牙口都好得不得了」根本是信口胡說，用意大約就是鼓勵我也要像他那樣好好保養牙齒。

寫一個英文字母J，看它像個釣魚鉤不？這是一個獨立的中文字符，讀作「嘛」，意思就是各種形式的倒鉤。在楷書所講究的永字八法之中，直直向下的一筆謂之「努」，「努」字走到了底端向左勾回，就是這個鉤，也被稱為「趯」。這是再簡單不過的初文，堪稱漢字的基礎，於是也成為一個部首，統領著一些常用之字，像是：了、小、才、予、求、事等等。牙，也在其間。

最早出現「牙」字的是金文，想像鏡子裡出現的英文字母「F」，上下各一、彼此咬合，就是牙的象形了（）。如同大部分的漢字，初文固有其本義，也隨即有了豐富的引申義。比方說：特指象牙材質所製作的器物，就有了牙印、牙板、牙笏、牙梳、牙笙、牙箸，還有牙籤——這東西原先可不是剔牙的小工具，所指乃是繫在書本上便於翻檢的牙骨製書籤，以及公務人員到遠地出差申報旅程的憑證。

除了象牙製器具，牙也可以代表軍隊扎營（牙帳、牙旗）或行政官署所在，今天我們稱公務機關的貶義詞為「衙門」，原本就寫作牙。值得留意的是，古代漢語裡的牙和今天牙醫所稱的牙，位置很不一樣。前者所指，是臼齒以後的大牙，而「齒」則是指當唇前列的牙。所以牙之作為形容詞，還有偏、次、後列的意思。比方說「牙將」，說的就是部隊裡的中下級軍官。

此外，牙也可以當作量詞使用，於今很少見了。《水滸傳》第五十七回介紹雙槍將徐寧出場，說他：「果是一表好人物，六尺五六長身體，團團的一個白臉，三牙細黑髭髯，十分腰細膀闊。」此處的「牙」，等同於「綹」——柔軟纖細的一把。

在指稱社會、經濟活動上，牙有仲介的用意。這是由於古人約期易物有一個名目，叫「互市」，因為「互」字寫來和「牙」字相似，所以訛字自冒，轉寫成牙，市集交易的經紀人自唐、宋起便稱為牙人、牙儈、牙郎或牙保。以仲介生意為業的商行就是「牙行」，營業許可謂之「牙帖」，營利所得稅稱為「牙稅」，佣金則是「牙錢」。《儒林外史》第十八回提到一個小細節：「平常每日就是小菜飯，初二、十六日跟著店裡吃牙祭肉。」意思就是說：跟著師傅、掌櫃就食學藝的學徒和伙計們平常沾不到葷腥，一旦有肉食，就算是牙的盛典了。

齒字可見於甲骨文（），字形就是一張打開的方口，露出上下四顆門牙。到了金文（）和小篆（）裡面，這張嘴（口）的上緣變成了「止」字的底座，原因極可能是為了讓這個字有一個明確而方便辨認的注音——止；就是這個新生的齒字的注音。

相較於牙，齒字的引申面向更為廣泛。一則以說年歲，用齒字，還造就了「年齒」一詞。二則以說排列，也用齒，東晉謝安腳下的木屐高跟，就叫「屐齒」。同一類的東西經常被歸納在一處，像是排列成行伍，謂之「齒類」。

「齒位」原本是以年齒定座席，也有排列官位的意思；不過，要是活得久、又身居高位，也會被奉承作「齒位」。經由錄列其位、以示尊重的習慣來看，反其道而言之：不錄列其位，也就是「不齒」，不值得稱道、不值得論列、甚至不值得提起，這就很難看了。今天的人常常誤書成：「對於某人的行徑，我很不恥！」這麼簡單的一個字用錯了，應該說有點可恥。

由年紀而發展出來的字，最常見的就是「齡」，所指不外年紀。無論是妙齡、高齡、遐齡，老少咸宜。「齠齡」和「髫齡」也相通。髫字的本源就是齠，大約是指小孩子八歲左右換牙齒的階段。

至於由排列順序而發展出來的字，最常見的是一個「齣」字。元、明戲劇的一回，或者是歌曲、彈詞的一個段落，由於必須上下密合、結構聯絡，猶如齒牙互相咬合無間，於是便用了這樣一個字，後來就轉變成一切戲劇的量詞了。

牙齒排列得不好，咬合不正，是很令人煩惱的事，應用在人事上，也有得說——齟齬——原意是說上下牙或凹凸歪斜，或一前一後、兩不親合。引申來說，就是吵架、爭執、衝突了。台灣人這幾十年來最熟悉也最痛切的公共意識，應該就是齟齬這兩個字了吧？

字詞辨正

# 牙牙學語說牙牙

一、永字八法裡面的哪一法指的是倒鉤？ ①策 ②勒 ③努 ④趯

二、下列哪一個詞語的構成原則與他者不同？ ①牙帳 ②牙板 ③牙笏 ④牙籤

三、「牙人」，就是仲介之人，與下列哪一個名稱意思一樣？ ①牙吏 ②牙將 ③牙郎 ④牙官

四、說一個人有「三牙髭鬚」的意思是指他有： ①三綹細軟的鬚 ②滿臉絡腮鬍子 ③唇上頷下三撇山羊鬍子 ④淨白面皮沒有鬍鬚

五、「牙婆」是： ①妓院的鴇母 ②介紹人口買賣的婦女 ③為人算命的女靈媒 ④媒婆

六、舊時店東、雇主與員工約期每月少數提供肉食的日子謂之： ①牙祭 ②牙儈 ③牙肉 ④牙節

七、「齒位」是指： ①年輕而身居高位 ②年老而身居高位 ③年老而官爵低下 ④年輕而身在下僚

八、「齒坐」是按照以下何者定座次？ ①身體強弱 ②地位高低 ③功名先後 ④年紀大小

九、「不齒」不包含下列哪一個意思？ ①覺得鄙夷 ②不予論列 ③覺得羞恥 ④不值稱道

十、「齟齬」一詞原本的意思是： ①牙根疼痛 ②咬合不正 ③年邁齒落 ④互相撕咬

答案：④，①，③，①，②，①，②，④，③，②

# 食之為德也，美矣

——所以，我們的文字裡有那麼多和吃喝有關的字，充滿感情。

論起傳家字輩，我老大哥的名字叫張世芳。但是他在外頭闖江湖、幹勾當，用的是另外一個名字，叫張翰卿。他說用這名字混的時候特別「順當」。老大哥曾經被我寫進小說裡，人皆以為荒唐之言，實則有些依據他的經驗所刻畫出來的人生景觀，還頗為寫實。

老大哥與民國同庚，比我父親還大九歲，斗大的字不認識一升，卻是全濟南最早一個能開大卡車的專業司機。差遣小黃鳥兒叼紙籤給人算命的瞎老頭兒說他命中有「一車倆驢」的老婆——獨輪小車架板子，一邊坐一個；倆驢背上各一個，加起來這就是四個了。老婆多，子孫滿堂應該錯不了。可是瞎老頭兒在這件事上怎麼也不肯多說，只道：「養兒即是養福。」

老大哥大約是覺得「一車倆驢」還算不得甚麼場面，又或許是刻意要顯顯他的行當，說：「我開卡車，車上裝得可多了。」

瞎老頭兒卻說：「供吃積德，供走作業。您老畝量著吧。」「作（讀一聲）業」，就是「造孽」；「畝量」，就是盤算、估計。都是濟南土語，意思就是說：作為一份職業，供人吃飯是積德造福的事；可是助人離開家鄉到遠方去，卻可能有損陰騭。

我老大哥當時已經娶了一房妻子，不料，算過那一回命之後不多時，就一病死了。老大哥再娶得急，沒有仔細驗看，等新媳婦過了門才發現：是個精神有問題的姑娘，成天登高上房，站在屋脊上呼喊歌唱，夫妻倆連一覺都沒睡上，那姑娘便從屋頂上翻身落地，一跤跌死了。

抗戰期間，祖輩的老人家齊赴鄉間避難，年輕的一代則跑得更遠。老大哥仗著開卡車的一技之長，幫助昔年老漕幫裡的幾個大人物運送了不少沉重又值錢的家私，因而獲薦入伍，有了不該有的中階官職。勝利之後不多久，便在南京討了第三房妻室。這一房，也在兩年之後難產死了。

人生走到這一步上，已經逼近四十，非但兩袖清風，亦且無家無業。他忽然信起瞎老頭的話來：原來當初對於「一車倆驢」的想像全擰了，齊人是禍不是福，到頭來晚景淒涼，恐怕還是得怪自己陰功積得不夠深。

一九四八年以後，他改行當了廚子，憑味覺，還原了昔年老家裡當公子哥的時候所吃過的大菜小食。一年以後再趁亂逃到台灣，憑著一把菜刀、一支鍋鏟，走闖於基隆、台中之間。幾年後，又因緣際會地替導演李行的劇組當廚師，爾後成了李導演專用的道具師傅。

大約在一九六一年前後，他娶了第四個老婆。成婚時兩個人都已半百，老新娘是台籍，原先有過婚姻，丈夫死了，子女也養大了。老大哥當了現成的爺爺。連我也成了叔公——那年我只有四歲，叫五歲。

老大哥的兒、媳、子、孫都是現成的，日後好像都夤緣進入了電影這一行，開枝散葉。我後來問他：經歷過許多江湖風浪，哪一段最得意？答案令我驚訝：既不是開卡車走南闖北，也不是混香堂撲刀趕棒，甚至不是和大明星接踵比肩，朝夕相處。他最得意的居然是：「一個人刀尺（張羅、操持），兩百個人不會餓飯！」

幾乎可以說是老大哥人生的總結了：供吃積德。直到臨老了，他還念念不忘。

一日三食，吃是多麼平常的事？可是孔老夫子早就說過：「人莫不飲食也，鮮能知味也。」即使經濟再不景氣，到處也都還開著餐廳；但是關於飲饌的品味，細數平常國人所使用的詞彙，大概也零落到「好吃」、「難吃」甚至「不錯吃」而已了。

「吃」這個字，甲文、金文不見，原本是指說話不能順暢，讀音如「及」。筆畫較為繁複的「喫」字，大約也和「吃」一樣，都是小篆出現以後才造就的（、）。「吃」的聲符「乞」，為口中出氣紆曲的形貌，而「喫」的聲符「契」，就有牙唇咬合的含意，而更接近吃東西這件事了。

俗用趨簡，以吃代喫，無論這個字當作食用解（吃飯）、當作受字解（吃苦）、當作吸字解（吃菸），甚至當作發音偃蹇不流利解（口吃），皆可通用，唯獨在形容笑聲的時候，吃字還是讀若「及」——「笑聲吃吃不止」，卻不能寫成「喫」字。

至於「食」，意義夥矣，讓人覺得它不只是一個字，而是一個語族了。這個字在甲骨文（）和金文（）裡，上方都是一個三角形，為古

「集」字，底下的「皀」，讀作「香」，指穀米的馨香之味——字形拆解開來，也可以當作立上支架、烹煮食物的鍋鼎。

所以這個字，既是糧食，也是吃；既是居官所得的俸祿，也指生計；春秋四時的祭祀，可以謂之「時食」；周公營東都時，占卜所得地為吉兆，又名之為「洛食」，所以「食」竟然也有吉兆的意思；日月虧昃之象，也借用「食」字狀述。

有些文字學家還堅持：「日食」、「月食」不能寫作「日蝕」、「月蝕」。古書裡記載「食邑」、「食土」，更有收取租稅的專義，不能誤會成吃喝。至於一般人事上所說的受納、消除、虧損、哺乳、餵養乃至於裝飾，都可以用一個「食」字打發。你不免要狐疑了……裝飾？是的，裝飾。《周禮‧天官》上說：「王齊則共食玉。」齊，就是齋戒，「食玉」則是用玉來裝飾盛食物的器具。

今天常用字裡，看似與「食」無關，可是也離不開這意思的，還有一個「鄉」。在古文字裡，此字（）中間的形符，與前文中所說之食的字形幾乎一模一樣，左右是兩個相對跪坐著的人，看來是準備開飯了。

古代「卿」、「鄉」、「饗」所用的都是這一個字形，取賓主相對就食之景。可見大至廟堂政務，中曰鄉黨聚會，小則家人生活，都離不開吃，一起吃。有趣的是，鄉字不只是人所從來之地，與人共食的氣氛，竟然讓這個字成為國人自營的樂土勝境；夢鄉、醉鄉、溫柔鄉、黑甜鄉、安樂鄉，皆是鄉。就食之地，居然即歸宿也。

吃之成為一樁天大之事，單就所調度的動詞就可以知道：啖、啗、噉、哺、餔、茹、餐、飼、飴、餉、餕、餟……就連喝，也用食部造字。飲這個字從「欠」，又是一縷氣息出入，據說是強調吞水換氣的過程。不過，飲字也有不常用的意思——據《濟生方》所載：「喘息之病有六，曰懸飲、曰溢飲、曰支飲、曰痰飲、曰留飲、曰伏飲。」都跟喝甚麼沒有關係，至於分別癥候及療法如何，還是要請教大夫，文字學者幫不上忙。

中國人始終認為，食這件事，除了與公共事務相結合，與天地、祖先、神鬼也脫不了干係，所以很多食部的字，或多或少與崇祀、祭禮相關，宴會中的酒總是為看不見的靈物所設，飲食者懷著虔敬之心，體會生之為德，是一個漫長、繁複的生產與享受過程，是之謂「人神共薦」。

我逐行逐句將食字部的字一一看來，忽然發現：老古人重視吃這件事，遠甚於其它。為了以文字指認吃或食物的不同狀態，儘量使用不同的字，原來饘、餬、糜都是稠粥，原來餽、餼、饁都有贈送或貢獻食物的意思，原來……吃不是張嘴、咀嚼、吞嚥之後，說一聲「不錯吃」就完事了的。有很多我們遺漏的字，不應該處於殘羹剩飯的地位。

更要緊的是，認得這些字之後，我才約略明白了八十年前那個瞎老頭兒所說的「供吃積德」、「養兒養福」的話。吃，何止在口腹之間呢？

字詞辨正

# 民以食為一大事

---

一、從古文字造型上看「吃」的本義，是指： ①企求滿足口腹之慾 ②言詞間對人有所期待 ③吸食漿液汁水 ④說話不能順暢

二、「喫」字沒有下列哪一個意思？ ①食用 ②飲用 ③停頓 ④承受

三、《漢書．食貨志》云：「今背本而趨末，食者甚眾，是天下之大殘也。」其中「食」字說的是： ①三餐 ②生計 ③俸祿 ④賑濟

四、「食土」說的是： ①攻戰侵淩他國 ②飢荒不擇而食 ③分封割據天下 ④收取田地租稅

五、「飲」字別有「喘病」的意思，下列哪一個語詞與喘病無關？ ①呼飲 ②懸飲 ③溢飲 ④支飲 ⑤痰飲 ⑥留飲 ⑦伏飲

六、「餐」，就是飯食或吃的意思，但是應用在其他官能上，往往是指： ①嗅覺 ②味覺 ③聽覺 ④觸覺

七、「鄉」字雖然常指一個人的來處，也常會指向相反的、從未親臨而意想不到的境界，請列舉三個。

八、宴會食物中包含了酒的時候，多用哪一個字？ ①餐 ②饗 ③饌 ④饔

九、下列何字意謂比較不濃稠的稀飯？ ①饘 ②粥 ③糜 ④餬

十、下列何字與贈送、貢獻食物無關？ ①餽 ②餲 ③饟 ④饁

答案：④，③，②，④，①，③，夢鄉、醉鄉、溫柔鄉，②，②，②

# 瘦比南山猴

## ——原本是老人家？還是找東西？

孩提時代，我是個容易害羞、也容易害怕的人。母親總跟人說：我不愛出門，只肯在家裡玩兒，都只見鄰居孩子們上咱家來，很少見我上別人家去的。她說對了，卻也說錯了。我不是不肯上別人家去的，只是經過了一件事情之後，便再也不敢上別人家去了。

那個孩子的家在我所居住的眷村外邊，隔著一條龍江街。街面不寬，可是街對過的人家生活樣態和條件大不相同。比方說，有著大庭院和兩層洋樓、一輛黑頭大轎車早晚出入的宅子，那裡住著王文成、王文正兄弟，他們的父親是一份新聞畫報的老闆（刊名似乎叫《中外》），僅僅兩扇大門就有我家眷舍的院牆一般寬。

王氏兄弟隔壁的人家像是沒有我們這年紀的小孩，經常往來的紅男綠女也都穿戴高雅、裝扮入時，面街的院子沒有磚石牆垣，一長排鑄鐵柵欄可以讓路人透見人家過得多麼不一樣的日子。柵欄裡種植著整齊的草皮，草皮上幾乎每個週末都會舉辦許多人擎杯徘徊的派對。最讓人驚嘆的是家主人還會把一台巨大無比的電視機搬到草皮上，螢幕上播放著當天的節目，可是與會的嘉賓似乎都沒有看電視的興趣，對於在路邊徘徊的我們來說，那真是奢華而浪費的極致了！

這一戶人家的宅院深廣，側牆外就是一塊空地，我們村裡的孩子在那兒打棒球，球不時飛進了院子，還得有人繞到前門隔著柵欄把風，指點另一人從側翼翻牆。幾年下來，我們根本沒有見識過這家主人的面目。

倒是這大宅門後面，還有兩三戶居室狹仄的人家。其中就有令我驚悚難忘的記憶。記憶的片段沒有開頭、也沒有結尾。就是一個和我年紀相彷彿的孩子——遠遠在我認識王文成、王文正兄弟之前；一個既無名、也無姓、年紀比我還稍小一些的孩子，總之是邀請我去了他的家。進門兩三步還要上一段台階，玄關裡面漆黑一片。那孩子擁有數不清的玩具車，回想起來，應該就是說有玩具車，他才把我拐了去的。然而，就在我被玩具車包圍、感覺置身天堂之際，忽然聽見一聲嘶吼，那聲音明明是從屋裡傳出來的，可是記憶中卻來自冰冷的白色牆壁。說的是：「你——呀！」

我問那孩子：「誰呀？」

孩子說：「不理她，她不會怎樣。」

「你——呀！」一發喊出聲，就沒有停過。我起初還想專心玩車，不去理會。可是吼聲越來越尖銳、也越來越淒厲。我實在不敢再玩下去了，起身要走，那孩子卻用身體拱住我，頭也不抬地說：「不要怕，不會怎樣，是我奶奶。」

不多會兒，那奶奶就出現了。應該說：一副看似用發皺的抹布包覆著的骨頭架子就從隔壁房間晃出來了。她揮動著杈枒開張的雙臂和十指，繼續喊著，來回在我們身邊晃了幾圈，偶爾看看我、又看看她孫子，再看看我——可是，在她的眼睛裡顯然沒有我們。她接著轉回身，對著天花板或牆壁的高處繼續喊著：「你——呀！你——呀！」

「跟你說不會怎樣吧？」孩子說。

可是他並不知道我的恐懼是怎麼一回事。我不怕那奶奶的聲音、也不怕她空洞的眼睛，我甚至不怕她遊魂一般徘徊來去的身影。我怕的是她的瘦；連尖銳的枯枝都不足以比擬的瘦。

我有很長一段時間，連寫個「瘦」字都會感覺不舒服，「瘦」字比「鬼」字來得可怕不說，法蘭克・辛納屈（Frank Sinatra）在我心目之中一直都是大反派、討厭鬼，只因為他的外號是「瘦皮猴」。

本來只想說一個「瘦」字，此乃中年以上、日常久坐、肚腩壅肥之人相當渴望的形貌。要說這個字，卻得先從老人說起。「瘦」字裡藏了一個老人家──「叟」。讀《孟子》，出現的第一句對話就有這個字：「王曰：叟，不遠千里而來……」

叟，也是地名，東漢以迄六朝對於現在甘、滇、川、貴一代的邊區民族通稱為「叟地」，招募來的士兵都勇健善戰，跟我們一般說的老弱之人完全不是一回事。

若問字的來歷，不免要從構造這個字的形、音、義符上小心拼湊。然而眾說紛紜，即使是像許慎《說文》，也免不了穿鑿附會。像「叟」這個字，王國維引用古籍，認為在周代，童子有為長者「執燭」（也就是照明）的職責，《禮記・檀弓》所謂：「童子隅坐而執燭」、《管子・弟子職》所謂：「昏將舉火，執燭隅坐」，都是把甲骨文的「叟」（）解說成一個人在屋頂之下（室內）舉著像火炬一樣的東西。那麼，被侍奉的老人家到底在哪兒呢？「叟」如果是指老人家，卻只有替老人家照明的童子和火燭，不是很奇怪嗎？

也有人用小篆（）來解說，認為字體上方的不是屋頂，而是一個象徵人體的「大」，大字底下也不是象徵燈燭的火光，而是左右兩個點，下方的「又」就是人的手，加強示意以手攙扶老人；此說的確讓我們對同一個字有了不同的視覺意象。

不過，解釋尚不止於此。因為有人根本覺得「叟」的本義不是老人，而是搜尋、探索——在屋下手持火炬，不就是找東西嗎？

因為「搜」，找索；「廋」，庋藏；都跟尋找和收藏這一組概念有關。我們只好相信：也許原先造字之初，一個表示長髮老人的字形，和一個手持炬火找東西的字形，由於太接近了而混同，到小篆裡就固定下來，一形兩義，形成了「訛字自冒以為假借」，人們只好在左邊再加上一個「手」，成為「搜」，以示與表達老人之義的「叟」為區別。另一方面，在《左傳》、《方言》裡則出現了添加一個「人」字偏旁，來表示老人的「傁」。

「叟」加上「广」字為偏旁，一般用以表達隱藏的意思。但是在中文裡面，常有「相反為訓」的現象。「廋」既是隱藏，也是偵察、尋找，跟「搜」這個字是相通的。從人事的隱藏，到自然的隱密，又延伸出山彎水曲之地的意義，故「隈曰廋」。用「廋」字造詞，十之六、七都是指「打謎語」：廋文、廋詞、廋語、廋辭皆是。

此字雖然罕用，但是孔老夫子那幾句：「視其所以，觀其所由，察其所安，人焉廋哉？人焉廋哉？」還是非常實用的觀人之術。這話到了孟子那裡，有了更具體的實踐：「聽其言也，觀其眸子，人焉廋哉！」說是觀察一個人，沒有比觀察他的眼神更清楚了：存心正直，眼神就明亮；存心邪惡，眼神就混濁。只要聽人所說的話，再看看他的眼神，誰能遁形？

幾十年前，如果說人瘦了，必與疾病、飢餓有關；今天要是說誰瘦了，第一個聯想則總是與苗條、有精神、甚至健康的概念連結較深。現代生活造就人體態普遍豐腴，肥胖甚至被定義為疾病，其實無關美醜，而是醫學上證實肥胖容易導致糖尿病高血壓高血脂，所以蜜雪兒・歐巴馬才會把對抗兒童肥胖，當作美國的國安問題。

回到數千年前去看「瘦」這個字，居然帶個「疒」字邊，此偏旁讀作「床」，意思也就是病床，病床上躺著個老人家，肌肉不豐，形容枯槁，大概也就是風燭殘年了。可見在造字的那個時代，瘦是病態。倒是近些年，我自己的朋友也大多是中老年人，他們過生日的時候，我都會給兩句話，聽在古人耳中一定不很對勁——我的祝福是：「福（浮）如東海龜；壽（瘦）比南山猴」。無論接到祝福的人原本是豐腴、還是苗條，似乎已經在兩句話裡感受自己理想的體態，都相當滿意。

有些時候，我也不禁要撞回多年前的記憶中去搜尋一番：那個令我驚悚了很久的老太太究竟是不是一個病人呢？她的那一聲聲「你——呀！」「你——呀！」是呼喚一個躲藏起來的人嗎？那樣扃鎖在一室之內的尋覓，看似是不會有甚麼結果了，然則，這就是垂老的象徵嗎？

字詞辨正

# 出門誰是伴？只約瘦藤行

一、「叟叟」讀作「搜搜」，是形容甚麼聲音？ ①風吹之聲 ②鬃漆之聲 ③掃地之聲 ④淘米之聲

二、「叟兵」是指：①老弱之兵 ②勇健之兵 ③除役之兵 ④戰敗之兵

三、「廋詞」是指：①口吃 ②打謎語 ③不擅表達 ④說話含混不清

四、周代的「廋人」是在朝廷中負責：①養馬 ②養牛 ③養童僕 ④養老人

五、哪一句詩或詞裡的「瘦」與其他各句用意不同？ ①愁來瘦轉劇，衣帶自然寬 ②久行見空巷，日瘦氣慘悽 ③葉凋山寺出，溪瘦石橋高 ④風也蕭蕭、雨也蕭蕭，瘦盡燈花又一宵

六、「瘦島」是說：①小島 ②孤島 ③礁島 ④賈島

七、「瘦笻」、「瘦藤」都是指：①摺扇 ②馬鞭 ③手杖 ④戒尺

八、「瘦馬」當然是指瘦弱的馬匹，引申義則是指：①老吏 ②雛妓 ③童兵 ④拉伕

九、「瘦田」的意思是：①一種印石 ②平滑的硯台 ③貧瘠的耕地 ④不會生育的女子

十、「瘦羊博士」是藉由東漢博士官甄宇的故事來表彰哪一種德行？ ①孝順 ②仁愛 ③寬讓 ④節儉

答案：④，②，②，①，①，④，③，②，③，③

# 冰與寒，漫長的歷程

## ——結凍成冬，一向是中國歷代王朝的歲首。冰，竟然是開始……

我剛滿二十歲的一九七七年底，一段酷寒的日子，入冬之後一天比一天冷，而我則由於參加了寒暑期自強活動服務人員的行列，必須到中橫大禹嶺山莊報到駐站，為往來於中橫公路上的許多健行隊伍提供膳宿和團康娛樂服務。那三個星期當中，我有不少新鮮的經驗。第一次向梨山氣象站回報大禹嶺低溫（零下四度，在當時，是史上最低），第一次踏上滑雪板，第一次巡視保線路，第一次不在家過舊曆年，第一次喝下一整瓶黑金龍，半夜到雪地裡挖一大坑吐得乾乾淨淨。

把我灌醉的，是大禹嶺山莊的主人，一對不知道是不是親兄弟的兄弟，人稱二伯和五叔，自五〇年代便到中橫開墾，種梨、種蘋果是主業；號稱山莊、開辦民宿，假日與救國團之類的單位合作待客，也有些微薄的利頭，但是二伯和五叔所圖不是經營獲利，他們是衷心喜歡和年輕人打交道。一個梯隊又一個梯隊地送往迎來，我從來沒有一刻感覺他們是旅店業者，他們更像是每一個陌生訪客的「家主人」。這種「家主人」自然開闊、與山嶺林地共吐納的胸懷和氣度，我日後很少見了。在沉默寡言的二伯和笑語不斷的五叔那裡，好像無事無物不可以與眾生共享，且不但施之於人，也自然而然地施之於中橫山林裡堪稱與農場為大敵的獮猴。

下大雪的當天下午，山莊附近攬客上松雪樓的計程車都掛上了雪鍊，梨山和花蓮兩邊匯集而來大型客運車也都在山莊正下方的迴轉隙地之上拚放黑煙，鬧亂了好一陣，天色忽然陰了，山峰雲海忽然靜了，連過往的風都不敢出聲，五叔靠著廚房門口過道的欄杆往不知多遠處眺望，望了好一陣，才指了指右前方兩座大山口的交接處，低聲說：「來了。」

「甚麼來了？」

「猴子。」

我放眼四方，恣意細看，除了一隻在極高極遠處盤旋繞圈子的鷹隼之外，甚麼活物都沒有——一切就仍然浸泡在先前那突如其來、沉沒到底的靜謐之中。五叔仍舊悄聲說：「剛才那一陣兒太吵，所有的車一下都走了，猴子們也發現了，這個時候牠們特別放心了，就出來了。」

「出來幹嘛呢？」

「上咱園子裡開飯啦！」

「你不去趕一趕嗎？就讓牠們這樣吃嗎？」

早先二伯和五叔也心疼過，想想自己親手勤苦劬勞、好不容易栽培出來的果子都便宜了這些神出鬼沒的畜生，怎麼不懊惱、氣憤呢？甚至也裝設過捕獸夾和陷阱，成效？沒有成效。

就在一個十分寒冷的冬天，也像這兩日一般飄著雪。二伯先發現了猴子的蹤跡，趕緊拿出早就準備下的火器，就是要開一回殺戒，也許能收嚇阻之效。然而，正當二伯、五叔這麼嚴陣以待的時刻，忽然看清楚了，那是排成一整列的猴子，前後相追相隨，絲毫不亂。

當先的是一頭老獼猴，寒流帶來的風雪凍得牠渾身顫抖、一步一哆嗦，看來艱苦備至。老猴頭的手上還捉著一根長樹枝——那樹枝既可以是拐棍、也可以是探針，顯然是以此對付捕獸夾的。

「真沒想到，那麼冷的天兒，凍得出瘡來的，」五叔微笑著說：「猴子還辦教育呢！」

從那一次大寒流以後，二伯和五叔也沒打商量，卻再也不裝捕獸夾了。吃去罷！牠們能吃多少呢？應該就是這樣放懷的念頭吧？我當時就想：如果目睹老猴頭那一幕不是發生在那麼寒冷的時刻，二伯、五叔未必會有感於天地之心的吧？古詩有「一片冰心在玉壺」的句子，「冰心」所指，乃是清潔乾淨、不為功利所擾動的心；看似很冷，其實有著不與人計較的溫度。

從甲骨文（）、鐘鼎文（）到小篆（），冰字的寫法都是「仌」，古文字學家以為是「象冰紋之形」，大面積的水遇冷固化，狀若棚，所以語音也近似棚。雖然是簡單兩筆，看看天文學家對於發現火星地底藏有大量水冰的興奮之情可知，冰，很可能是萬物之始。

春夏秋冬四季結束於最冷的季節，也開始於最冷的季節。「冬至，一陽生」寓理即此：「坤」卦十月，天地皆陰嚴冬降，萬物藏；「復」卦的十一月陽氣再現，生機將出。晝即將長於夜，而春的消息則遠遠地來了。古代初文冬字（）長得像個耳機，據說是繩端終結之形，到了小篆時代，本字（）發生變化，大約那時的古人已經不結繩記事了，文字符號只好與時俱變，讓耳機變成了雙股叉，看起來像是「宀」字延長了兩腳，底下再加上個「冫」——這正吻合於天冷呆在家裡的意象，不是過冬，又是甚麼？

冰字從「仌」簡化而成「冫」，又繁化而成「冰」，再簡化而成俗寫的「氷」，意義大致未曾改變，但是也未必只有寒冷、以及固態水之義。「冰人」指的是媒合之人；其間的解釋很迂曲，說是「冰上為陽，冰下為陰……在冰上與冰下人語，為陽語陰，媒介事也。君當為人作媒，冰泮而婚成。」此外，施之於人事，因為冰的冷，帶有孤高的意象，冰清玉潤兩物兩性合說，通常是稱讚成就姻緣的翁婿兩家，在品格和教養上門當戶對，誰也不至於辱沒對方。

冰之不為冰，還有很多例子，像「三尺枯蛟出冰海」，可知劍器森寒之極；那麼，冰海就是劍鞘了。冰筍是美人的手臂，冰心指情懷高潔，冰肌是膚色白，冰魂是梅花——溫度都不特別低。

除了現、當代語料中的冰箱、冰棍、冰淇淋之外，中國古代語彙中大量冠以冰字的語詞都取其引申或象徵義，比方說：冰綃，是指薄而潔白的絲綢；冰銜，是指清貴而不掌握實權的高官；冰槊，是閃爍著寒光的長矛；冰蔬，是清淨爽口的蔬菜；冰輪是明月；冰籟是洞簫。倒是冰橋一詞，不能說全與低溫無關，卻也不是用冰雕做成的橋，意在虛實之間，說的是湖面結成厚冰，可以供人馬行走。

冬天一般是寒冷的，可以想見：「寒」字底下的兩點，也是這塊冰作祟。把寒字拆開來看，寒的上端有「宀」，屋頂象徵家居；中間的一大塊縱橫交織之物是草苫，人蒙著草苫取暖，尚不足以表現寒冷，還得在腳下放一塊冰。

寒字也有相當歧出的意義。比方說：寒瓜一詞，既是指西瓜，也是指冬瓜。前者殆因西瓜性冷，後者殆因冬瓜生長的季節，可是寒瓜也可以代稱秋季天氣轉涼之後所有的瓜。還有「寒胎」這個詞，指稱珍珠，似乎將月光與蛤蜊用詩一般的意象結合起來了。

由於冷，寒字當家的語詞轉義成兩路。一條往勁節礪冰操之路上行去，於是逢冬不凋之花葉則備受揄揚，寒木寒竹、寒菊寒梅，甚至還有神話一般的植物「寒荷」（見《洞冥記》）。另一條則往孤寒成落魄之路上行去，就生帶出了窮困、悲苦、身份卑下的意思。寒門、寒舍、寒心、寒素都是這種情調。

早在春秋末葉，吳王夫差派太宰嚭前往北方的魯國去「尋盟」——意思就是把早就簽訂的盟約再重新拿出來確認。就常情而言，這是友善的表現，可是子貢卻認為：「尋盟」多此一舉，他說了一番大義凜然的話：「寡君以為苟有盟焉，弗可改也已。若猶可改，日盟何益？今吾子曰：『必尋盟』，若可尋也，亦可寒也！」

子貢戳穿了太宰嚭的外交偽善。誠然：寒盟（背棄盟約）者，恰是尋盟（重溫或改訂）者。每天都要發個誓、賭個咒、必要做到這事那事的人，恐怕除了尋盟、寒盟之外，甚麼也做不了。

字詞辨正

# 寒盡不知年

---

一、依照古今先後，排列一下「冰」字出現的順序： ①仌冫冰氷 ②冫仌氷冰 ③冫仌冰氷 ④冰氷仌冫

二、以下哪些「冰」字未必有溫度低的意思？ ①冰筍 ②冰心 ③冰肌 ④冰魂

三、「冰人」是指： ①窮人 ②美人 ③媒人 ④假人

四、「冰玉」二物相提並論，除了比喻高尚貞節的人品，還常用以指稱哪一種人事關係？ ①母女 ②妯娌 ③甥舅 ④翁婿

五、「冰海」用以比擬哪一種物件？ ①墨壺 ②劍鞘 ③水皿 ④雨衣

六、下列哪一個詞語含有確實的低溫之意？ ①冰綃 ②冰銜 ③冰栔 ④冰蔬 ⑤冰橋 ⑥冰糖 ⑦冰輪 ⑧冰籟

七、「寒瓜」之詞，不包括下列哪一義？ ①黃瓜 ②西瓜 ③冬瓜 ④秋瓜

八、寒松、寒菊、寒梅等詞都有經寒不凋之義，下列哪一個語詞沒有這一層含意？ ①寒苞 ②寒竹 ③寒木 ④寒荷

九、「寒盟」是指： ①交誼不深 ②友情冷卻 ③背棄結盟 ④舊日婚約

十、「寒胎」是何物之代稱？ ①麥冬 ②月亮 ③脂玉 ④珍珠

答案：①，①～④，③，④，②，⑤，①，①，③，④

# 提壺醒眼看人醉

## ——酒是迷人之物，除了鬆弛心情取樂，還有很多文化內容，讀字可知。

「醉裡乾坤大」說得多好？飲的境界寬廣，正應了孔夫子那句：「唯酒無量，不及亂。」受酒之量，人各不同，所以孔子沒說喝多少算是上限。我聽過不少大醉之態，都不如鄭安石說他老舅的一段令人驚心動魄。

安石母家在遼北北豐，今屬遼寧。說到飲酒，大東北之區乃是地靈人傑。這位老舅平日愛喝、也能喝，家常新醅陳釀，一向斷不了供應。論起酒量來，就是那種「渴飲」的等級。

有一次鄰村辦喜事，老舅去了。一連喝了三天三夜，神態如常，不及於亂。北地俗語有云：「酒不夠，菸來湊。」根據在場的人事後描述，老舅隨手抓過一桿三尺長的大菸槍來，才一打火，但聽得「砰」的一聲，炸了。誰也說不上來炸的是甚麼，只見老舅一歪身，人就再也沒有醒過來。當席同飲的伴當們搶忙拆了門板，飛奔了幾里地，把老舅抬回家。人早就沒了氣息，倒是一路之上，直到進家門，七竅裡還冒著湛藍色的火苗子。

這就堪稱飲之烈士了。整整千年以來，怕只有北宋時代的一群酒豪——錢明逸、蘇舜欽、石曼卿、劉潛——與老舅差堪比擬。其中，文名之大者莫過於蘇，酒興之高者莫過於石，政聲之惡者莫過於錢，劉潛還只是個布衣，了無籍籍之名。不過，根據《畫墁錄》和《夢溪筆談》的記載，無論相識、相交與否，這些飲者都有一種共同的飲酒態度，他們求醉，非但與吟詠無關、與聲色無關、與懷抱無關、與情愁無關，甚至與交友亦無關。純粹飲之體驗，是唯一的目的。

這些人喝時摸黑，不點燈燭，叫做「鬼飲」。喝了高聲唱輓歌，叫做「了（終了之義）飲」。還有披頭散髮、光著腳丫，甚至戴上枷鐐，圍坐成一圈，叫做「囚飲」。至於用茅席裹身，伸頭喝罷、復縮身入席，叫做「鼈飲」。甚且喝完一杯便去爬樹，之後下來了再喝一杯，叫做「鶴飲」。

其中，錢明逸與人共飲時不設餚饌，怕的是食物入腹，佔了「酒地」；喝的時候，與酒友亦不交一語，怕的是流散了「酒氣」。此公每一次會飲，都得喝上好幾斗，而佐酒之物，不過是「青鹽數粒」。

據傳宋仁宗愛惜石曼卿之才，常對輔臣說：希望他能戒酒。石曼卿還真聽皇帝的話，戒了不多時就生了病，隨即死了；得年只有四十八歲。歐陽修寫的〈祭石曼卿文〉一共只有三百多字，卻一再稱：「此自古聖賢，莫不皆然」、「此自古聖賢亦皆然兮」。所用的語句，當然是本乎李太白的「自古聖賢皆寂寞」。此處的聖，指酒之清者；賢，指酒之濁者——可千萬不要誤會成甚麼古聖先賢——而「自古聖賢皆寂寞，唯有飲者留其名」所說的，恰恰是飲酒之人憑藉著他的風範、格調、甚至作品，而為所飲之酒傳揚了美名。

「北山白雲裡，隱者自怡悅」是孟浩然的句子，若易隱字為飲字，庶幾更接近實情呢？飲者之樂，但不及於亂，即使看在不飲者眼中，應該也自是一番陶醉的。於是我們有了宋代詩人楊萬里的一首〈初夏〉詩，詩中一聯十分巧妙：「提壺醒眼看人醉，布穀催農不自耕。」

「布穀」就是子規，春夏之間鳴聲嘹亮，像是在催促農人勤勉工作，「提壺」諧音「醍醐」，字面上和「布穀」作成對仗，若把「提」、「布」當動詞，「壺」、「穀」當名詞賓語，也可以成立；意義上所要傳達的卻是一份閒適、愉悅、旁觀農家生活百態的情懷。提壺者顯然不與其他人一同鬧酒喝，但是卻獨能體會醉者之樂，也才能將他人之樂寫進詩裡。

酒字字根是酉，十二地支之一，序列第十，合生肖為雞；配合方位而言，酉是指西方；配合季節而言，是指秋季；配合時辰而言，是指下午五到七點。以天地四時晨昏的運行看來，都在過半之處，有些成熟的況味。回歸字形之本，酉字就是一個盛酒的缸。漢儒附會的說法，以為「萬物成象而就」，也和穀物秋熟、釀酒貯封，好像自然界的精華都裝在這發酵的甕裡了。以酉為基礎的酒字，便有了收成、完足、豐盛的潛在意涵。

酒的發酵是一個緩慢而不會止息的過程。在還沒有發展出成熟的蒸餾技術之前，古人為了不要喝到變酸的酒，就會使用「煮」（略事加熱）的手段讓發酵終止——這是「青梅煮酒論英雄」的來歷，也是「紅泥小火爐」的作用。

酒味變濃為淡、變醇為酸，雖非善飲者所期，但是總會發生，竟然也有專字：「醛」。在今天，此字特別是指含有醛基的有機化合物，然而它的古意很美，是指酒類有如荃一樣的香草，不斷釋放出芳香之氣，現代人引英文說的「醒酒」（airing），實在就是此字。

以酉為字根的字很多，有的表現穀果發酵狀態，像醹、醲、醲、醰、釃、醪都與充分的發酵而使酒味變得深長或醇厚有關。醨，則是淡酒、薄酒，試想：酒味離散，焉得不淡呢？

還有的從酉之字，則表現飲酒生活中的活動。比方說，在西漢時就出現了「酟」這個字，這個字恐怕也是舉世唯一替買酒、賣酒之事獨造一字的語文。再例如：酬、醋，原本是飲酒的一連串儀式——主人初次酌酒與賓客，叫做「獻」。賓客飲過了「獻」酒，還敬主人，叫做「醋」（也叫「酢」）。主人再將「醋」飲過，還要自飲一回，第二度酌與賓客，這就叫「酬」。此後雙方便不再勸飲了。這就是飲酒之禮，講究的終究是節度。

醋字和酷字都有一種對士大夫階級的怨毒之意，只是今天不大能從字面上體會。「醋大」是一個詞，也作「措大」，今人用之，多加上一個窮字，好像只有貧困之人才當得這貶詞。

實則「醋大」另有說解，是指稱士人階級衣冠儼然，望之有一種傲然不可侵犯的氣場，一旦犯之，必加報復。關於這一點，熟讀《儒林外史》或《官場現形記》、《二十年目睹之怪現狀》自可體會。「醋大」所指的就是這種讀書人逞其知識的傲慢，鄙虐小民的聲勢。後來俗用加上一個窮字，成為「窮醋大」，沒錢，氣場也沒了，可是傲慢的骨性似乎還在。

酷字在二十世紀八〇年代以後，搖身一變，成為一個外來觀念翻譯字，指的是「cool」。它原本殘刻、苛暴的語意幾乎已經消失。但是這個字之所以從酉，也有本義；說的是酒味之特別醇厚嚴烈的狀態。右邊的聲符「告」，與酉字共同會意，而「告」是一頭觸人之牛，角牴加之，用意強烈，可見酒味觸鼻的強猛了。

話說回頭，前文說到了楊萬里提著酒壺看鄉裡人醉飲取樂。他雖不喝，也能樂人之樂，其妙趣還有深刻之處，「提壺」所諧音的「醍醐」原本不是酒，而是「酪之精者」。據說：奶酪上方凝結的一層油脂叫「酥」，而「酥」的上方猶有一層極細的油脂，謂之「醍醐」。古人以此為純一無雜之上味，所以《涅槃經》上才會說：「譬如從牛出乳，從乳出酪，從酪出生酥，從生酥出熟酥，從熟酥出醍醐，醍醐最上。」可是不要忘了：醍醐不是酒，反而可能是醒酒之物，使人消除塵慮煩惱，清涼自在——最重要的是頭腦清醒。是的，不及於亂。

字詞辨正

# 唯酒無量

一、配合方位而言，「酉」是指：①東 ②西 ③南 ④北

二、配合季節而言，「酉」是指：①春 ②夏 ③秋 ④冬

三、配合時辰而言，「酉」是指：①下午五到七點 ②晚間七到九點 ③夜間九到十一點 ④半夜一到三點

四、古代主賓飲酒之禮，客人還敬主人叫做：①酬 ②醉 ③餔 ④醋

五、酒味變濃為淡、變醇為酸，用哪一個字來形容？①醞 ②醡 ③醛 ④醚

六、「措大」、「醋大」原本是指四民之中的哪一流人物？①士 ②農 ③工 ④商

七、形容醉酒而失去知覺，該用哪一個字？①酩 ②酊 ③酲 ④醺

八、酒的原味特別嚴烈，是哪一個字呢？①酵 ②酷 ③醇 ④醅

九、下列哪一個詞不是指酒？①醍醐 ②醽醁 ③酴醾 ④醇醴

十、下列哪一個字是指薄酒？①醹 ②醲 ③醨 ④醲 ⑤醰 ⑥釃 ⑦醪

答案：②，③，①，④，③，①，③，②，①，③

# 相鄰兩字是天涯

## ——鄰里是家族以外人際關係的起點，字義延伸開來，卻到陌生之地。

現代人掌握的資訊豐富，天涯海角都能會通，比起終身保守於鄉里之間絕大多數的古人，都有廣闊的世界觀。果真如此嗎？從語言學的角度觀察，有一點可能讓我們吃驚：中國老古人打心底就沒有「陌生人」這個字眼、也沒有這個觀念。至少，我在清代以前的古書上沒有見過「陌生」、「陌生人」這樣的詞彙。最常見而意思接近的，是「陌路」一詞，原指田間小徑、街道、道路，後來也隱括了路上不認識的人，如：「每逢陌路猶嗟歎，何況今朝是見君。」（白居易〈見元九〉）。

與其說「路上不認識的人」，毋寧更準確地說，那意思其實是「尚未從路上迎進家裡來的人」。這是幾千年來逐漸積累、沉澱成形的世界觀。可以從很多加入了生活細節描寫的文本上得到驗證。

我高中畢業、正準備進大學的那年暑假，有一段不算長，可是廢得慌的假期。奉母命為鄰家一個同齡卻沒考上大學的女孩兒補補功課，以便報考夜間部。

那女孩兒生來大概就是個恍神的料，讀書根本是做樣子，對於任何科目的專注力不會超過三分鐘。我帶她讀了幾天國文、歷史、地理，自覺都了無生趣了，只好一起蹲圖書館，各據方桌的一側，這樣反而合法合理地可以不交一言。有一天，我讀我的唐人傳奇（應該是為了預習日後的大學教材罷？），她呢？誰管她！

猶記當時我讀的是杜光庭的〈虬髯客傳〉，讀得相當吃力。過了不知道有多久，她忽然問我：「你是不是看不懂？很難嗎？」我當然要說不難。她卻說：「那你講給我聽。」

我還真講了，講了不超過四分之一，卡在紅拂、李靖和虬髯客初見面的那一刻，她硬是跟我拗上、不肯聽下去了。

「簡直胡扯，根本不可能的事！」她說。

杜光庭死了一千多年，我到哪裡去問出一個她堅詞以為不可能、不可以的底細來呢？原來故事裡說到紅拂女、李靖即將前往太原，途中寄宿於靈石旅舍，房裡設了牀、爐中烹了肉，紅拂女正在床前梳她的長頭髮，而李靖則在一旁刷馬。這時忽然出現了一個中等身材、滿面赤色虬髯的漢子——這漢子還是騎著驢來的；來時二話不說，便將一隻皮囊扔在爐前，取過枕頭來，側身躺舒坦了，看紅拂女梳頭髮。

聽我一字一句、很辛苦地把文言故事翻譯成白話文的姑娘這時終於忍不住了，說：「簡直胡扯，根本不可能的事。」

她的質疑不是沒有道理——為甚麼紅拂女梳頭和李靖刷馬是在同一個空間？為甚麼虬髯客騎著一頭驢，連人帶牲口，說來就來，立刻竄進了同一個空間？為甚麼虬髯客還能把自己的行李（我們後來知道，那皮囊裡裝著的竟然還是一顆血淋淋的人頭）扔在別人做飯的爐子前面？為甚麼虬髯客可以大步趔趔走進他人的房間、抱著他人的枕頭，看不認識的女子梳頭？

老實說，當時的我心裡只有一個念頭：怪不得你考不上大學，聽故事聽到哪裡去了呢？這是傳說中的風塵三俠啊！

一兩週之後我就上成功嶺受軍訓去了，那女孩兒究竟有沒有夜間部大學可唸？也不關我的事了。可怪的是，她在圖書館裡提出的疑問始終在我日後再三重讀〈虯髯客傳〉的時候跳將出來：是啊！若不是那樣一個人畜共享、人我同居的「靈石旅舍」，風塵三俠又怎麼可能碰面，且立即展開了情節如此荒誕、節奏又如此緊密的故事呢？

不知道在幾十年後，我忽然從當年未解的疑惑之中拍案驚醒——那不是一個特別為故事打造的異樣空間，那就是唐代——甚至此前更古老的許多朝代——的日常啊！

旅館以四壁相隔，分別親疏，投宿者各據一間，這樣的區處和規格可能已經是晚近之事了。在風塵三俠可以意氣相結相交的時代，必然有一種方便陌生人流通融合的空間，而在這一套空間裡，也必然有一套充滿流動性的、物／我、人／己寬大相容的世界觀——寬大到拋棄了「陌生」這樣的語彙。

在他們眼中，現代人所防範、畏避的陌生人，只不過是尚未結識的客人。相對於今日密集群居數十年而老死不相往來的人而言，確實難以想像。陶淵明的〈移居〉詩二首之一：「鄰曲時時來，抗言談在昔。」、王勃的「海內存知己，天涯若比鄰。」都是自然流露的詩句。一個因緣際會、從萬里之遙來到你面前的人，可以受到老鄰居一般的對待。於是我們可以這麼說：鄰、里可不只是家居密邇之地，而是通往世界的起點。

鄰的聲符是「粦」，上半部的「米」是由「炎」簡化而成，這兩把熒熒之火，據說是鬼火。戰爭中的人和馬牛之屬死者甚多，其血乾涸，長久積累而化為「粦」；傳聞此物滲入地下，附著在草木之上，平時就像霜露一般，不容易察見，但是到了夜裡，一經行人沾觸，身體上便會出現點點微光，雖說拂拭即散，仍不免令人心生恐懼。《淮南子・氾論訓》稱：「久血爲燐」是也。作為「鄰」的聲符，也具備了積久漸多的意思。不消說，鄰字作為行政單位以前，已經見證了人們聚居的趨勢。至於積久、密集這兩層意思，也就引申出穀物豐登的聯想，而成為「鄰熟」一詞的來歷。

漢代劉向編的《戰國策》和《列女傳》上都記載了一個故事，一群相鄰而居的女子夜夜相聚一室紡紗，各備火燭照明，其中有那家境窮苦的，買不起燭，也來蹭光，遭到排斥，可是這貧家女申訴道：「我正是因為沒有能力供應火燭，每夜早來灑掃布置，也出了人力，更何況我利用了你們所使用的燭火餘光，並不妨礙你們照明之用啊！」眾人合議之下，覺得這話有理，也就接納了貧家女為伴。以此，「鄰光」常指他人施予的恩惠。匡衡鑿壁引光夜讀，何止是用功上進呢？那不在意牆上有洞的鄰居，不才是發揮分潤精神的賢者嗎？

鄰人相互分享好處是天經地義的事，所以千萬不要誤會「德不孤，必有鄰」說的是「有德行的人一定會有同志」；其實這個「德」，指的是「直道」而非「賢德」，奉直道而行，一定會有人來輔弼、幫助。「鄰」在此處所指的，就是輔助的意思，如《書經．益稷》：「帝曰：『吁！臣哉鄰哉；鄰哉臣哉！』」臣字、鄰字，音近相詮，把「鄰」作成了「幫助」的解釋，開啟日後孟子「得道多助、失道寡助」的論理。

從一人一家的角度向外延伸，無論是以家戶數或距離來度量，鄰的體量都比較小，而里的涵蓋範圍就大得多。五家為一鄰、八家為一鄰的說法不一，二十五家、五十家、七十二家、八十家……到一百一十家為一里的規範也歷代不同，有趣的是以「里」字帶頭的詞彙，有很大的一個詞群都是指里長，里尹、里正、里司、里老、里君、里胥、里宰、里魁等都是。數千年來中國的鄉土社會把一里之地做為行政單位的最基層，卻給予這小小職稱以越來越高的象徵。除了「帝王」二字太隆重，不能真釀成小老百姓割地分治的聯想之外，可以發現：「尹」之不足則「宰」之，「宰」之不足則「君」之，「君」之不足則「魁」之，讓最沒有權柄的基層服事之人誤以為自己也分享了權力，這就是中國庶民政治最鞏固的心理框架。

有一個已經消失在今人語彙之中的詞，與行政架構無關，相當淒美。白居易寫過，〈早秋獨夜〉：「井梧涼葉動，鄰杵秋聲發。」賈島寫過，〈上谷旅夜〉：「故園千里數行淚，鄰杵一聲終夜愁。」到了納蘭性德的〈雪中和友〉也這樣寫過：「哀雁兼鄰杵，共君寒夜心。」鄰杵必是指在客居之地，聽見相去不遠處傳來的清晰敲擊，那兒有人臨河浣衣，想來是別人的家人，而聽見這搗衣之聲的我，卻正是一個「別人」。

鄰，不是最親近的嗎？在這裡，卻怎麼那樣遙遠哪？

字詞辨正

# 萬里天涯若比鄰

一、「鄰笛」、「鄰舍笛」、「鄰家吹笛」都是表達哪一種情感？ ①安靜和睦 ②幽潛寂寞 ③蕭條疏遠 ④傷逝懷舊

二、「鄰杵」字面上解為附近的搗衣之聲，象徵甚麼呢？ ①旅人寒夜的寂寞 ②家人勤奮地工作 ③鄰人經常起紛爭 ④同道互伸援手

三、「鄰光」是指： ①竊佔別人的好處 ②他人施予的恩惠 ③損有餘以補不足 ④與旁人分享榮耀

四、「鄰熟」是指： ①里巷居人彼此熟識 ②穀物豐收而成熟 ③食物即將烹調完熟 ④兩國之間交際頻繁

五、「德不孤，必有鄰」的「鄰」是甚麼意思？ ①同道 ②朋友 ③幫助 ④目標

六、「里曲」是俚俗的歌曲，「里言」是流行的俗語，那麼「里耳」又是甚麼？ ①老子的本名 ②風聞、謠傳 ③低下的趣味 ④本地的秘密

七、古代計算戶口方式不同，究竟幾家為一里？往往莫衷一是；請選出錯誤的敘述： ①二十五家為一里 ②五十家為一里 ③六十家為一里 ④七十二家為一里 ⑤八十家為一里 ⑥一百家為一里 ⑦一百一十家為一里

八、下列何者不具備里長的身份？ ①里尹 ②里正 ③里司 ④里老 ⑤里君 ⑥里胥 ⑦里宰 ⑧里豪⑨里魁

九、「里舊」是指： ①鄉親舊交 ②家鄉殘破 ③懷念故土 ④本土歷史

十、下面哪一段引文中的「里」指稱的是「故鄉」？ ①將仲子兮，無踰我里 ②五家為鄰，五鄰為里 ③相去萬餘里，各在天一涯 ④割慈忍愛，離邦去里

答案：④，①，②，②，③，③，③，⑧，①，④

# 風中之竹開口笑

——開心喜樂的時候就會笑，而笑又不只是開心喜樂而已。

我在服兵役期間擔任的職務是軍事學校的文史教官，負責兩個不同年級士官班隊的國文和歷史課程。在一同服役的教官裡面，也有教授軍事專業課程的，比方說通信、電子、有線電、無線電等等。共事同處之人，所學所用皆迥然有別，是我人生之中十分難得的一段時光。

令我印象極為深刻的，是一位無線電專業課程的教官，外號人稱「開口笑」（那是一種油炸麵食點心）。「開口笑」生就一隻昂然突兀的大鼻子，使得頰邊的法令紋顯得益發深刻。再加上一雙細小的眼睛，以及眼睛幾乎扛不住的兩撇八字眉，讓人一見就想發笑。而他顯然明白這一點，也總在全然不相識的情形之下笑臉迎人，彷彿身後就是兩扇大敞開的家門，隨時迎接客人進去。

我和他是在某日號稱全校加菜聚餐的桌邊初識的。他低頭看一眼自己餐盤裡的三層肉，再看看我盤裡的，又看看自己的，嘆了口氣，用極為地道的京腔說了句：「您，加了菜了？」

我一時沒有意會過來，還在回味著他的語氣——簡直就是說相聲的魏龍豪和吳兆南；隨著他的視線，我也看了看兩人餐盤裡的三層肉，說：「怎麼了？」

「您，沒加菜——」他搖搖頭，嘴邊的法令紋更深了：「我倒是加了。」

接著，他伸筷子撥了撥盤裡的肉，指著豬皮上的一點突起之處，說：「給加了個豬奶頭兒！」

「開口笑」讓人發笑，總是自然而然，也總是令人不期而然。有一回教官處和總隊部的軍官賽籃球，全校軍士官生都到場邊觀戰。看到對方一連幾個三分球領先了比數，「開口笑」忽然叫了暫停——他既不是教練、也不是隊長、甚至不是球員，沒有人知道他是如何叫了暫停的；等所有的球員來到場外，他招呼大家圍成一圈，仍舊用他那帶著濃重鼻音的京腔，以極其慎重的口氣面授機宜，說：「人一輩子能投進的三分球是有數的，他們投進一個，就少一個了，好吧？」所有的球員聞言哈哈大笑，真個笑彎了腰，而那天，我們教官處畢竟贏了賽事。

農曆年節之間，我和他分別代表政教組和無線電組留守，各人坐擁完整的辦公廳、圖書室，也就是讀讀自己有興趣的書而已。兩三天之間，我們偶爾在走廊上相遇，沒有多少交談。老實說：一個不說笑話的「開口笑」，看來竟然像是陌生人了。然而，某個傍晚我忽然聽見他在隔壁縱情大笑，間之以踏步拍桌之聲。我不免好奇張望，只見他手捲一書，不時地敲打著面前的玻璃墊，當真笑彎了腰。問他怎麼了，只是搖頭——他自笑而人不笑，應該是我生平僅見。我追問再三，他只搖著手裡的書說：「這書說的，太幽默了！」

那是一本講數學原理的書，他所笑的，是一個看起來非常複雜的公式。而我呢，就是個傻子。

我在一九八五年八月份退伍，臨出校門，恰巧遇見他從外歸來，我懇切地惋惜道：「今天退伍了，以後不容易聽到你的笑話了。」他立刻瞪起一對小眼珠，道：「怕甚麼？部隊還在啊！」

我明白他的笑和笑話書上的段子大是不同。他的笑，隨機而發，不假經營，意態從容而冷謔，是因為他雖然看來親切好相與，卻和這世界始終保持著一段足以靜觀透見的距離，那恰是取笑的距離。

從字形上分析，無論是甲骨文、金文，以至於小篆、楷書、行草，「笑」這個字都不脫一個竹字頭和一個象徵「體貌彎曲」的「夭」字（）。就算人在笑的時候未必「體貌彎曲」，「夭」畢竟還是這個字的聲符，可是「竹」呢？跟我們的笑容、笑意、笑話究竟有甚麼關係？

於是文字學家一直想說服我們：「竹受風，體態夭屈，有如人發笑之態。」這種說法實在有些迂迴。《字林》甚至繞得更遠，說：「竹為樂器，樂然後笑。」這樣說來，究竟是音樂之美使人發笑？還是開心喜樂使人發笑？都讓人有點摸不清了。

笑的發動如此自然，可是笑這個字的起源卻如此神秘。中文裡除了開心喜樂而笑之外，最常見的笑字則含有譏諷，像是《孟子．梁惠王》：「是以五十步笑百步也。」、《戰國策．韓策》：「兵為秦禽，智為楚笑。」皆是。然而微妙的是，同一個字既然表示譏嘲，竟然也可以表示欣羨、愛慕。李商隱的〈馬嵬〉詩：「此日六軍同駐馬，當時七夕笑牽牛。」辛棄疾的〈鷓鴣天〉詞：「君家兄弟真堪笑，個個能修五鳳樓。」這裡的笑，都沒有貶意，只有欣羨與愛慕。

既沒有開心喜樂那麼強烈，也全然不帶譏諷或欣羨的動機，純粹就是一種會心自得的情態，也可以用上一個笑字。它的確是歡愉的，沒有「夫子莞爾而笑」那麼高興，也沒有「淳于髡仰天大笑」那麼暢快，當然更不會是輕蔑的、詼嘲的。不過，在李白的〈九日登山〉詩裡，有這麼一抹：「因召白衣人，笑酌黃花菊。」在吳融的〈還俗尼〉裡，也有這麼一瞥：「柳眉梅額倩妝新，笑脫袈裟得舊身。」還有楊基的〈美人刺繡〉，更留下了這麼一個特寫：「含情正在停針處，笑嚼殘絨唾碧窗。」

細細品味，這三個例子都說明了「笑」還有一種意義：是一種情感的洋溢。怪不得古人稱花開為花笑，似乎獨得造化的神髓。和花笑比起來，「天笑」就嚴峻、暴烈得多，隋、唐人稱不雨而空中有電火為「天笑」，也叫「笑電」、「笑雷」。這笑，顯然比譏諷要兇狠。

說笑，不一定就要笑出聲來，有時甚至可以與生理特徵明顯的笑毫無瓜葛。最典型的例子就是我們給人送禮，總說：「敬祈笑納」、「祈笑領之」，這個笑，是餽贈者假設收受者並不以所餽贈之物為貴重，甚至還輕賤得可笑；然而儘管可笑，還是請以收納為宜。堪見餽贈者心裡這一份扭折委屈，只能訴諸旁白，還真不知該如何解釋清楚。

登門拜見，無論送禮與否，「投刺」則是必須的。「刺」就是名片；收了名片就必須見客；不欲接見，名刺還得退還。三國時代的辯士禰衡身懷名刺遊歷四方，的確有干謁公卿之心，奈何他為人驕矜排界，每逡巡於高門之前，忽而又不屑為之，以致懷藏的名片字跡都模糊褪色了，留下了「刺字漫滅」的典故。這個「刺」，也含有身份或是身份之證明的意思。如果在「刺」前加個「笑」，「笑刺」便如同笑柄、笑資、笑具這一類的話，意思就是供人訕笑的根據了。

與笑有關而比較罕見的詞彙還有些個。其一曰「笑矣乎」，這本來是李白〈笑歌行〉的發篇詞，可是後來被借用為一種毒菌的代稱，據說吃了這種菌，人就會乾笑不止。其二曰「笑鹽」，說的是謝安的家居故事。有一年冬大雪之日，謝安興致來了，故作韻語考校子侄：「白雪紛紛何所似？」謝安的侄兒謝朗應聲而答：「撒鹽空中差可擬。」另一個侄女謝道蘊則說：「未若柳絮因風起。」此語意境、修辭皆勝，謝安大樂，日後人們稱長者與子侄輩吟詠取樂，輒曰：「笑鹽」，如果連長輩也不知寫詩之樂，那麼這個詞就實在讓人笑不出來，也就是個該壽終正寢的詞了。

字詞辨正

# 笑意一層又一層

一、「該該」是指：①喜笑的樣子 ②緊張口吃不能言語的樣子 ③非常完備的樣子 ④天經地義的事

二、「花笑」是指：①花在枝頭受風而顫動 ②花含苞欲放的情狀 ③花開的模樣 ④花謝而隨風遠颺

三、以下哪一句中的「笑」與眾不同？ ①夫子莞爾而笑 ②王笑而不答 ③淳于髡仰天大笑 ④輒有素綢一匹，以表微意，伏冀笑領

四、以下哪幾句的「笑」並不是出於開心喜樂？ ①是以五十步笑百步也 ②樂然後笑，人不厭其笑 ③兵為秦禽，智為楚笑 ④毋使臣為箕子、接輿所笑

五、關於「笑比河清」，以下哪一句敘述不正確？ ①黃河一向混濁，足見難得嬉笑 ②此語最初是用來形容包拯 ③語同黃庭堅詩：「出門一笑大江橫」 ④比喻人態度莊嚴，不苟言笑

六、笑柄、笑資、笑具等詞顧名可以思義，就是指供人取笑的事物和話題，下列哪一個詞也有相同的意思？ ①笑剌 ②笑菌 ③笑林 ④笑科

七、下列哪一句詩裡的「笑」字與他者不同？ ①因招白衣人，笑酌黃花菊 ②可笑是林泉，數里無人煙 ③柳眉梅額倩妝新，笑脱袈裟得舊身 ④含情正在停針處，笑嚼殘絨唾碧窗

八、「笑矣乎」相傳是李白〈笑歌行〉開篇的句子，但也是一種：①治療狂笑之疾的草藥 ②飽含笑氣的果物 ③麻痺神經令人不能發笑的礦沙 ④食用後令人乾笑的菌類

九、「天笑」是表述哪一種自然界的現象？ ①颶風 ②下雨 ③閃電 ④放晴

十、「笑鹽」是指：①一種讓人發笑的化學物質 ②不相識的人藉笑談為觸媒相互融合 ③長者與子侄輩吟詠取樂 ④有人之間相約饗宴有說有笑

答案：①，③，④，①③④，③，①，②，④，③，③

# 旅字的長途旅行

——一個字長途跋涉來到我們的面前，已經不是它出發時的模樣了。

很多時候，旅行的嚴重後果是回不了家。

早些年我製作電視節目，和電視台管理道具的一位老職工結識，發現他是出生於南京的滿族人，能說流利的山東話，也具備北方漢子爽直慷慨的性情，我老是蹭他手裡的麵食吃，有時也不為了充飢，反而帶些向長輩撒嬌的況味；吃兩口，喊一聲，我們都管他叫郎叔。多年以後，郎叔過世，他的女兒已經是一位傑出的演員和劇場導演了，也有個諢名，叫郎姑。

郎叔和郎姑父女情深不在話下，做女兒的總想為過世的父親打磨一部劇作，能夠體現父親一生顛沛流離的境遇。在郎姑的初步構想裡，故事還要能反映郎叔擅做菜、愛請客的手藝與情懷。她讓我出點主意，先請了我一頓；我辜負了那頓飯，可是自己卻想起了一個人物——如果在唐末，一個旅人，他叫韓熙載。

韓熙載也是山東人。父親韓光嗣因罪坐誅，為人子者不得不逃奔江南的小王國南唐，歷事李昪、李璟、李煜三代祖孫，名爵、資望雖顯，可是始終不受親信。知名的〈韓熙載夜宴圖〉正是由於後主李煜對韓熙載不放心，派畫院待詔周文矩與顧閎中潛入韓家，窺看其縱情聲色的場面，之後心摹手追，繪製而成。

韓熙載處境之慘悄危微可知。但是，他所見證的旅情和客懷，卻成為千古獨樹的標誌。數十年後他重返北地，留下的詩篇，則道盡箇中一切悲涼和無奈：「我本江北人，今作江南客。還至江北時，舉目無相識。清風吹我寒，明月爲誰白。不如歸去來，江南有人憶。」

千古以下的人們還能看到這一幅夜宴圖，除了麗人笙歌，最顯著的細節就是飲食。我猜想韓熙載夜宴桌上的許多食物大有文章，在畫面最右側出現的韓熙載的視線並不像其他人那樣投射在演奏者身上，他出神凝視著的是几案上的一盤麵食。

我想起郎叔，也總是從他親手做的山東麵食開始。吃那些在他鄉遙遙不能相及、卻勉為重塑的故鄉食物，似乎是歸不得也的旅行者終極的追求了。出走，回不去，吃——這一組辛酸的循環。

近年來每日報紙上一定出現的詞彙之一是美食，之二是旅遊，總之是進口出口，雖無關國家大計，卻反映了人們最尋常的關懷——吃喝以及出走。

旅這個字有一、二十個義解，端視用處而迭見變化。先不論語源上的探賾，單從一個看來比較晚出的意義來說，可以窺見此字後來的精神。在《後漢書・光武帝紀》裡，已經有：「至是（到了這時候）野穀旅生，麻菽尤盛，野蠶成繭，被於山阜，人收其利焉（人們都來撿便宜）。」這裡的「旅生」，曾經被訓詁學者解釋為「不因播種而生」，也就是說：穀類植物生長，殆非源於人力，而是自然界風生水起的力量所促成。由此可知，不一定是人們的行腳，就連施之於物類，發展到漢代以後的「旅」字，已經帶有一種漂泊的情味。

字義走到「漂泊」上，是一條相當遙遠的路程了。回到最初，在甲骨文裡，可以輕易辨認出來（）：那是在一面大旗底下，有象徵多數的兩個並列的「人」，看來是某種群眾之聚集。後來的小篆（）則將旗幟置於

明顯的左側，右邊的兩個「人」上方原來的旌旗縚帶變成了另一個人，看來更加整齊有序，但是這些個列隊的人們並沒有行動、更沒有漂泊的意思。後人可以推想：古代的軍事組織——無論是《周禮》上記載的五百人一單位，或是《國語》裡記載的兩千人一單位——大概就是一支可以獨力作戰的部曲之意。

由於是齊聚，所以延伸出一種「俱」、「同」、「一起」的意思。《禮記・樂記》上記錄了孔夫子的弟子子夏所敘述的音樂理論，其中有兩句：「今夫古樂，進旅退旅。」如要翻成語體，大約如此：「這裡所說的古樂，是一群人共同的活動，他們或進或退，步調都是一致的。」旅，成了「一致」的形容詞。

「旅」的組織性提醒我們：此字不但有「眾多」、「齊聚」、「一致」之外，還有「次序」的意思。次序感也就進一步涉及了「陳列」的內涵。我們讀《詩經・小雅》裡的：「籩豆有楚，殽核維旅。」就彷彿看見了陳列整齊的食具和食物。此外，人的脊椎骨環節相連，接合緊密，也可以用「旅」字表現，但是由於一字表意過多，有時不得不加以區分，所以本來的「旅」底下另外加上一個表示身體的形符：「肉」，而把本字作為聲符，我們遂多了一個「膂」字。形容人健壯、力氣大，到今天我們偶爾還會使用「膂力過人」這個成語。

另一方面，「陳列」各種食具、食物也有常見的儀式性質。無論是《周禮・天官》所記載的：「王大旅上帝」，或者是《論語・八佾》所描述的：「季氏旅於泰山」都是把一個原本只有「將人齊聚起來」、「將東西陳列出來」這樣的動詞鎖定為專有名詞，所指的就是祭祀。

行商被稱作「旅」也是很早的事，他們不是今天我們常常聽到的「單幫客」，而總是互相攀緣牽引，鳩結隊伍，彼此照應，形成一種動態的陳列。也基於這個緣故，充滿了異地感、陌生感的「客」字便滲入了「旅」中。大約是在這一動態意義的加入之後，「旅」出發了，遊歷了，「觀謁」、「參訪」的意思也出現了，之後就越走越遠了。

「旅懷日不同，客夢翻相似。」是明代詩人李贄著名的詩句，我每於客中總會想起這兩句詩，想起這樣的詩句，就容易懷鄉念家。但是轉念再一思忖：一個「旅」字能夠從一面大旗之下那個集結的、稠密的隊伍裡逃逸出來，浪跡天涯海角，多麼不容易？浮生如旅，該出走時就出走。

字詞辨正

# 旅人何在

一、「旅人」二字，除了行遊在途、奔走在外，還有很多意思，但是不包括下面哪一項？ ①古代掌管割烹之事的官 ②軍中的幹部 ③客居之人 ④眾人，指庶民百姓

二、「旅距」一詞不包括下列何者之意？ ①兩地之間的里程 ②結眾抗爭 ③抵住、頂住 ④矯健貌

三、「旅樹」是指： ①路旁栽植的樹木 ②移植他地的樹木 ③在門道上豎立屏風 ④在道途中遇到障礙

四、古代與「旅」字有關的官名不少，「旅師」是指： ①國間使者 ②軍中參謀 ③驛途官衛 ④徵收及頒予穀物之官

五、「旅旅」是指： ①急迫不休的樣子 ②經常發生的樣子 ③眾多的樣子 ④從容優遊的樣子

六、古有「旅酬」一詞，是指： ①行路費用 ②按次勸酒 ③送行敬酒 ④遠途拜訪

七、行進到某地之後暫作停留，我們可以用哪一個詞彙來形容？ ①旅息 ②旅寓 ③旅次 ④旅託

八、除了常見的解釋，「旅」字也和人身上的一個部位有關，請問那是甚麼？ ①脊椎 ②胸腹 ③腰脅 ④脛股

九、「旅生」是指： ①異鄉的青年 ②行程中分娩 ③遊學見習生 ④不播種而生

十、《論語》有「季氏旅於泰山」，此處的「旅」是： ①攻擊 ②巡訪 ③祭祀 ④播種

答案：②，①，③，④，④，②，③，①，④，③

# 工夫就是真功夫

## ——工字是個部首，轄下的字不多，卻往往令人意外。

上個世紀六〇年代，父母親賣了些首飾、以及一直攢在餅乾盒裡的軍人有獎儲蓄券，在桃園龍潭買了一塊地。荒著過了近十年，有建商看上了，興造社區，我們分得一戶，可是卻沒有入住。

忽忽又是十年，我退伍之後沒有工作，索性搬到鄉下獨居，日夜寫稿讀書，我的朋友當時都說我是「隱居」，我也頗為此二字自鳴得意。大隱隱於小市，不外懶散當家，僅有的體力活兒就是種花，以及打造木製家具。

那時社區就一條小街，臨街數十爿店面，在超商還不太普遍的時代，有小吃攤、西藥房、水電行、麵包店以及簡易菜販，已經稱得上一應俱全了。其中最引我注意流連的一家「名城木器行」，坐鎮城頭的木匠叫楊兆堂，算是我為期不長的師傅。

一開始的時候，我只是騎單車到他店門外停下來，跨著坐墊看他鋸釘鉋榫，除了點頭招呼，他也不聞不問，由著我看，一看就是個把小時。日子久了，忽然指著門口一張顯然是他自己打造的椅子，說了一聲：「坐。」這是我入門之始。

初時請他給釘一張矮几，從取材到上漆，我一眼不肯放過地見習，很快地有了興味，請他教我量木材、用電鋸，甚至從敲釘到磨光的各種技法。自後便自己拿捏著各種工具，丈量室內和院子裡舉凡合宜的空間，做起大大小小的花架來。

有些時候他得出外到工地幹活兒，我便代他看店，找邊角料來作些小玩意。直到有一天，他到家裡來替我量製新的書架——這是他第一次上二樓，忽然瞥見我的藏書，便說：「你讀書人？」

我亂以它語、含糊帶過——在我那一輩裡成長的青年，有誰敢說自己是讀書人呢？不料楊兆堂相當嚴肅地說：「怪不得我看你怎麼學也學不好。」說完了，還搖了搖頭。

日後我老琢磨他這話的用意，然而他畢竟是吉人辭寡，即使問，他也只是含笑不答，頂多一句：「讀書也要花工夫啊！」

工夫，指時間，不是中國功夫的那種功夫。

初上文字學課的時候，老師在黑板上寫了一「工」、一「可」兩個字，隨即各加以一「水」字偏旁，都是還算容易辨認的小篆。接著老師問了一個不易回答的問題：古人在造字的時候，是先有了字根，再加上聲符呢？還是先有了聲符，再添上偏旁的呢？

「江」、「河」二字古時即用以表達長江和黃河，而非普遍的河流通名。兩條最大的河流之所以得名，據說也與其水流之聲有關。工、可正是兩個摹擬水聲之字。

然而，在造字之初，是先寫出一水，將河流的性質標明，再標出工、可來區別？還是先假借了現成的工、可兩個字，以擬聲之法表示兩條河流，再各補上水旁？這是兩套形聲字的構造程序。老師卻沒有給一個標準答案。

我查了許多不同的字典，也找不到江、河二字究竟是先有左半邊、還是先有右半邊的答案——字典不會告訴我們「發明」是如何開端的。但是字典裡的「工」倒引起了我的興趣，它原來還是一個小小的部首。謂之「小小」，乃是因為跟從這部首的字很少。在常用字中，大約只有左、巨、巧、巫、差五個成員；而且都和工的本字字義有關。

工，本來是今人稱之為曲尺或十字尺的工具，其形如字。在鐘鼎文字裡，「巨」（）就是一個人伸出手，執拿著一個相當半身大小的「工」，原本不是在表現「大」的意思，而是表現「矩」——一具衡量垂直與平正的基本工具，這是「巨」字不應該被歸入「匚」部的底細。

至於「左」（），就是在工字尺的左側伸出一隻手來，這是象徵在一旁幫助的意思，可見左手不是大多數人工作的主力。本義是「佐」，輔弼而已。後來被假借去指示方位（左右之左），只好加一個人字偏旁（佐），來回頭表達本義。

這樣的情形在中國字裡不勝枚舉，就連先前提到的「巨」也是如此；當它被「大」的意義假借去了之後，本字（巨）變成了一個只具備聲音意義的符號，只好另外加一個「矢」字偏旁（因為「矢」看起來還是很像一個人伸出手、拿著工具；同時，矢是箭，也具備「直」的性質），於是規矩的矩字就複雜起來。

「丂」字的右半邊是個「丂」，本來它是一個表達「技藝」的字，看一道向上噴出的氣，遇上了橫亙於頂的「一」，再也不能逾越，表示某種技藝到達頂尖，沒有再高明的了。很抽象，也很能引發想像力。這個字在《說文》書寫的東漢時代可能還獨立存在，可是逐漸就被加上了工字偏旁的「巧」所取代了，因為原本用那「氣上出而礙於一」以表達「藝事登峰造極、不可超越」的詮釋太迂曲費解，索性加個「工」字在一旁，讓右邊那個「丂」專管表達字音，還來得明白些。

此外，「巫」字從工，卻很可能是字形同化的結果。我們看小篆中的「巫」（）很清楚，上有几案，下面是捧著祭拜所用之玉的兩隻手，明顯是表達巫在祭祀中所做的事。可是，在《說文》裡，几案和玉簡化成了「工」，而左右兩隻手文都簡化成人，解為「祭拜之時巫祝相對」，也算說得通。

工部之字裡最不討喜的是「差」，差字的上半部像是一隻無尾羊（實則原字為「乖」），下半部是簡省了的「左」——無論乖或左，都有不順、扭曲的世俗用意，可惜沒有負負得正，彆扭到家，真是差！

至於「功」，此字和「工」字關係密切，且經常通用，卻不屬於「工」這個小小的聚落。一般的字典將之歸屬於「力」部，為甚麼呢？我只能穿鑿猜想：時間是一種巨大的力，它只有一個運動的方向，不可逆轉；而欲造就事功，非得累積這無與倫比的巨力不可；而且，在一段漫長的時間裡，若要成其功，還分不得神，這是我會想起我的木匠師傅楊兆堂的緣故。

字詞辨正

# 工字的小聚落

一、「工師」在古代很常見，意義卻很多，不過，除了工匠、工程師之外，並不包括下列哪一個意思？ ①官稱 ②專家 ③樂師 ④複姓

二、「女紅」一詞的「紅」字應該讀作： ①工 ②紅 ③拱 ④縫

三、「工市」、「工布」所指是同一回事，那是甚麼呢？ ①古樂譜記號 ②古商業簿記 ③古匠人器用名 ④古劍名

四、漢高祖以行獵比喻戰陣，諸將皆功狗，只有誰不是？ ①蕭何 ②張良 ③陳平 ④韓信

五、「功狀」的意思是： ①褒揚立功者的文書 ②軍事人員的勳獎記錄 ③報告立功情況的文件 ④一般工作的業績

六、「巨」這個字的部首是「工」，而不是「匚」，因為：①巨物不容於匚 ②「巨」字本義就是手拿十字尺 ③偉大的事功少不了工匠 ④工人為數巨萬，眾志成城

七、在指認方位的時候，常用哪一個字表示東方？ ①上 ②前 ③左 ④右

八、「巧宗兒」是指： ①極為偶然而恰切 ②機會難得的好事 ③計畫或謀略非常細密 ④手藝十分精妙

九、「巧發奇中」是形容人的哪一方面高明？ ①精於射箭之技 ②長於卜算之術 ③善於言辭判斷 ④工於設計製造

十、以「差」字形容病況，是甚麼意思？ ①病勢加劇 ②病況平穩 ③病體不支 ④病好了

答案：②，①，④，①，③，②，③，②，③，④

# 幽默之餘妙趣多

——後來，我們笑了；因為經過一點思索。

那年我十七歲，還是個高二生，跟著一位讀三專廣電科的鄰居大哥，到他實習的中華電視臺參加一個短期課程。多年後依稀記得，內容包括趙琦彬先生主講的編劇技法，以及李至善先生主持的電視製作實務。兩位先生都提到取悅觀眾——他們的說法是：讓觀眾樂。

「怎麼讓觀眾一樂？」

帶著我們一堂十幾個人參觀攝影棚的時候，李至善先生忽然停住腳步，跟大家說：「天底下最聰明的人都在這個圈子裡，就是為了讓觀眾樂。可是讓人樂的人自己不但不能樂，還得比甚麼人都覺出事情的難受來；不然，他就不算聰明了。」趙琦彬先生的話也差不多：「編喜劇，得先明白一個道理：就像撓癢癢一樣，癢是不舒服的，所以撓了就舒服了。」

兩番話都是繞著彎兒說的，可是出現在同一天的連續兩堂課裡，比對思之，就連天底下不太聰明的我都明白了。

兩位先生說的是：引發喜笑的過程之中隱含著令人不愉快的本質，必須認識到那本質，並將之深深掩藏。藏得越深，越能夠反襯出那不愉快的本質和喜笑之間的荒謬性。說相聲的人總愛把笑點比喻成「抖包袱」，包袱沒抖開，決計不知其中何物；抖開了，必然帶來意外與驚奇；而意外與驚奇之尤者，應該就是無視於那掩藏得極深的不愉快。人都說小丑笑中有淚，乃是那小丑必然已經參透了他的難受。那難受，恰恰就是他被所有的人癡笑鄙夷的處境。

林語堂將「humor」一詞譯為「幽默」，一時聚訟紛紜，然而這個譯法，自有其時代背景。在他眼中的當代，文人仍脫不了那種「斷然行仁行義」的剛性風氣，有如宋儒之程伊川，而極度缺乏蘇東坡式的「一種寬容的看法」，是以他一生多次撰文，就是希望能夠將他理想中的humor風流，注入國人日常「腳踏實地，歸真返樸，切合實際」的生活與修辭之中。

「幽默」成為humor的中譯出現之後，它原先在古漢語裡的意思就消失了。「幽默」的現代意義是林語堂硬生生揑造出來、欠缺歷史積澱，卻生機盎然的一個詞。原先古語中的幽默二字所指稱的「沉寂」、「昏暗」，早就由於文本不彰於時人之耳目，而奄奄一息。於是新的、表現「談吐詼諧有趣，引人莞爾」的意思遂完全佔據了這個詞。

林語堂借翻譯之功發明此詞，頗為費力，他還要把這個詞的高貴價值確認下來。由他的自傳第九章中所論可知其辛苦：「『幽默』一詞與中國的老詞兒『滑稽』，兩者頗多混亂之處。滑稽一詞包括低級的笑談，意思只是指一個人存心想逗笑。我想使幽默一詞指的是『亦莊亦諧』，其存心則在於『悲天憫人』。」

林語堂一廂情願地認為西方人所認定的「幽默」比較文明而慈悲，而忽略了「發噱」、「詼嘲」、「笑謔」難保不作輕鄙之言，這是舉世都不能免的。但是林語堂本人的經歷用心卻難能而可貴——他曾經提及下面這一段為了捍衛「幽默」的格調的經歷：「我在上海辦《論語》大賺其錢時，有一個印刷股東認為這個雜誌應當歸他所有。我說：『那麼，由你辦吧。』……這份雜誌不久就降格而成為滑稽笑話的性質，後來也就無疾而終。我後來又辦了《人間世》和《宇宙風》，同樣以刊登閒適性的小品文為特色。」

至於因發明了「幽默」這個詞兒，而被封以「幽默大師」，林語堂也不認為自己是「第一流的幽默家」，而不過是「在我們這個假道學充斥的國度裡，第一個招呼大家注意幽默價值的人」。這價值，就是在大家都發著熱狂的時候，保持一點距離，保持一份超然的冷雋。

中國人也說好笑的事，講有趣的話，也另有語詞狀之——只不過並沒有被推廣成一種國民行為；它存在於文化教養較高的階層，其特色就是在熱情、熱血、熱中的人群之外，保有一份擺脫情緒的冷靜。林語堂舉蘇東坡為例，就是最好的示範。如果要用中國詞來形容，「詼諧」與「雋永」則庶幾近之。

灰是詼字的聲符，笑言取樂與「灰」字何干？文字學家解得很妙，認為火灰是一種「其質虛浮，其色黑白無定形，譏戲之言多如此。」此外，心字偏旁的「恢」又可見廣大、寬容的含義，故知林語堂拈出「一種寬容的看法」自有其來歷。「諧」取義在「和」，古語「諧臣」（樂工）、「諧奴」（俳優）都是指在宮廷中以和取樂的人，近於jester，所以「諧言」、「諧句」也多指風趣之談，唯有「諧妻」一詞，是指「和順的妻子」，這種人今世已因政治不正確而絕跡，故此詞應該已經淪為負面用意了。

「雋」（音「眷」）本義為「鳥肉肥美」。也因為用鳥形（）做箭靶，而有了中式、中選——如「獲雋」、「雋了個秀才」這樣的詞。當「雋」字讀「俊」的時候，就是指才德超著、以及克敵致勝了。此字另一個音讀若「醉」——是「檇」字的省文；是今日浙江嘉興附近的一個地名：雋李。不過，這都與「雋永」無關。

雋永，從肥美的鳥肉想起。當食物引起回味，而且回味的時間足夠長遠，是不是也能夠引起話語橫生妙趣的聯想呢？是的，言談令人回味，我們也會如此形容：「有妙趣」——「趣」這個字，原先只有「急速行走」、「迅速就事」的意思，而後引申成「具備意義」（旨趣），「格調」（雅趣、佳趣、甚至惡趣）。可見老古人不只會搞滑稽，我們說起可笑、好笑之事來，層次依然豐富。

字詞辨正

# 趣笑發於幽微

一、作為形容談吐詼諧有趣，引人莞爾的一個詞，「幽默」是誰先使用、倡導的？①辜鴻銘 ②魯迅 ③林語堂 ④蔡元培

二、「幽默」在古漢語中原本是甚麼意思？ ①沉寂、昏暗 ②深遠、凝重 ③玄妙、安靜 ④孤獨、寂寞

三、下列哪一個詞中的「諧」字與其他的不同？ ①諧臣 ②諧奴 ③諧句 ④諧妻

四、「詼」字常用來形容笑言取樂，意近： ①滑稽 ②寬容 ③辯論 ④輕鄙

五、「嘲」字讀作「巢」的時候，沒有下列哪一個意思？ ①譏笑 ②歌唱 ③挑逗 ④嘈雜

六、「嘲」字讀作「招」的時候，沒有下列哪一個意思？ ①樂器聲 ②謔笑聲 ③鳥鳴聲 ④說話含糊不清

七、「趣」字起源與下列何者無關？ ①疾速行走 ②迅速赴事 ③引人發笑 ④具備意義

八、下列哪一句古語中的「趣」字有催促之意？ ①趣民收斂 ②趣獄刑，無留有罪 ③數使，使趣齊兵 ④以上皆是

九、以國音辨認，「雋」字沒有下列哪一個讀音？ ①攜 ②俊 ③醉 ④眷

十、「雋（音『俊』）客」是哪一種花卉的雅稱？ ①棗花 ②橘花 ③梅花 ④竹花

答案：③,①,④,①,④,②,③,④,①,②

# 相鄰幽菌亦天涯

## ——以菌字造詞，今日最常用的是「細菌」，但是它出現最晚。

少年時代聽廣播電臺裡一位化名叫「胡云」的老先生說評書，喜歡說幾句故事、夾幾句議論，有時候一發煞不住車，意見比情節多得多。對於急著「欲知後事如何」的聽眾來說，那是很折磨好奇心的事。

然而有些時候，說書的發揮奇想，輾轉高談，旁及書中人物的曲折心思、幽微懷抱；乃至於看似尋常散碎事物內在草蛇灰線一般的影響聯繫，往往比浮蕩在故事表象上的前因後果更為動人。回想起我上小學之前，晚飯後聽父親講的三國，似乎就沒有胡云所說那麼多細節、也沒有那麼多感慨。

有一回，胡云說到了孫策死後，孫權承孫策遺命，掌江東之事。人事經理尚在惶惶未定之際，周瑜從巴丘提領部隊回來奔喪，他向孫權舉薦的第一人就是魯肅。

原來早些年周瑜在巢長地方駐紮的時候，手下率領了幾百人的一支小部隊，缺糧米，不堪飢餒，聽人說臨淮東川人魯肅家極為富裕，經常散財米以濟貧乏。

到底有多少米堪稱「極富」呢？胡云在廣播裡自問自答，從收音機裡放送出來的聲音是：「兩『軍』米！那就是兩大倉啊！一『軍』三萬斗，兩『軍』六萬，可不得了……」接著，就說到魯肅的性格。

胡云為魯肅大打抱不平，說起戲劇裡塑造的魯大夫過於木訥、拘謹，對比起周瑜的聰穎灑脫、諸葛亮的機謀洞明，甚至還透露著一些畏縮。其實，魯肅之為人，慷慨豪邁，有古君子之風；正因為他具備這樣的性格，才能在東吳與西蜀之間折衝斡旋，既不失為人臣的節度，又能夠掌握合縱的技巧。這番議論，著實令我對魯肅的觀感煥然一新。

而我卻一直不明白，為甚麼三萬斗糧食算一「軍」？

直到大學之後自己讀了足本《三國演義》，才知道那個「軍」字是我的誤會，胡云所說的，是「囷」，倉也。三萬斗即三千斛，一家之人，能存放這麼多的糧食，還擁有這麼大的倉庫，可見慷慨豪邁的性情還是有其物質基礎的。

囷，原意是極大的倉儲之地，可是加上一個草字頭，怎麼就變成極小的微生物了？

以「菌」字譯germ，聲義兩洽。「菌」字原本和微生物無關，其間有一個漫長的發展過程。

原初的「囷」（讀若「君」，也可以讀成君字的三聲），是一種周邊呈圓形的穀倉。看它的外形可知：一個巨大的圓框，裡頭裝滿了禾稼，雖然甲骨文裡尚未出現此字，陶文「囷」（）卻還保留了它。到了小篆、隸書以及日後的楷寫，就逐漸形成了方筆的「口」（）；用這個字造起詞來，無論是囷京、囷鹿、囷窖、囷廩……除了倉庫之外，沒有旁的意思。

直到魏晉時代，我們最早能夠從左思的〈吳都賦〉裡讀到「重葩掩葉，輪囷虬蟠」的句子。顯然，這是文學家自鑄新意、改變詞性、喚起物象的手筆。所以日後唐代杜牧寫〈阿房宮賦〉的時候，也仿效前賢，創造出「盤盤焉、囷囷焉」的語詞，兩者都擴充、改裝了倉庫，使之形容屈曲回旋的樣貌。這時，原本的倉庫就毀棄了，那些囷京、囷鹿……在常民語言世界裡大約就是死了，骨灰存放在有如集合式靈骨塔的巨大字典裡，全然不見天日。

為「囷」字加個草頭偏旁，使之表述生長在陰濕之處的傘頭形隱花植物，也是因為「菌」的形狀與古老的「囷」接近——菌傘為倉頂、菌身似倉壁，具體而微。

除了指稱實物的菇菌之類，菌字尚有微小之義，這可以從《山海經》上所記載的小人國得知，那樣的小人就叫「菌人」。晚近首先以「菌」字譯germ的博物學者一定讀過《山海經》。

由於生長之地陰濕幽暗，菌字在古典文獻裡也有鬱結、隱蔽的引申義。《墨子》一書中指導防禦作戰時就說：城外接戰之地，凡是弓箭可以射及之處的牆垣等建物通通要拆除，以免「客菌」——客者，敵也；菌者，掩護躲避也。可見菌字字義的變化還不少。此外，由於形體接近，草頭的菌也通竹頭的箘，指竹，也指筍（筍），這種字義完全無關的訛寫，則一向不會被視為錯字。

菌種多矣，而年壽不永，大約也是因為野地裡吃菌子的動物不少。《莊子．逍遙遊》上知名的句子「朝菌不知晦朔，蟪蛄不知春秋。」所狀者即此。蟪蛄，蟬的一種，即俗稱的寒蟬、也叫伏天兒，春生夏死，夏生秋死。朝菌和蟪蛄都是生命短促的生物，「菌蟪」不只在森林裡是鄰居，在這個詞上更有孿生相應之趣。

老舊一點的植物學教材上會這麼說：菌是菌類生物的全稱，而蕈（讀若「迅」）則是指菌挺出的子實體（繁殖體）。這分別和中國古代的博物學家異曲同工，老古人以為字異則義必不可同，於是強為分別，以生於地上者為菌，生於木上者為蕈。今天的生物學者好像也不一定如此立論。

至於蕈這個字是怎麼跟菌結成一個語言家族的？看來史無確證。古代陶文裡的蕈（），原本是「生長在桑樹上的木耳」，之所以與「菌」親密起來，必與古人食用此物的感覺經驗有關。因為「覃」字的小篆（）原本是上邊寫個「鹵」（滋味）、下邊寫個「厚」（悠長），形容的是「味厚」的境界。後來由於「隸變」——也就是通行隸書之時，將某些筆畫近似的初文加以省簡、統整，其中一個變貌就是原本意義上天差地別的字，由於形體接近，竟然變成同一個字了；在這裡，「厚」字成了「早」字，就是基於這種緣故。

毋論「蕈」是不是「菌」的一部分，也毋論兩者是不是生長在樹上或地上的差異，總之是因為吃起來餘味深長而結合。蕈字的字根「覃」也是一個讀音繁複的姓氏，可以讀「尋」，可以讀「勤」，也可以讀「談」，可是本家來歷遍及隴西、蜀中以及嶺南，並非一家子，彼此也毋需爭論姓氏的正確讀法——字如其物，人亦相別而相親，信然。

聽我父親說《三國》是五十多年前的事，聽胡云說《三國》也有四十多年了。我在二十歲以後才仔細讀《三國》，始終覺得能夠養成對所聞、所說、所寫、所用之字保持著一種像是對人的敬惜、眷戀之情，會須發自對於不識之字的好奇或不安。我該說是這個大大的倉庫、小小的細菌之字所帶來的疑惑所啟迪使然嗎？或許是的。

字詞辨正

# 像菌一般生長

一、哪一個詞彙不是糧倉？ ①囷京 ②囷庾 ③囷鹿 ④囷輪

二、「囷囷」是甚麼意思？ ①曲折回旋狀 ②捆束聚攏狀 ③微物叢生狀 ④雜亂紛紜狀

三、作為堆積穀物的設施，「囷」的形狀是： ①方形 ②圓形 ③錐形 ④多邊形

四、「菌人」是指： ①骯髒之人 ②矮小之人 ③群聚之人 ④陰險之人

五、「菌蟪」原本指朝菌和蟪蛄（一種體短、喙長、黃綠色的蟬）兩種生物，此二字合成的詞則表示： ①聲名掩藏 ②環境陰濕 ③生命短促 ④人格卑下

六、「細菌」之「菌」是後起的翻譯詞，此字原本除了指「蕈菇」之類的植物之外，還有許多意義，但是不包括下列何者？ ①侵害 ②鬱結 ③隱蔽 ④竹笋

七、植物學上「菌」和「蕈」有分別嗎？ ①蕈為全體，菌為子實體 ②菌為全體，蕈為子實體 ③菌生於木上，蕈生於地上 ④菌無毒，蕈有毒

八、「覃」字起源與味覺有關，是指： ①酸辛 ②苦澀 ③滋味悠長 ④難以下嚥

九、作為姓氏的「覃」字，沒有哪一種讀音？ ①尋 ②談 ③秦 ④但

十、「覃思」是指思考之： ①細 ②淺 ③深 ④雜

答案：④，①，②，②，③，①，②，③，④，③

叁

# 見平生

# 你甚麼控？我讚了！

## ——中國、台灣、日本分別選出了當地二〇一一年的代表字：包括「控」、「讚」、「絆」以昭大局；兩岸網友還選出了「微」字。

從一九九五年起，「今年的漢字」成為日本年節典儀之一，乃是由漢字能力檢定協會向日本全國徵集一個代表性漢字，來表現當年度世態人情之大宗。

經由投票選出的漢字會在十二月十二日——也就是「漢字日」在京都清水寺公布，由該寺住持當眾揮毫，寫在一張大約一米半見方的特大和紙上，之後，再供奉於清水寺的千手觀音菩薩尊前。

從開頭的幾年看來：「震」（九五年阪神大地震）、「食」（九六年學生午餐集體食物中毒）、「倒」（九七年金融風暴，大企業、銀行相繼倒閉）、「毒」（九八年和歌山毒咖哩事件以及一連串的模仿犯）、「末」（二十世紀的最後一年，世紀末），這些單字所指涉的年中大事回顧，都不是甚麼好事，可是這個一反東方人開春求吉兆、討喜氣，甚至帶著嚴肅冷諷意義的儀式卻在漢字文化圈掀起了仿效的漣漪。

於是一年一字重新開啟了傳統訓詁學的門徑，一個字不再是固有的形音義，還包含了人們對前一年的殷殷回眸。那一年（西元二〇一一年），華文世界選出來的年度字有「控」、有「讚」、還有「微」。

為甚麼是這三個字？歷經歲月的磨洗，幾十年後也許沒有人會記得，可是當下的我們都會心一笑了，那是手機介面、臉書、微信朋友圈方興未艾的時代，不過跨年前後，無分男女老幼，一指同划，世界的風景完全變了。我們都開始不由自主地成為全天候的信息製造者和接收者。

很多字古已有之，忽然間產生了新用法，擴充了新意義，這事越來越常見。我還在唸大學的三十多年前，報紙上偶見耆宿學者投書，指斥年輕的世代胡亂糟踐文字，舉過「秀」為例子。撰者以為：依據小篆的字形，「秀」（）就是「禾實下垂貌」，引申而指各種草花，以及人才中穎異美好、清麗特出的，大約已經是此字表義的極限了。見有人在報端以「秀」字表「show」之義，居然有不可思議之嘆。孰能料：三十年風水輪流轉，當年歎稱不可思議者，而今也被視為不可思議之人——在生活裡，「秀」字最廣泛的用途反倒可能是指稱「show」了。

這就是中文不再大規模造字之後的一條變通蹊徑，同音通假，方便制宜，如果運用時音、義都能照顧，讓很多外來字反而都有了漢字的根據。二○一一年大陸選出的代表字「控」就有這個趣味。

在日常中，「控」字多見於控制、控管。此外，也源於《詩經》這一類的古典作品，使後人得知：原來「我行其野，芃芃其麥。控於大邦，誰因誰極。」也告訴了我們：兩千多年前，古人就用這字表現「奔相走告」了。

北省方言中也經常聽到：「把菜籃裡的水控乾。」儘管寓意豐富，我們仍然禁不住以英文字義渡越而來，使「控」字別具新解，來表達「近乎受迫性地做某樁事，特別是與網路發言或交友有關的活動。」遂有「微博控」、「臉書控」、「推特控」這一類的話，這裡頭還使用了英文文法——

我在一九九七年赴美國愛荷華州參訪，聽見一位農場主人指著躺在穀倉門口曬太陽的貓，驕傲地說：「They are the best mouse-control.」當時便覺得「鼠控」一語神乎其技，有極好的文言文風味，不意這個「control」後來畢竟還是漢化了。

也就是說：一個在主動句式裡慣例作為主詞的名詞後頭緊跟著一個動詞，但是卻作為被動句的用法。貓控制鼠，卻以鼠控二字形容貓；同樣的道理，原本明明是人操縱著電腦和手機，卻由於離不開這些介面，而為其奴役，便形成了類似於「鼠控」這種構詞方式的倒裝詞。

與其說「控」字所反應的是一種政治上的不安之感，不如說電腦和網路的普及為這個「控」字帶來了最大範圍的掩護，以這字代表社會的共同感受，並不只是覺得身受當局約制，而是出於自主的個人也實在有不能自主的處境——非上網不可嗎？好像是的。

同樣地，「讚」恐怕也不是指台灣人多麼滿意自己的生存環境，非藉此字歌功頌德一番不可。事實是：過去的這一年裡，太多人又加入了臉書，成為無數個不斷擴大的社群份子之一，人們在這裡方便、迅速並且量化地交友，鼓舞人氣，忙碌互動、殷勤往來，畢其功於「按讚」。「讚」——在英文版臉書裡就是「like」，一指輕敲，萬般意緒，很難說含藏著多少鼓勵、多少溫馨。不過，大部分的時候我們可以這樣解釋：按了「讚」，就算是了了一筆人情帳，用一種「要言不煩」、「無聲勝有聲」的表達，與人為善，順便掩飾了不能細說真心話的懶惰。

跨年送去和迎來的字裡，「微」字的故事不少。最有趣的和科考有關。古無照相術，為防考場中有瓜代之事，必須翔實填寫「面貌冊」，也就是以文字記錄長相、以供入場盤查之用。

有一秀才留了些許鬍鬚，面貌冊上填的也是「微鬚」，臨門卻被斥逐出場。秀才不服，爭辯起來。仗勢欺人的考場門吏刁難道：「你枉讀經書，難道不知道朱注《四書》解『微』為『無』嗎？」的確，「微管仲，吾其被髮左衽矣。」是這麼說的：「要是沒有管仲的話，我們早就變成胡人的裝束了。」這麼一來，「微鬚」就硬生生給解作「無鬚」了。秀才立刻抗聲笑道：「如果這樣說，《孟子》裡說孔夫子『微服而過宋』，就是說孔老夫子是脫得精赤條條才去宋國的麼？這樣像話嗎？」那門吏一聽，登時傻眼，「微鬚」之辯遂息。

一字多義之趣就在字同而義不同，越是具有「大時代」代表性的字，似乎越應保留這樣的歧義，好讓互持異論的人各自安心。

字詞辨正

# 這一年，我們一起用的那些字

一、唐代有「控鶴府」，五代有「控鶴軍」，宋代有「控鶴監」；執掌各異，卻都是宿衛近侍之官，試問「控鶴」是指：①掌管喪事儀禮 ②收管皇家動物的特權 ③得道成仙 ④能調教四方來人習歌練舞

二、作為動詞，「控」沒有以下哪一個意義？①出外走告 ②駕馭 ③倒執容器，使液體與器中之物分離而流出 ④挖取 ⑤敲打

三、「控弦三千」一詞中的「控弦」是說：①獵人 ②馬夫、車夫 ③士兵 ④地方官吏所屬百姓 ⑤指揮官

四、宋、明以下的「控辭」是甚麼？①辭職書 ②申告、起訴書 ③判決書 ④介紹信 ⑤申請書

五、讚，原義是讚美、頌揚，但是也可以表達「感嘆」、「佐助」、「解釋」等意思。那麼「讚路」一詞該怎麼理解呢？①唱哈利路亞的聖歌 ②吆喝著替人開路 ③專為朝廷歌功頌德的機構 ④贊助他人川資旅費 ⑤在外顯揚名聲

六、「贊者」通常是指典禮上的司儀，那麼「贊老子」呢？①盜賊 ②苦主 ③典禮中地位最高之人 ④發起並資助禮儀的金主

七、「微服」是指：①為隱藏身份而改換便服 ②為隱藏身份而不穿衣服 ③因衣服寒傖而不敢出門 ④因心態保守而不穿過於時髦的衣服

八、「微至」是指：(※ 本題複選) ①根本沒有來（不可能來）的意思 ②幾乎正中目標 ③細緻、精妙 ④稍稍接近了一點 ⑤車輪正圓，著地面積小

九、「絆」字字義很集中，多指拴縛、纏束、牽制、受阻，但是也用來表述以下哪一種東西？①井繩 ②籃、罐提索 ③襯底的裳裙 ④綁腿 ⑤抽打牲口的皮帶

十、台灣二○一○年的代表字是「淡」，那麼，這一句古典小說裡的對白是甚麼意思呢？「三嬸！你這兩日怎麼淡了？」①不見蹤影 ②不聞聲響 ③情緒低落 ④形體消瘦 ⑤意興闌珊

答案：③，④，③，①，②，①，①，③⑤，②，④

# 愛的光譜何其寬廣？

## ——沒有這個字，很多事不會開始；但是，它到底是從哪裡來的呢？

口語隨時代而變異，在生活的最表面，往往顯而易見，可是大部分的人卻習焉不察。比方說：我常常在電梯裡聽陌生人話家常，動輒會說：「這我超愛的！」或者是：「他就是不愛了啊，你能怎麼辦？」或者是：「我就問他啊：愛嗎？愛就去啊！」或者是：「信不信：那就是真愛！」

我們這一代人在讀書的階段，也受過老師們的鼓勵：要把內心的情感勇敢地表達出來，尤其是「愛」。可是回頭想想：這個字，我沒有聽我老娘說過一次；我的父親可能說過，但上下文應該是這樣的：「別問我，愛幹嘛你就幹嘛。」

我甚至還清楚地記得，有一回看見電視劇裡的小姑娘抱著狗兒直親，一邊說：「好可愛啊！」的時候，父親還嘆了口氣，說：「肉麻得很。」有人頗不以我父母那一代人之不擅表情為然，以為是過度的、集體的壓抑所導致。

不慣於（特別是在公開的場合）口頭傳達情感，幾乎成了一整代人的偏執，而這種「選擇性的失語」，似乎也多多少少影響到我這一代。要不是受好萊塢影視作品動不動就來上一句我愛你的啟迪，我很難想像還有甚麼原因能讓人張嘴示愛。

今之口語用「愛」字，不論是基於血緣、情慾、友誼、憐憫……所付出的情感，都和這個字原本的意思有一些距離。

現有的甲骨文資料中沒有「愛」這個字，不過，它頂上的一撇三點卻有鐘鼎文的來歷。文字學者一向認為這個字形是個「旡」（音「記」，）字，是一個跪坐或站立的人平視前方（或轉頭向後）且發出嘆息的模樣，這個字符，在《說文古本考》中，解釋成「加惠於人」，也就是懷抱著對他人的憐惜、體恤，而欲施之以福的意思。在《正韻》裡，解釋「愛」為「仁之發也」，字形也可以寫成上面一個「旡」、下面一個「心」。

嘆息是關鍵。從大量先秦的經史記載看來，愛字最初的嘆息，包含了一種較大範圍、也較高層次的感情，甚至還演化出挺身捍衛的語意，而未必及於人際的情慾。《韓非子》所謂：「劍可以愛身。」這愛，直解即是障蔽、護衛。

公元前五二二年，孔子大約三十歲的時候，聽說鄭國的先賢子產過世，便哭著對人說：「古之遺愛也。」這件事具載於《左傳・昭公二十年》，文中的「遺愛」也不是後世形容那些生前遺留資產、普施恩澤之人的意思。孔子所說的遺愛，是指一種來自理想的古代社會所塑造的人格典型，也就是仁德之人的代稱。

與孔子並世而年長的老子說過：「是以聖人自知不自見，自愛不自貴。」這話裡的愛，是「尊重」、「善養」的意思，也沒有後人「喜歡」的用意。孔子過世之後一百年，到了孟子的時代，孟子針對以牛血釁鐘之禮存廢如何而與齊宣王展開辯論的時候，也用了這個「愛」字。當時齊宣王看見殿下即將被屠的牛渾身發抖，顯然有畏死之意，便要求換一頭羊，孟子說：「百姓皆以王為愛也，臣固知王之不忍也。」這裡的「愛」字，由於是和「不忍」相對立言，甚至還包含了吝惜、吝嗇之意。

當我們回到字本身來看：當人們出於不忍仁之心、自然而然發出了嘆息，表達同情、顯現憐憫，這是愛的出發；而且看來與《聖經．哥林多前書》：「愛是永不止息」之語完全吻合。因為到了隸書中，愛字的下方多出來一個「夊」（音「雖」），夊，行也，慢慢地走；加上這個字符，更強調了行之不已、施之不息的用意。

可是，又為甚麼要嘆息呢？無非出於悲憫，所以這個字，一開始離男女相互悅慕的情意還有一段距離。《論語．八佾》記述：子貢認為魯國國君已經久久不行告朔之禮，何必還要拿一頭活羊殺了上供呢？孔子的答覆是：「賜也，爾愛其羊，我愛其禮。」這裡的愛，也還不能解釋成喜歡，而是捨不得的意思。

倒是佛教傳入中土之後，愛字應用得靈活而廣泛起來。愛字底下加上其它的名詞，形成豐富的意象，也將這份詠歎的情感收束而集中到愛戀和情慾。「愛水」，是人身上因情慾而產生的津液。貪戀美食，即出饞涎；心憶所歡，便流眼淚。於是《楞嚴經》把大量的水、洶湧的水拿來比喻情慾，說人受其陷溺的苦楚：「愛河乾枯，令汝解脫。」《楞嚴經》上還赤裸裸地說：「心著行淫，男女二根，自然流液。」這是限制級的洞見。

至於「愛火」一詞，則見於《法苑珠林》所引的《正法念經偈》：「薪火雖熾然（燃），人皆能捨離；愛火燒世間，纏綿不可捨。」其他如「愛海」、「愛網」、「愛染」等，都是從佛家語對於情慾之謹慎控管而來。大約只有「愛果」一詞，指的是愛的果報，不完全從克制情慾的觀點鑄詞。不過，設想因愛情而煩惱的眾生，想想這個果，大約還總覺得是苦的。

漢字還有一個特性，就是同一個字可能有完全相反的兩種解釋，舊稱「相反為訓」，像是「臭」不見得不好聞，「其臭如蘭」的臭，就是香。「愛死」當然不是想死，解釋起來卻拐了一個彎兒，成為珍惜生命。不過在杜甫的〈歲暮〉詩裡，這個彎還要多拐一道：「濟時敢愛死？寂寞壯心驚。」

愛字的光譜是很寬的，從大愛到私情，甚而從有情到無情，都可用此字表示。你愛太陽嗎？愛日絕對不是愛太陽，而是說珍惜時間或珍惜奉養父母的光陰，此外，冬陽難能而可貴，所以「愛日」也是冬天的太陽。

在口語上還有容易趨近於某種變化，比方說：愛睏、愛壞，指的是人疲乏欲眠、水果容易腐敗。愛字也總被用以形容人們經常從事的某種行為，比方說：愛哭、愛鬧。這裡的愛，甚至都與情感無關了。韓國的國花是木槿花，這花也叫喇叭花、也叫佛疊花、也叫籬障花，還叫「愛老」。木槿花朝開暮落，它真的愛老嗎？不至於罷！

字詞辨正

# 你懂得愛嗎？

---

一、《孟子》上這一句：「百姓皆以王為愛也。」的「愛」是： ①喜歡 ②施恩 ③吝惜 ④被尊敬

二、《韓非子》有云：「劍可以愛身。」這裡的「愛」又是甚麼意思？ ①傷害 ②障蔽 ③追隨 ④疼惜

三、今天的口語「愛死」，是極愛的意思，可是它原來是指： ①自我毀滅 ②不惜犧牲 ③珍惜生命 ④慎終追遠

四、「遺愛」之愛，是怎樣的一種愛呢？ ①思念 ②疼惜 ③眷寵 ④仁惠

五、①愛果 ②愛火 ③愛水 ④愛河；以上何者不專指情慾？

六、「愛樹」是用來稱讚： ①好官吏 ②好老師 ③好工匠 ④好丈夫

七、從字面上說，「愛老」是敬愛老人；但是這個語詞又是哪一種植物的別名？ ①木槿 ②木桃 ③木蘭 ④木瓜

八、「愛日」是指哪一個季節的太陽？ ①春季 ②夏季 ③秋季 ④冬季

九、「愛口」的意思是： ①說話嘮叨 ②出言慎重 ③口齒伶俐 ④修辭甜美

十、這孩子「愛哭」的「愛」怎麼說？ ①喜歡 ②經常 ③吝惜 ④習慣

答案：③，②，③，④，①，①，①，④，②，②

# 一個親爹天下行

## ——爸爸就一個，可是叫爸爸的方式真不少。

事理人情有多麼大的變化？實則沒甚麼。父母、子女，師長、學生，前輩、後生……儘管下一代總是顯得比較活潑、比較叛逆、比較有主張；然而，社會的穩定秩序一般還沒有遭到多麼嚴重的挑戰。

可是，除了流年——我說的是在轉瞬間就逝去的三十年、四十年、五十年——還有甚麼是暗中偷換的呢？我第一個想起的，是一句日常語，一個稱呼。

猶記得小學一、二年級開「家長會」、「母姊會」（這種會面的名目，時下已經改作「親師會」了），老師對每位家長的稱謂都是：「張先生」、「李女士」。也就是說，老師是把家長當成社會上的一般人士在對待的。這至少意味著，老師和家長是以兩個成人的身份在相互對話。真要細究起來，老師

（儘管可能比家長年輕）的地位可能還要高些，因為家長通常為了表示尊重之意，總是隨著孩子稱對方一聲：老師。

家長對老師的稱謂一直沒有改變；但是，曾幾何時，老師稱呼家長卻換了說法，變成：「寶妹把拔」、「瑞瑞馬麻」……。人不以為異，我也從來不敢有甚麼異議。只不過每當我孩子的老師、以及孩子同學的父母，一口一聲這樣叫我，而且一叫十多年：「張容把拔」、「張宜把拔」。這四個字聽在耳朵裡，我總會覺得自己被帶回了一個還在讀幼兒園的時代。答應著那樣的呼喚，我們這些成人看似都暫時脫離了一部分成人的身份——至少「把拔」聽來和「北鼻」的年紀相去不遠；於是，家長和孩子一樣天真爛漫、未經世事。這是一種集體的意識或潛意識嗎？或者，漢民族終於找到了向原住民達悟族學習其倫理觀念的孔竅，新生兒呱呱落地，老子就改了常稱呢？

一般說來，媽、爸不就是中國人最早理解和會說的兩個字嗎？但是文字學上的發展卻不那麼簡單。今天我們的字典不是將「爸」字歸於「父」字部首、就是歸於「八」字部首。可是從漢字發展軌跡看來，其中還有更曲折的變化。

文字學家高鴻縉的《中國字例》中以為：在甲骨文中，「父」（）原本只是一手持一杖，這就是「把」字最初的字形，意思就是「治事」。

這個持杖的形象和父親的形象也接近，父親又是「持家」之主，於是，以手持杖的這個字形就借去給「父親」的概念來表義，而必須另外加一個「手」字形符，作為偏旁，來表明「持」的本義——那就是「把」了。所以，「父」作為「把」的本義廢棄不用了，今人也就不明白：原來「父」不但是「把」的初文，現在人說的「爸」字還保留了「父」（把）字的古音。

今天的人不喜歡「父權」這個字，而在漢字裡，「父」所持的「杖」不但和權柄密不可分，也意味著受尊受敬的地位不可動搖。即使沒有養過、教過我們的長者，也要尊稱一聲「父師」。告老還鄉的退休官員，也可以博得同樣的尊敬。後來基督教進入中土之後，連傳教士也被稱為「父師」。「神父」也被呼為「神輔」、「神甫」，他們可不只是神的輔佐，因為「甫」字幾乎等同於「父」，還是男子普遍的美稱。

唐代承襲五胡六朝遺緒，由於種族交涉流通，對父親的稱呼變化也多了起來，呼「耶」」（爺）之不足，而有「耶耶」、「阿耶」。早在北朝的〈木蘭詩〉裡，不就滿地都是「軍書十二卷，卷卷有爺名」、「阿爺無大兒，木蘭無長兄」、「朝辭爺孃去，暮宿黃河邊，不聞爺孃喚女聲，但聞黃河流水鳴濺濺」、「爺娘聞女來，出郭相扶將」之語？

但是根據史料，我們還可以發現：唐太宗寫信給兒子的時候自稱「哥哥」，唐玄宗也會稱自己的父親「四哥」——這裡沒有坑爹亂套，就是俗語的痕跡。一般書面口頭，正式的稱呼也可以是「大人」，也可以叫「耶耶」，但是真用「爸爸」稱呼父親，反而不見於此時，而要晚得多。

的確，從上古時代起，政府型態就常拿家庭組織為隱喻。例言之：圻，邊界也。「圻父」，自然是指掌管或戍守邊界的人，其實就是「司馬」（國防大臣）之官；「農父」可不只是掌理農業而已；由於古代農業是大事，「農父」所秉之政，包含了土地與教化，大約相當於今日的內政兼教育部長了；在當時的另一個通稱叫「司徒」。

我們雖然也尊敬隱士，也稱他們為「父」——像漁父、樵父、田父，此類畢竟是連國人身份都不具備的野人，與前述的「農父」不屬同一概念，那個「父」字就沒有「治事」、而只有「老人家」的意涵了。

還有一種父，特別受掌權者的敬重，他們不但是當時下臣小民的爹，在歷史的長廊裡，被呼為爸爸的迴聲也時有所聞。周武王太尊仰姜子牙，就叫他「尚父」；管仲受齊桓公的重用，被稱作「仲父」；孔子晚年得到時人極大的推崇，被尊為「尼父」；項羽連天下都沒打成，他叫范增「亞父」，讀《史記》的人也得跟著叫。我的名字裡有個「大」字，應該不至於贏得同輩人叫我「大父」，但是我的孫子或外孫——如果在他們那個時代還願意使用文言文的話——非叫我「大父」不可，大父就是祖父或外祖父的意思。

我實在應該列出另一個先前提到的詞：「把拔」。

現在台灣人在家庭裡也多稱父親為「把拔」，彷彿親暱得多，這親暱，很像是將父親從尊貴的高台上一把拽了下來，還讓他蹲下身跟孩子說話。

不過，我總記得我幼年時學鄰居小孩叫「把拔」，被我父親痛斥了一頓，他說：「『把拔』是屎的意思，你不知道嗎？」

字詞辨正

# 爸爸該怎麼叫？

一、「父析子荷」字面上說的是父親劈柴、兒子擔柴，意指： ①父子分工 ②父子有別 ③父傳子藝 ④子承父業

二、「父師」是古代的太師、大司成之類的高官，但是不包括下列何義？ ①告老還鄉的大夫 ②對長者的尊稱 ③曾為父親授業的資深老師 ④基督教的傳教士

三、「爹」是父親的別稱，也是對年長男子的尊稱，也是： ①僕人對主人的敬稱 ②下僚對上官的敬稱 ③臣民對皇帝的敬稱 ④妓女對恩客的敬稱

四、甲骨文中的父親手上拿著的是： ①箸 ②杖 ③鋤 ④筆

五、唐代稱呼父親，不包括下列何者？ ①大人 ②耶耶 ③爸爸 ④哥哥

六、下列哪一個語詞與他者性質不同？ ①漁父 ②樵父 ③農父 ④田父

七、下列哪一個字是「男子的美稱」？ ①父 ②甫 ③夫 ④傅

八、下列哪一個語詞與父親的喪事無關？ ①父息 ②父艱 ③父憂 ④父服

九、「爸」字古義與下列哪一個動詞最接近？ ①掌握 ②呼叫 ③把持 ④命名

十、①仲父 ②大父 ③尚父 ④亞父；以上何者與他者詞義有別？

答案：④，③，①，②，③，③，②，①，③，②

# 養生之道道無窮

## ——救人還是救災？養身還是養病？不想還好，一想就糊塗……

養身、養病，究竟養的是甚麼？

先說一個多年以前成為眾矢之的的例子。

那還是黑白電視的時代，有一則日本武田製藥的廣告，成天價在螢幕上播放著。畫面上是一個穿西裝、打領結的老紳士一步緩似一步地登樓，忽然間手按心臟，旁白說：「上樓梯、下樓梯，心跳氣急。」看起來這老人家是心臟病要發作了，怎麼辦呢？要服用這個藥：「欲不老」。接著，旁白強調：服用「欲不老」還可以「恢復疲勞，增強體力」。

我的印象是：多年以後，藥品改了名稱，叫「欲百朗」。但是，昔日那一則廣告並沒有撐多久，因為報紙上忽然之間對那旁白的修辭展開了熱烈的討論：恢復疲勞，不就是讓人變得疲勞嗎？正確的說法，不應該是「消除疲勞，恢復體力」嗎？

事實上，「恢復疲勞」就是由於不符合白話文的語法慣例而顯得突兀、錯謬的。至於在古漢語的語法裡（甚至我都懷疑在現代日本的語法裡），原本即有古漢語「跳脫」一法，也就是說：一句完整的話，不說完整，但是本意並不至於不可解或不成立。

《史記・馮唐傳》：「上既聞廉頗、李牧為人，良說，而搏髀曰：『嗟乎！吾獨不得廉頗、李牧時為吾將，吾豈憂匈奴哉！』」漢文帝聽說了廉頗、李牧的事蹟之後，興奮地拍著大腿，說：「唉！我就得不到像廉頗、李牧的人才來做我的將軍呢？我還怕匈奴甚麼呢？」俱載於史書上的漢文帝的回答跳脫了一句，在「我還怕匈奴甚麼呢？」之前，應該還有一句：「如果得到了廉頗、李牧那樣的人才」，不然的話，意思就感覺反了。可是，如果司馬遷真那樣嘮叨地寫，《史記》就累贅得不是《史記》了。

有些詞語，內在含藏著急迫性，也會潛在促人以跳脫的語法來說。

災以害人，那麼該說救災還是救人？病以害身，那麼該說養身還是養病？我始終困惑，這一類的問題，還真沒有標準答案。畢竟經過幾千年的融合錘鍊，漢語的確變化萬端。

「養」字，便是個複雜又漫長的過程。甲骨文中就有這個字（），上頭一隻羊，既表義，亦兼聲；底下是個「又」，也就是簡寫的「攴」，作以手持杖之狀，那就是趕羊了。小篆（）把羊挪到左邊，攴字放到右邊，還是相同的意思。之後改成上羊下食，字體繁化，凸顯了「供養」的用意。連帶地，從事炊烹工作的廚人也被呼為「養」。《春秋・公羊十二年》有云：「廝役扈養，死者數百人。」即謂此。

飲食供應，不足以為養，這是老古人看待人生的普遍態度，要把人格的教化也放到生命的增進之中，才算完整。所以「養」還添加了「教育」的內涵。《漢書・儒林傳》說：「或言孔子布衣，養徒三千人。」之所以這麼說，對應的一個想法是：當今（漢代）太學弟子人數少，還不如孔夫子一介庶人，竟然能先後教育出三千子弟。這固然是漢儒擴充太學的一個說詞，爾後就靠著此一對比，真把太學弟子員額擴充到三千，跟今天台灣普設大學的想法差不多。

除了「教育」、「教導」，「養」字還有一個微妙的變化，就是把「累積歲月以收功」的意思也滲入其中。人生中有許多與知識、見聞或學習未必相關的能力，也可以用養字來增長，養德、養望、養廉、養威……甚至連極為抽象的對象也可以養；我少年時家門口的對聯：「忠厚留有餘地步，和平養無限天機」，養的可真玄了！

養，還可以讀成去聲（四聲），歧義也不少。《詩經・邶風》的一篇〈二子乘舟〉，有句如此：「二子乘舟，泛泛其景。願言思子，中心養養。」這裡的「養養」是指綿長不絕的憂愁。

詩中本事很悲慘。說的是衛宣公搶奪了太子伋的妻子宣姜，再把伋外放到齊國為質，這還不算，猶恐此子借助於外國勢力倒戈造反，遂又派遣了盜匪在半路上埋伏，意圖截而殺之。

方此之前，宣姜已經為衛宣公生下一個孩子，取名為壽——是伋的異母弟。此子賦性純良，不忍心讓哥哥遇害，在伋行前就曾經提出了警告，可是伋為了盡孝道而不肯聽，壽便偷取了伋的旌旄，假冒伋的身份先行，果然遇上了盜匪，而代替兄長一死。

實則，壽是白白犧牲了。隨後趕來的伋並未逃過一劫，他為了成全「不棄父命而求生」的節操，也死在父親所買通的盜匪手中。這個令人悲傷的故事在詩歌吟詠之下，採取了一個虛擬的旁觀者視角，今人熟視典故，朗讀出「漾漾」之音的時候，應該可以感覺出那份哀傷。但若讀成了「癢癢」，情思就未免太出格了。

讀去聲（四聲）的養，和讀上聲（三聲）的養也有不可不分辨之處。

像是讀三聲的「養女」，所指即是收養的女兒；可是讀作四聲的「養女子」，就是指從事燒煮烹調的女奴了。同樣的，讀三聲的「養父」，所指即是義父、或者有撫養關係的非生身父親；可是讀作四聲的「養父」，就是指奉養父親這件事情。

讀三聲的「養生」，所指或是維持生計、或是攝養身心、或是生兒育女；但讀四聲的「養生」，卻是專指奉養父母。《孟子・離婁下》有云：「養生者不足以當大事；惟送死可以當大事。」

執此之故，「養老金」的「養」讀三聲；保攝調養、延壽長生之「養老」也可以讀三聲，但是一旦說的是奉養老年人，就非得讀回四聲來不可。延展出去看，古有「養艾」一詞，指的是奉養老人；「養堂」指的是專為奉養父母而蓋的屋宇，都得讀作四聲。養字字義繁複，故鑄詞極多，我為了寫作此文才新學會兩個已經被時代淘汰的詞，一是「養家緣」、一是「養日」。前者說的是家中開支，後者說的是夏至——原來，「養」字還有漫長的意思；夏至晝長，故謂之養。在昨天以前，誰考我這兩個詞我都不會。可是一篇文章寫下來，居然就會了，這叫甚麼呢？標準答案：養字。

字詞辨正

# 養甚麼都難

一、下面哪一個詞中的「養」字與其他的格格不入？ ①養兒防老 ②養老撫孤 ③養癰貽患 ④養病在床

二、下面哪一個詞中的「養」字與他者不同？ ①養德 ②養廉 ③養士 ④養望

三、《公羊傳．宣公十二年》有這樣的話：「廝役扈養，死者數百人。」其中的「養」是指： ①廚子 ②門房 ③車馬夫 ④挑水工

四、下列哪一句裡的「養」字用意不同於其他？ ①古之治道者，以恬養知 ②或言孔子布衣，養徒三千人 ③靜以修身，儉以養德 ④陸公以偏師三萬，北據東坑，深溝高壘，按甲養威

五、《詩經．邶風》裡有一句：「願言思子，中心養養。」這個「養」，解作： ①愛慕 ②憂愁 ③衝動 ④憐惜

六、「養禾天」究竟是指甚麼樣的一種天氣呢？ ①陽春三月，微雨如膏 ②端陽節前，春寒漸褪 ③農曆五月，時晴時雨 ④七月流火，八月剝棗

七、轉用《詩經．鶴鳴》的用語，南朝詩人王韶之有詩句如此：「育翮幽林，養音九皋。」所養的，究竟是甚麼樣的聲音？ ①託望功名 ②隱跡巖穴 ③放浪江湖 ④寄情山水

八、「養家人」、「養家兒」都是指賴以賺錢贍養家口的男丁，那麼「養家緣」呢？ ①兒媳婦或女婿 ②受養家人 ③家計行業 ④家中開支

九、「養日」是指： ①夜間 ②冬至 ③夏至 ④陰雨

十、「養艾」是指： ①奉養老人 ②領養小孩 ③栽植藥草 ④培育蔬果

答案：④，③，①，②，②，③，②，④，③，①

# 落籍東風不藉春

——藉、籍要怎麼分別呢？還是不必分別呢？通用字真有不通之處，怎麼辨？

我不知道這世界上還有多少人記得那幾年裡我們經歷過的戶口普查。事實上我連是甚麼時候舉行的普查也不記得了，有印象的細節也不多，相關的一個人物是王雲五，相關的物件是天使酥，以及茉莉花瓣特別多的香片。

後來查找的資料顯示：我記憶中那般規模的戶口普查應該是一九六六年，我還是一個四年級的小學生。早在實施普查之前的好幾天，村子裡的徐幹事就挨家挨戶地提醒：某月某日星期幾，大概是晚飯過後的幾點鐘到幾點鐘，會有專責的普查人員到家裡來，問幾個問題、填一些資料，不會耽誤太長時間云云。到了當天村辦公室裡常年寄宿幫閒的光棍老孟還沿著巷弄巡行，一面搖著手鈴、一面操著他那一口四川話高聲提醒：「今天晚上戶口普查囉！今天晚上戶口普查囉！」

那是一個寒冬之日，母親很不尋常地把屋裡屋外打掃了一個通透，連紗門、紗窗都一整個兒用肥皂水刷洗了。兩坪大小的客廳裡拉開了方几，鋪上簇新的繡花桌布，還擺起了只有過年才會亮相的五色零食盒子，裡頭是瓜子、花生、水果糖和一年未必吃得上一回的天使酥。我父親下班回家晚了些，據說是繞了個彎，上衡陽路全祥去買了幾兩好一點的茶葉。

「要過年了嗎？」我其實是滿心疑惑的——若說是過年，怎麼沒見竹竿上晾著香腸呢？

「不，是有客人要來。」

「甚麼客人？」

「不認識的客人——他們是來認識我們的。」

晚飯的時候，父親花了一番功夫對我解釋戶口普查的宗旨和作用。老實說，我左耳進、右耳出，也不真的對調查人員來家裡問東問西這種事有甚麼興趣。只不過，相對於收音機裡不斷強調「今夜舉行」的這一樁大事，我感覺方几上茶點似乎讓我覺得自己家裡也在參與一件很重要的大事。

父親順便提到了王雲五。父親說王雲五真了不起，打小唸過幾年私塾，就去給人當學徒，自修英、德語，還學會數學、物理、機械和土木工程。是個既有學問、又有擔當的人。在三十多歲上，王雲五就主持商務印書館，成為一個大出版家，還發明了四角號碼檢字法。父親指著我家書櫥裡最佔空間的書種，就是「五元」、「人人」、「萬有」這一類的廉價文庫；這些，據說都是王雲五主持編印的。父親還特別提起一樁逸聞：早在我出生前舉行的一次戶口普查行動中，訪問者向王雲五索取學歷證明，以便登記在籍。然而王雲五卻拿不出來，只好笑嘻嘻地回答說：「你們就給我登記一個『粗識字』吧！」

要到好多年之後，我才約略體會：父親總希望我能夠以王雲五為榜樣，不假功名、孜矻自勵，視學歷、學位為餘事。他自嘲的「粗識字」一語成了我幼教庭訓一般的掌故，父親覺得王雲五的玩笑話值得一說再說，因為在那嘻笑的深沉之處，不只有做為一個「活百科全書」一般國際知名學問家的自豪，還有不在乎世人如何點名看待的謙遜。

「戶籍上怎麼寫，跟你肚子裡有甚麼貨，是兩回事。」父親的結論如此。不過，我肚子裡有很多天使酥也應該滿足了——雖然我那天根本沒有撐到普查人員進門。

我從來沒有完全搞明白的字不少，藉、籍是其中之一。每當有人問起：「藉口」是個通用詞，為甚麼還有另一個詞叫「籍口」？到底是「聲名藉甚」？還是「聲名籍甚」？

即使不在這兩個字之間周旋，單說「籍」字，「書籍」之意我們都明白，那麼「籍書」呢？這個詞裡的「籍」甚至不讀作「集」，而讀作「借」，意思是用書籍代替草席，也就是說人沉迷於讀書。

單說「藉」字，「藉沒」千萬不要讀成「芥末」，此時的「藉」乃是「籍」的通用字，「藉沒」該讀作「集末」，把登記在案的財產加以沒收之意，然則，「藉」又是指登記在案了。

從造字上看，甲骨文、金文均無藉、籍二字，可見這是兩個相應於篆書時代才出現的後起字（藉、籍）。藉，本義說的是祭祀時所用的，以禾藁、白茅為材料製作的席子。草字頭底下的「耤」有「集」、「借」二音，古代帝王擁有千畝之地，諸侯擁有百畝之地，王、侯本人都耕不了，必須借助人民的力量。於是每年春耕之前，天子、諸侯手執耒耜（耕具），裝模作樣在土裡推三推，這是一種「籍禮」，被稱為「籍田」，無論「籍禮」、「籍田」都讀作「集」，可是字的意思，卻是從「借」而來的。因為這樣推三推，既有「示範耕作」的儀式含意，也有「假借民力」的內在含意，所以藉助、憑藉這樣的意義，就滲透到「籍」字裡去了。

「藉」也是古代用來襯放玉器的絲質小墊，這種墊子編織精美，所以「藉」字也延伸出許多意義：尿布墊片（藉子）、襯托放置（藉步）、坐臥於某物之上（芳草秋可藉）、有助於某事（有藉），再延伸為依託（憑藉）、寬厚有涵養（蘊藉），以及撫慰、安慰（慰藉）等展開的用意。在這些意義上用「藉」字，都得讀成「借」。

一字既然多音，必不只一義。當「藉」讀若「集」時，意思就更繁複了。孔夫子再逐於魯，削迹於衛，厄於陳、蔡，子路、子貢相隨不忍，以為奇恥大辱。他們形容夫子的慘況，乃是「殺夫子者無罪，藉夫子者無禁。」這裡的「藉」便指踐踏、凌辱。

此外，讀音為「集」的藉字，也有盛大、眾多、甚至雜亂之意。說一個人聲名盛大，就說「聲名藉甚」，沒有甚麼聲名，就說「無藉藉名」——千萬不要說成「藉藉無名」，這四個廣泛流傳、人人朗朗上口的字根本不通。試問：既然「藉藉」，便已然顯赫了，怎麼還無名呢？而在表盛大、眾多、甚至雜亂之意的時候，藉、籍的確是可以通用的。

今人在運用成語，說杯盤狼藉、遍地狼藉、血肉狼藉，有時也寫作「籍」，這就沒有甚麼分別了。傳說狼群常在草地上臥息，離去時常將草地縱橫爬抓滅跡。後來便用這詞彙形容凌亂不堪的情景。此一成語大約也是「藉」和「籍」最融洽無差別之處，反正都凌亂了嘛！

但是前文提到的「藉口」與「籍口」就不同了。

「藉口」常見，人固知其為假托之詞作為依據；不過，「藉口」另有一義，乃指充飢。北魏賈思勰的《齊民要術》裡提及蔓菁（蕪菁、諸葛菜）時，稱之：「自可藉口，何必饑饉？」意思就是說：足以令人填飽肚皮。《續通鑑》中也有這樣的記載：「我軍出界近二旬，所獲才三十餘級，何以復命？且食盡矣，請襲取宥州，聊以藉口！」仔細回味，這話說得多麼豪邁？

至於「籍口」（讀作「集口」），則是指戶口，與籍貫（祖居或出生之地）、籍產（沒收財產）、籍館（抄家）等詞同屬一個登記載名以確認身份歸屬的概念。看來很像登記在案的「籍設」一詞，卻得讀「借設」，此處的籍，則與登記無涉，乃是假借之意。不過，文字當然可以把你搞得再糊塗一點：「籍」，是登記在案了，「籍沒」就是將登記在案的財產沒收了——這都沒問題；不過，你若寫成「藉沒」可以嗎？答案是可以的。

「籍口」不是「藉口」，但是「籍沒」卻可以是「藉沒」！你要抓狂了嗎？很正常。

字詞辨正

# 藉口沒有入籍

一、「書籍」就是書，「籍書」呢？ ①借閱書籍 ②登記出版 ③沉迷書本 ④抛棄書冊

二、「藉子」是指： ①乾兒子 ②草製玩偶 ③外甥姪兒 ④尿布

三、①籍求 ②籍設 ③籍取 ④籍略；以上哪一個「籍」字的讀音和意義與其他三者都不同？

四、「籍田」、「藉田」是古代天子、諸侯所行之禮，為甚麼要用「籍」、「藉」這樣的字？ ①帝王借老百姓的力氣耕田 ②田畝都要編入戶籍 ③登記在案的土地終將歸屬於帝王 ④皇帝、諸侯也納入地政管理

五、①灑筆以成酣歌，和墨以藉談笑 ②旌旗鞍馬都不藉 ③考鏡已往，有藉將來 ④簪金藉綺升曲筵；試問：以上哪兩個選項中的「藉」字字義相同？

六、孔子厄於陳、蔡，子路、子貢嘆息：「藉夫子者無禁。」此處的「藉」有踐踏凌辱之意，與下列哪一個選項字義相近？ ①景公藉重而獄多；拘者滿圄，怨者滿朝 ②今我在也，而人皆藉吾弟；令我百歲後，皆魚肉之矣 ③無以藉君，與君相憶也 ④陸生以此遊漢廷公卿間，名聲藉甚

七、以下何者根本是個謬誤不通的成語？ ①無籍籍名 ②藉藉有聲 ③名聲籍籍 ④籍籍無名

八、無論是「籍籍」也好，「藉藉」也好，下列敘述何者不對？ ①寂寂無聲之貌 ②眾口喧騰之貌 ③聲名盛大之貌 ④縱橫交錯之貌

九、下列哪一個詞語中的「籍」字讀音與他者不同？ ①籍設 ②籍骸 ③籍館 ④籍稾

十、①藉使 ②藉姑 ③藉端 ④藉令；以上哪一個詞語和其他三者意思最遠？

答案：③，④，②，①，①③，②，④，①，③，②

# 神，不假外求

## ——人們一直相信：身體裡自有主宰，就說那是神。

有一則清人筆記，我只讀過一次；讀時掩卷太息，低回不已。但是事後竟然忘了語出何書？事在何人？依稀記得這位筆記作者聽說江南某周姓之家，世代讀書，家風醇篤，有許多考取功名的子弟順理成章地任了官職，也都能夠謹守分際，開創事功，造福百姓。於是筆記作者親往走訪其家，見著了一位退休賦閒的老族長，請教他教養子弟的秘訣。老人家的答覆出人意表地簡單：要讓子弟有「敬心」。

當我年事漸長，養成一個時時刻刻提醒自己的習慣，不要變成那種我在還是年輕人的時候最感厭氣的老人家——凡事堅持故智、墨守成規，尤其是對那些在歲月中逐漸消失的生活景觀、經驗價值或是某一個時代曾經崇仰過的典範，有一種近乎癡迷的眷戀。往往在這樣的時刻，我們已經渾身瀰漫散發著可厭之氣了。上了點年紀之後，總不免敏銳地察覺：年輕人怎麼都不會尊敬我們所尊敬過的事物，怎麼都不會尊敬我們所尊敬過的人呢？

通常在這樣想的時候，老人家常常忘了：我們自己年輕的時候也不大涵養我們的敬心。

《論語・先進》一開篇就揭示了老人家和年輕人自敘心境的場面。子路、曾點、冉求、公西赤侍坐，孔子說：「我比你們年長一些，但是不要因此而拘束。你們平常總說：沒有人瞭解我！如果真有人瞭解你們，那你們會做甚麼呢？」

子路不假思索地就說：「儘管是在一個只擁有一千輛兵車的國家，夾處於大國之間，外受敵脅，內有饑荒。讓我來治理它，三年可使老百姓勇而知禮義。」

孔子微微一笑，再問冉求。冉求的答覆是：「方圓六、七十里甚或五、六十里的小國，由我來治理，三年之後可以使百姓富足；至於禮樂教化，只能有待君子來推行了。」

孔子還是微微一笑，再問公西赤，公西赤的回答似乎更謹慎：「不敢說能做甚麼，我倒是願意學著罷了。若能參與宗廟祭禮、或者外交會見之事，我願意穿戴整齊，擔任一個小司儀就可以了。」

孔子最後問到了曾點，曾點的答覆是：「我希望能夠在暮春時節，穿上當季的衣服，約上五、六個成年人，以及六、七個小孩子，到沂水裡泡泡溫泉，在舞雩的台上吹吹風，然後一路唱著歌回來。」

這一段：「莫（暮）春者，春服既成。冠者五六人，童子六七人，浴乎沂，風乎舞雩，詠而歸。」引發了孔子的喟歎，老人家說：「我是贊成曾點啊！」

議論過後，另外三個學生告退了，只有曾點留下來，問夫子對於其他三個人的答覆，為甚麼頂多就是笑笑而已？孔子的答覆分為兩部分，其一是：「亦各言其志也已矣。」（也就是大家說說自己的志向罷了，沒甚麼大不了的。）其二，則是一一看出子路、冉求、公西赤的用心了。

對於子路，孔子的觀感是：「談治國，是要以禮為本的；子路出言不遜，卻侈談治國，只能付諸一笑。」對於冉求，孔子的觀感是：「誰說方圓七十里，或五、六十里，就不能稱為一個國家呢？」（所以也只能付諸一笑。）

曾點立刻反問：「難道公西赤所講的，就不是治理國家嗎？」

孔子說：「宗廟祭祀和外交會見，不是國家的事又是甚麼呢？公西赤認為，做一個國家的禮官，不過是個小司儀，試問：誰還能做一個國家的大司儀呢？」

子路之不敬，是人格特質不受語言修養的束縛。冉求之不敬，是仍然抱持著小國不及大國的勢利成見。公西赤之不敬，就是看輕了外顯儀式的內在意義——司儀之官並不因為不操持權柄而「小」，因為他的職務象徵著凝聚一整個國家不可或缺的「敬心」。

至於曾點為甚麼會得到孔子的贊同呢？

「舞雩」乃是古代祭天求雨之地。人有求於天，以祀典表達敬意，這是對自然的謙卑，曾點選擇了這樣一個場所，將成年人、少年人牽合在此處，形成了一個完足豐富的象徵。日後王羲之〈蘭亭集序〉中「少長咸集」典故的源起即此。然而年齡的差異並沒有造成任何隔閡，因為敬心原本應該來自老者與少者兩造，在大自然面前，兩代人共同感受到春風的沐化，「一路唱著歌」——這正是教化的意旨。在人世間存養著的敬心，不該只有下之於上、少之於長，而是在交融和諧的歌聲之中。

古人看見山林川谷丘陵，能夠「出雲為風雨，見怪物，皆曰神。」這是《禮記．祭法》上一段非常簡約的描述，卻明白地告訴我們：人在試圖解釋那些既有知識不能含括的道理時，往往以「神」一字帶過；而這並不能算是認知上的敷衍，因為對於無知，人們尚且心存敬畏。

「示」這個偏旁原來有兩種寫法，其區別在於「二」下方的字符，其一寫成近於「川」字，只是中間的一豎較長，讀若「其」，本義就像是招展的旗子，象徵天地萬物的創造者，稱之為「神祇」；其一則寫成「小」字，讀若「是」，象徵上天所垂示的日、月、星，表宣告、訓示、昭顯、瞻視等義。不過這兩個字符實在太接近，看來在甲骨文、金文時期就同化了；直到後來小篆發明，一度有所分別，可是終究合而為一。

人對於自己的身體，或者種種技藝、知識的表現，以及現代人所開發出來的一個詞——潛能——都存有敬意，遂常以「神」字來表達讚賞。這可能還是基於對種種能力殆由天賦的假設而來。

我們常聽人說：孔子是個追求、講究現實的人，所以不說「怪、力、亂、神」；我卻覺得孔夫子經常說神，其例不勝枚舉，像是：「祭神，如神在。」「禹吾無間然矣，菲飲食，而致孝乎鬼神。」還有：「使之主祭而百神享之」，或者是子路在孔子生病時禱祀求神，並聲稱這祈禱是有來歷的：「誄曰：『禱爾於上下神祇。』」孔子是怎麼說的呢？他說：「丘之禱久矣。」所以，「子不語怪、力、亂、神」應該點斷成「子不語怪力、亂神」才對。

到了孟子那兒，甚至把「神」更進一步地政治化了。《孟子．盡心上》有一段話：「夫君子，所過者化，所存者神。」此處的「神」，更不是人格化之後具備超自然能力的偶像，而是指一種國家政治進化的現象，一種「天下大治」的境界。

不只孟子一個人這樣運用神字，就連在人性論上與他格格不入的荀子也認為：凡是天地之間，能夠盡其美、致其用，任用賢良，讓百姓安樂，就可以稱作「大神」。換言之，儒家可能早在戰國時代，就發現老百姓愛說神、稱神、敬畏神，索性將這個關鍵字攫了來，變為自己的論述。

和神字連用的「祇」也常為人所誤會。祇，讀若「其」的時候，原本是指創造大地而生出萬物的神。但是，它還有一個同形異音的字，讀若「只」，所表達的是「僅有」、「簡直」、「恰是」、甚至「為何」——可以與「底」（如「干卿底事？」）字相通——也都可以寫成「衹」；這也就是為甚麼我們經常聽人唸「神祇」的時候，會把這個「祇」誤讀成「只」的原因了。

更大的一個誤會是：很多人認為中國人以為萬物皆有靈，卻沒有西方人那種根深柢固的宗教做為核心的信仰，這更是膚淺浮泛的人云亦云。在吾人古代的教養之中，透過對於「神」字的翫味可知，中國人一向強調的「化育」核心，有一個非常強大的力量，叫做「敬」，從最表面看，「敬」是從倫理上對家族父兄以至於君王天子的遵禮崇拜，然而在骨子裡，「敬」還意味著對於不可知、不可測者的尊重，其中包括了他人、眾生、環境，以及我們自己內在的種種能力。

舉頭三尺，一片蒼茫，可是國人所謂的神明在焉；因為一顆敬謂之心永遠知道作為人的卑微。在一個不甘失落傳統教養的人心裡，是非常明白的，當我們說到「神」字，它不一定在寺廟，不一定在教堂，也不一定有祭司、僧尼和神甫，縱使看來無關於宗教，也往往滿溢著宗教的情感。

字詞辨正

# 出神入化的字

一、「神女」一詞並無下列哪一個用意？ ①巫山高唐女仙，泛指女神 ②妓女 ③鶺和燕的別稱 ④瘋癲成性的女子

二、「神子」是指： ①神的兒子 ②拜神為義父以延命祈福的人 ③祖先遺像 ④神童

三、「神州」除了是中國的別稱，還有其他許多意思；但是不包括： ①中原地區 ②海外淨土 ③京都所在 ④神仙聚集之地

四、古人描述人的神情風度，也用「神守」二字；但是很少人知道，「神守」也是指一種動物，是甚麼呢？ ①龍 ②鶴 ③蛇 ④鱉

五、「神鬼天」是指： ①農曆七月 ②清明前後 ③除夕新正 ④春分秋分

六、「神牲」最初是用來祭祀雷神的，是哪一種牲口？ ①黑狗 ②白羊 ③肥牛 ④大豬

七、一般用「神屋」來指稱祭神的處所，但是也用來形容哪一種藥材？ ①土蜂窠 ②樑上塵 ③龜甲 ④蚯蚓泥

八、「神荼鬱壘」是傳說中的門神，此四字經常被人誤讀，後三字應該讀如「書玉律」，那麼第一字的「神」字正確的念法是： ①身 ②神 ③審 ④慎

九、「神祇」的「祇」應該讀作： ①是 ②只 ③底 ④其

十、「衹」讀作「只」的時候，具有哪些含義？ ①只 ②恰 ③竟 ④多 ⑤何

答案：④，③，②，④，②，④，③，①，④，①～⑤

# 鬼是人的無知？

## ——經由對鬼的恐懼，我們瞭解自己更多。

在一般人怕鬼的心裡，鬼沒甚麼，見鬼比較可怕。然而，辨別是鬼不是鬼並非易事。「眼力」云者，殆由天授，非人力所能習及。清乾隆時代的畫家羅兩峰，出身揚州，丹青號稱國手，此人便是見鬼的高手。據說他能夠「淨眼見鬼，不論晝夜」，所以他所畫的〈鍾馗戲鬼〉、〈啖鬼圖〉、〈戲鬼圖〉、〈鬼趣圖卷〉，極富時望。常人沒見過鬼，看他畫裡的人形體酷似、模樣逼真，就連帶以為畫中之鬼也該畢肖其形，這是觀畫者想當然耳的推理。所以畫壇若沒有能見鬼的評家，羅兩峰的地位就很難被推翻了。據這位名畫家說：「不獨夜間，每日惟午時絕跡，餘時皆有鬼。或隱躍於街市之中，或雜處於叢人之內，千態萬狀，不可枚舉。」

乾隆五十七年壬子（西元一七九三年），羅兩峰和《履園叢話》的作者錢泳在京師見面，羅兩峰告訴錢泳：在翰林院衙門旁的御河橋上，他還曾經見過兩個金甲神，身高丈許。在焦山松寥閣前見過一個三、四丈高的鬼，眼中出血、口裡吐火，都說這是「江魈」。

某日羅兩峰在友人家參加夜宴，有人推窗出尿，這人沒有陰陽眼，甚麼鬼物也看不見，正尿在一個來不及走避的倒楣鬼身上，「影隨尿穿」——這生動的形容，在還沒有發明電影技術之前一百多年就形諸於文了，以今日吾人的視覺經驗回想一下，羅兩峰可能並沒有看得太離譜。

還有個吳鳴捷，號蔗薌，是安徽歙縣人，嘉慶六年辛酉（一八〇二）的進士，曾經出任陝西咸陽縣令；他也有白日見鬼的本事。據他親口所說：每日見鬼，數以萬計。看來鬼口是比人口要多得多。不過鬼體十分脆弱（可知羅兩峰「影隨尿穿」之說不假）動不動就遭到破壞。有一天他親眼瞧見兩鬼爭道，正逢著一個醉漢踉蹌而來，其中一個鬼閃避不及，居然被這醉漢撞了個滿懷，一時竟成粉碎。另一個鬼見狀拍手大笑，沒留神，自讓身後另一個冒失鬼碰了一下，那笑鬼之鬼碎裂如前鬼，碎時撫掌之勢猶不停歇，可知人的情狀也不過如此。

山東掖縣東北郊有個地方叫朱橋，是當年我父親在青春期上廝混過的地方，據說其地鬼之兇惡冠中國。我小時聽說鬼都藏在磚牆的縫裡，嗣後凡是走過兩邊由裸磚砌成的磚牆小巷弄，就嚇得想尿褲子。父親告訴我：普天之下，衹有山東掖縣朱橋鎮的鬼可怕，其餘地方的鬼，大抵「吹彈得破」，害不了人。我問緣故，他說掖縣產蒜，人吃蒜瓣兒，鬼吃蒜皮兒；桌上的蒜皮兒一吹落地就不見，那就是教鬼給拾去了。蒜皮兒的營養成分當然不如蒜瓣兒，可吃多了一樣抵抗力強、不好生病，自然體魄康強，頑健矯捷。這就順便騙得我願意吃大蒜了。然而朱橋之鬼到底如何厲害？他畢竟沒說。

未料過了許多年，忽一日，我閒讀雜書，見清人吳熾昌《客窗閒話・卷五》有這樣一條記載，說得正是朱橋鎮的鬼事。

朱橋鎮是個知名的布市，做生意的都趕早，五鼓時分，商家已然畢集成群，天明之後，市集就散了。有這麼一天，路上有人相互傳謠示警，說：「橋底下有一隻大鬼，身高丈餘，白衣白冠，披髮執扇，眉目下垂，口鼻流血，世間流傳所謂的『無常鬼』，大約就是這東西了！」人們還說：自凡是見著了這東西，人人棄物奔逃、走遲了都是給嚇到死的，無一例外。因之布市裡便鬨傳：將來是不是要改一改集時？可是，改動集時是大工程，萬一外地躉商配合不上，物流受阻，對當地絲織棉紡的傳統產業是會有重大衝擊的。

正在無可如何之間，有個在鄉裡務農的王二，正逢月中大集，因為家有急需，不得不於寅時前後提著燈籠、背著布匹，往市集上趕。經過橋前，遠遠看見有個大鬼搖搖晃晃走來，恍似也看見他了。這王二害怕極了，搶忙滅了燈，潛身走避到一片桑林之中，猱身爬上了一株樹頂端，藏在濃密的枝夜裡——再看底下那鬼，一時之間似乎還不能察覺的模樣。

那鬼居然還能說話，歎道：「明明有一人來，居然倏忽不見，是妖呢？還是怪呢？」話才說完，另打前方又踅過一個大鬼來。面目、服色與先前這鬼差不多，就是看著臉色發黃。

於是先到這鬼就跟後來這鬼拱了拱手，道：「欸欸欸！我等費盡心機逐客到此，居然白教你撿了便宜去，不中不中！得讓咱們分把分把！」一面說，一面上前要拉那黃面大鬼的衣服，不料黃面大鬼瞠目相向，手起掌過、攔腰猛可一擊，居然將之前這鬼一掃掃成了兩半兒。

先前這鬼當下仆倒在地，一顆腦袋、上下身和兩條手臂居然散落成五截。黃面大鬼還低頭看了看，舉手伸指捏了捏，但見他手掌心兒裡冒出兩道青煙，青煙在手不散，還給收納進隨身攜帶的佩囊裡去了，收好了，像是開了心，長嘯而去。

到天大亮了，王二還不敢爬下樹來，直到行人結隊經過，才呼喊求救，眾人集結而至，低頭在看地上的鬼屍，發現那鬼頭是紙糊的，兩臂和手腿則是刻木為之——原來是一套鬼戲服。上半身是個人，下半身則是另一個人，祇不過兩人都死了。拼湊起現場遺物和王二的敘述，才知道二賊頂接作長身大鬼狀行劫，不料撞上了真鬼！

鬼故事，通常就是人世的故事；這種故事，越家常，越恐怖；越家常，也往往越動人。我心愛的鬼故事首選如此：

瀆川一個叫周子昕的員外，五十而無子。不得已，取了個小妾，又過了好幾年，才生出個兒子來。高興是高興，可小妾體弱不出奶水，祇好再雇個奶媽哺乳。有一天，這小妾忽然囈語起來，說：「我在冥司花費了多少錢，才買了個孫兒回來？你有多少恆產，可以這樣浪費？居然不自己哺乳，還雇得上奶媽子！試想：我周家的孩兒，不能出自正室，已經夠嘔人的了，如今連偏房的奶也吃不上，這算甚麼？」

周子昕一聽這話，是他死去的父親口吻，連忙告以小妾沒有奶水之故。這老鬼卻道：「這事容易，仍可以向冥司去買。明日就把那奶媽子發遣了罷，省下錢來多燒冥鏹才是。」第二天一大早，那小妾雙乳似泉湧，周子昕也就聽從庭訓，遣散了乳母。可見陰間甚麼都不欠缺，而且甚麼都可以買得到——應該還是個市場經濟發達、資本主義盛行的社會。鬼的世界無時無刻不在追隨著人世的改變，這，可能是一個客觀的事實。

從甲骨文以降，用人體的形象表意的字符簡直不勝枚舉。站著的人、跪著的人、臥著的人、扭曲佝僂的人、披頭散髮的人……一般來說，跪著的人，都有一種低下、卑微的處境。鬼這個象形（也稱得上會意）字，最早卻是一個寫成「田」字的大頭鬼（），相當委屈地跪坐著，像是對著甚麼在懺悔，看它枯柴也似的身軀，像是根本頂不住項上那一顆碩大的腦袋瓜兒。

到了金文裡面，大頭鬼左側添加了一個祭壇，鬼體下方多了一個小小的「口」（），不知道是不是指在祭禮中藉巫祝之口發聲，以傳達神靈意指

的流程。看起來，這樣寫的鬼字雖然複雜，卻具體地表達了人和鬼打交道的內容。

也許是由於金文之鬼太複雜、而基於書寫方便的要求，從小篆（）以後，到隸書、楷書，鬼字除了保留那個大腦袋之外，底下的人形完全省略，只剩兩條大腿——倒是在右下角添了一個「厶」。通常，這是吐氣的符號——像「云」，下方也有這個厶，表示說話吐氣。

鬼不是亡靈嗎？為甚麼還能吐氣呢？文字家的解釋很迂曲，但充滿想像力：人死後脫離軀體，貿然獨存而無所依歸，只能勾勒其「純陰底滯之氣」，所以鬼字右下角的那個「厶」，就是一縷無所依歸的陰氣了。

除了可憐兮兮的亡靈，鬼還有神明的法力。楚漢之際率先揭竿抗秦的陳涉、吳廣就曾經以裝神弄鬼的方式威懾群眾，號令附從，史稱「念鬼」。這種假托得力於神明的儀式裡，應該有聚眾誦咒的流程，念（唸）字宜乎自此而來。

正由於人不能知鬼之確屬何物，在鬼的特性之中，才有了狡猾詭詐，陰險作惡。於是，弄騙術、耍油滑之類的語詞，便直以一個鬼字取代。然而從另一方面看：鬼之不可測，恰恰增加了他在人心目中的份量。鬼斧神工，說的不只是超人之力，甚至還包含了一種工藝美感的讚嘆。在文學作品之中，《楚辭・九歌・國殤》有：「身既死兮神以靈，子魂魄兮為鬼雄。」其中「鬼雄」二字曾被李清照借來形容項羽，其詩云：「生當作人傑，死亦為鬼雄。至今思項羽，不肯過江東。」

植物冠以鬼字的也不少，估計都是在先民不常見而無從知其屬性的情況下予以命名的，像是今人熟知的鬼針草，經常附著在人的褲腳上，這草在北方又叫鬼針，在南方就叫鬼釵，還有個別名叫鬼齒，可見其咬勁了。其它如鬼桃，即俗稱的羊桃；鬼柳，即櫸柳；鬼芋，即蒟蒻；鬼扇，即射干。另外，像鬼目、鬼臼、鬼皂莢、鬼蒟蒻（又名虎掌，與鬼芋還不是一樣東西）都是一般的植物……簡直不可勝數。然而，今天的我們儘管查考了《本草綱目》，還就止於識名而已。

鬼字帶領的詞彙裡，還有「鬼皮」與靈異無關，指涉的是戲服。更怪異的是這個「鬼車」——它不是載鬼的車，而是指一種長了十個頭的怪鳥，能收取人的魂魄，其中一個頭被狗咬掉了，卻不妨礙甚麼；這個詞另外還是一種大黑蝶的別稱，也被用以形容夜間天上發光的奇特現象。

鬼部之字所指稱的鬼不算太多，「山魈」應該只是一種狒狒。而「旱魃」，傳說是黃帝的女兒，身高三尺，曾經在蚩尤呼風喚雨之際止雨致勝，而殺蚩尤，可是日後遇上了旱災，人們就到處搜捕一種「身長二三尺、目在頂上」的矮人，抓到了就投入糞坑，乃得止旱，此情此景，不免殘忍——如果真有這事，犧牲的可能只是無辜的侏儒。

鬼部所屬，大約只有一個魁字是讓人愉悅的。本義是長柄大勺，引申為大者、主帥等義。為甚麼會跟鬼有關，顯然是大勺子很像個大頭，不就是鬼字的初文嗎？在食物之中，圓而厚的海蛤蜊（蚶）、以及芋的大根，都稱為魁，科舉考試得列榜頭，謂之大魁天下，就是這麼來的。

字詞辨正

# 鬼在人間得意多

---

一、以下哪一個不是「鬼」字的義解？ ①陰險作惡的人 ②狡猾、詭詐的行為 ③罕見的姓氏 ④夜現蹤跡之態

二、「念鬼」這個語詞的意思是： ①怕鬼 ②諂事鬼神 ③憂慮小人作祟 ④假托鬼神的名義

三、「鬼斧」有超人之力，多用以讚嘆： ①工藝精巧 ②規模富麗 ③設計複雜 ④氣勢恢弘

四、「鬼丹」是指蘆薈；那「鬼芋」呢？ ①山葵 ②蒟蒻 ③楊桃 ④射干

五、《楚辭·九歌·國殤》有:「身既死兮神以靈，子魂魄兮為鬼雄。」其中「鬼雄」二字曾被李清照借來形容哪一位歷史人物？ ①屈原 ②專諸 ③荊軻 ④項羽

六、「魁」字可以代稱以下哪兩種食物？ ①蛤蜊、芋根 ②牛肉、豆醬 ③魚羹、葵菜 ④羊肉、茶葉

七、主導旱災的鬼神叫「魃」，據傳為黃帝之女，若要消除旱災，該如何處置她？ ①沉落水井 ②升灶焦燒 ③投入糞坑 ④急水流放

八、以下何者不是植物？ ①鬼齒 ②鬼扇 ③鬼皮 ④鬼臼

九、下列何者與「鬼車」的寓意無關？ ①傳說中夜間發光的現象 ②押載斬刑犯人遊街示眾的囚車 ③能收納人心魂的十頭鳥，其中一頭被狗咬斷 ④又名鳳車、野蛾的大型蛺蝶

十、華夏舊俗每歲有三鬼節，分別是： ①清明、七月十五、九月初九 ②寒食、清明、七月十五 ③清明、七月十五、十月初一 ④寒食、七月初一、七月十五

答案：①,④,①,②,④,①,③,③,②,③

# 蹄痕猶在鞭風裡

## ——那時人們還騎馬，所以字裡行間，經常伴隨著這美麗的動物。

直到今日，馬都不算稀有物種；可是中文裡「馬」字部首之下滅跡的字卻不知凡幾。

比方說：馵，音「住」，是後腿為白色的馬；騭，音「直」，是拴縛馬腿的繩索，駓，音「批」，是毛色黃白相雜的馬；駺，音「良」，是傳說中白身紅鬣的馬；騋，音「來」，是身高七尺的馬；騧，音「刮」，是黑嘴的黃毛馬。

這就得說到看似較不罕見，然而意思卻總被誤會的「騅」了。我們都聽說過項羽騎的馬是烏騅，也就毫不猶豫地認為「騅」是純色黑馬。

實則不然。這個字的音符是「隹」，取義於「蒼黑兩色的禽鳥」，蒼是薄青色，也就是較深的灰色，是以項羽的坐騎，應該是一匹黑灰相間而色澤深沉的馬。如今若不提楚漢風雲，不提「時不利兮騅不逝」的感慨之詞，則「騅」字也算是死了。

表達與溝通似乎「夠用就好」，所以今天大眾對於識字這件事的理解，總以為毋須深入。倒是有個成語，與此有關。相馬達人伯樂推薦一個叫九方皐的人為秦穆公相馬，九方皐將公馬看成母馬、將黑馬看成黃馬，令秦穆公大為不悅，把伯樂斥責了一頓。

伯樂卻嘆息著說：真正內行、有眼力的人，所看到的是事物的內在和本質，而非表象。所謂「得其精而忘其麤（粗），在其內而忘其外；見其所見，不見其所不見；視其所視，而遺其所不視。」事後證明，九方皐的觀察是對的，馬群訪回，都是冠絕天下的騏驥。

這個故事後來簡化為「牝牡驪黃」的四字成語，牝是雌畜，牡是雄畜，驪是毛色黑的馬，黃字所指，當然也就是黃色的馬了。這麼明顯的分別，為甚麼會看走眼？因為對於相馬人來說，性別、毛色都與馬力的強弱無關；一匹馬之為公為母、或黃或黑，即使是錯看了，根本無關宏旨。如果以此作喻，即以認字、用字來說，倘或我們真的只能在牝牡驪黃的層次，浮泛識之，以能夠聽說讀寫為足，也就容易當面錯過漢字文化的深刻內涵。

識字這件事受日常用語干擾的例子很多，例言之：過去幾十年來，年輕人泛指年歲不很老的女子為「馬子」，有時這個詞還指涉為關係已經十分親密的女友。我只知道最初聽見這個語詞，是在校車上；口吐此語的，是一個比我高兩班的學長。我後來拿這話回家問父親，父親只說：「有些話，你是可以不必學的。」

我固然不能考辨：「馬子」一詞用來指稱女友，究竟出於哪年哪月；卻知道它最初可能含有輕蔑的意思。因為「馬子」原本作「虎子」，就是「溲便之器」，俗稱「馬桶」。

記得早年在古文字學課堂上聽過一個段子，說秦始皇築阿房宮，複道連綿數百里，日日往來執役的宮娥走在路上，常有內急不能忍的情況發生，設計宮殿建築的匠師早就預想到這一點，於是在路邊每隔不數里之遙，就設立一座造型為蹲踞之虎的便器。宮娥們坐在上面方便，外有衣裙披覆，不至於走光，那設施，就是虎子。

到了李淵、李世民父子開朝立代，由於李淵的父親叫李虎，被尊為「高祖」，為了避諱，口語、書寫皆不稱虎字，遂改虎為馬。這是因為上古音「馬」、「虎」相近的緣故，也就是「馬虎」、「馬馬虎虎」一詞的由來。認真想來，便溺之器，源遠流長，從虎子到馬子，脈絡卻是極清晰的。如果瞭解了這一層，姑娘們應該不會再說：「我是某某人的馬子。」

不過，我的小學同學劉偉紀卻「嚴重地」不同意我的推論。他認為馬子一詞來自「菜碼」的改稱，也就是配菜，配碼。廚房一般簡稱菜碼為碼子，後來被沿用在女人身上——就好像「果兒」意指女孩、「尖果兒」意指漂亮的女孩。

根據偉紀回憶：他最早聽到馬子一詞，是在一九六四年，和我差不多。傳聞是常年在西門町混跡的青幫人物使用、流傳，而當時，所謂「青（清）紅（洪）幫」中人物，多在酒肆或舞廳工作。都說道上看重兄弟情誼，女人如衣裳；把女人叫成菜碼難聽，叫成馬子就比較親切，換菜碼也比換馬桶來得有說法。

馬字帶頭的語詞多如馬毛，最通俗的口語「馬上」，就是立即、趕快的意思。不過，「馬上」本指軍事武功，出自漢高祖「居馬上得天下」的豪語。此外，「馬上」還有在職為官的用意，而今由於交通工具的發達遞嬗，這意思也就鞠躬盡瘁了。至於「馬下」，今天大約已經沒有人使用，相對於馬上，可想而知是指棄官賦閒了。

俗言俚語相互流通，專業用語也常為文字注入新義。朱買臣「馬前潑水」為我們帶來一個休妻的故事和「覆水難收」的成語；可是戲曲行的老祖師爺們口中的「馬前」卻是減少唱詞、唸白，或加快唱唸速度的代稱。此語廣泛流入民間，就有催促之意。既然有前，想必有後，「馬後」說的正是增加唱詞、唸白，以及放慢唱唸的速度。我們如果聽人說「馬前些」、「馬後一點」，應當不至於前瞻後顧，因為說的就是個速度——「快些」、「慢一點」。

馬字偏旁加個扁字，在近些年的台灣，常為不同陣營的政治符號把來彼此調笑，可是這個字的本義卻是難得的特技，騎士偏身抬腿，跨馬揚鞭，何等英姿？從這個姿勢引申，翻牆可以謂之「騗牆」，航海可以謂之「騗海」，又是何等生動？只不過這樣的說法而今可能只存在於方言之中，通行的語言裡則十分罕見，所以我們甚至可以說：除了誑謊、詐欺的意思一息尚存之外，「騙」字那跨馬、翻牆、飄洋過海的本事已經算是半身不遂了。

馬部裡較常見的，還有一個「駕」字。車駕、駕駛、駕馭（御）都十分尋常，原本就是將車套在牲口身上，逐漸延伸，也可以指車乘、也可以指輿轎，還可以指凌駕和超越，更可以指一整日的行程。劉禹錫的詩句：「雲銜日腳成山雨，風駕潮頭入渚田。」則憑空造就了一個嶄新的動詞意義，指的是推動、掀騰，應該是從駕駛馬車的動作聯想而來。

流傳千百年的詩句也會散入常民語言，生成嶄新的語詞。「駕鹽」是「駕鹽車」的省稱，比喻大材小用，出於《戰國策》，也是伯樂的故事，據說伯樂傷感於良馬駕鹽車，為之痛哭不已。王安石把這個故事引為詩句：

「天馬志萬里，駕鹽不如閑。」

有的時候，著名的詩人所寫的著名詩句也會變成典實。人們形容「充耳不聞」為「馬耳東風」，就是來自李白的詩句〈答王十二寒夜獨酌有懷〉，其中四句：「吟詩作賦北窗裡，萬言不直（值）一杯水。世人聞此皆掉頭，有如東風射馬耳。」

一般說來，人能夠跨坐而駕馭的動物並不太多，中國老古人卻好像甚麼動物都想騎一騎。尤其是騎乘在不可能被控制的動物背上，更常是詩人的狂想——騎虎，說的是形勢艱困；騎鳳，說的是夫妻諧好；騎鶴是雲遊物外，騎鯨是隱遁，騎羊、騎鹿、騎魚，都是成仙。那麼騎豬呢？「騎豬」，據說是唐代幽默大師張元一嘲笑親貴中愚懦之尤者武懿宗的話，為甚麼豬也可騎？豬者，豕也。豕字音「屎」，騎豬，就是兩腿夾著屎，顯然是倉皇遁逃了。在這個諷謔的掌故裡，豬顯然是極為無辜的受害者。

字詞辨正

# 一馬風馳字跡多

---

一、「駢」的本義是：①兩馬交配 ②一人駕兩馬行車 ③兩人同乘一馬 ④兩馬車並駕齊驅

二、「騅」與馬的毛色有關，那麼是甚麼顏色？①赤黑相間 ②棕體黑鬣 ③黑灰雜色 ④白身黑斑

三、「牝牡驪黃」的用意在於：①不明是非，隨口胡說 ②觀察事物須深入細節 ③考察人才宜乎重視內在本質而非表象 ④紅男綠女熙來攘往的景象

四、「風馬牛不相及」常被用來表達彼此不相干的意思，其原因是：①牛馬無語言，不相聞問 ②牛馬相距很遠，不相往來 ③牛馬習性有別，不能以同一環境性飼養 ④牛馬物種不同，不相交配

五、「騙」的原義是：①側身抬腿上馬 ②馳馬疾速超越 ③說謊使人上當 ④吹噓控馬有力

六、「馬前」當然是指馬的前方，但是從戲曲行中衍申出來的用語，還有甚麼意思？①快一點 ②慢一點 ③早一些 ④晚一些

七、「騎鶴」是雲遊，「騎鯨」是隱遁，「騎羊」、「騎鹿」、「騎魚」是成仙，「騎龍」是皇帝去世，「騎虎」是處境艱難，那麼「騎豬」呢？①荒唐 ②隨便 ③驚慌 ④愚昧

八、「駕鹽」是「駕鹽車」的省稱，比喻：①辛苦從事 ②大材小用 ③身份卑微 ④日久天長

九、「馬子」一詞今人用以指稱女子，其詞源本為「虎子」，原本是指：①小駒 ②幼獸 ③食槽 ④馬桶

十、「馬耳東風」比喻充耳不聞，這個詞語典故的出處與哪位古人有關？①孟子 ②莊子 ③劉邦 ④李白

答案：②，③，③，④，①，①，③，②，④，④

# 一絲鼻息萬般情

## ——作為器官的鼻子是人體的前哨，也擁有許多讓人難以想像的象徵意義。

上小學二年級的時候，就聽老師解釋過「臭」，說是「自大加一點」，豈不讓人感覺討厭？這種教訓銘印深刻，但也不無知識上的疑惑——為甚麼自大還要「加一點」才會令人討厭呢？若是沒有那一點，而只是自大的話，就不會令人討厭了嗎？那一點究竟是甚麼？

這樣的疑慮有點像蘇東坡跟王安石抬槓，王安石望文解義，說：「波者，水之皮。」蘇東坡則笑謂：「然則滑者，水之骨耶？」

臭是個標準的會意字，所會者，不是「自大加一點」，而是一條被畫出了誇張大鼻子的狗。造字者強調狗的嗅覺，所以這個「臭」字包含了嗅聞、氣味兩義，還不專指污穢、濁惡的氣息。

這就要回到「自」的字形根源來看。在甲骨文裡，「自」（）並不

是臭的一部分，就是個大鼻子的象形，之所以會變成「我」（自己的「自」）的代呼，可能跟人手指鼻子稱「我」的共同習慣有關。

一旦鼻子成了整個自我的代稱，那麼，該如何表示原先那一隻單純的、具體的鼻子呢？只好在「自」底下另外加一個表音的符號，那就是「畀」（讀若「必」）。這個「畀」字本來的意思是給付或酬答，用到了「鼻」這個字裡，它顯然就只是一個聲符而已，不帶有任何實質的意義。

這整個借字又造字的過程，一般稱之為假借。假借通常有兩個階段，為時相當漫長。在第一個階段裡面，既然借了表示鼻子的字形（自）」去表達「自己」的意思，它的本義（鼻子）也就不彰顯了。於是，啟動造字的第二個階段，在原先的字符上添加一個聲符或形符，來表述這個字原先隱沒掉的意思。這種例子，在假借造字的時候經常出現。文字學教材上說得比較簡約：「本字為假借義所專，故另添形符或聲符以明本義。」

於是，我們有了一個較長的「鼻」子。

命相家告訴我們：鼻子在面相中是疾厄宮和財帛宮所在，主人財運、健康及中年的運勢。甚麼山根高者野心旺盛，鼻梁挺的財業兩發，鼻準處凹陷生痣的一生破財，鼻翼薄、鼻孔大的非但不會有積蓄，還可能經常入不敷出。這些話使鼻子在呼吸器官之外，還成了人一生的財政部、經濟部兼衛生福利部。

倒是從用字鑄詞的文化面思索，鼻，具備了開拓先河的意象。人站立朝前，鼻尖在最前方，這是我們說「鼻祖」的來歷——《方言》一書中解釋：鼻，就是起始，「獸之初生謂之鼻，人之初生謂之首。」也是從生命起源那一刻的觀察得來的。唯古契丹人詬罵北方漢人，說他們是「十里鼻」，只知此時的「鼻」是指奴隸，但是為何是「十里」，又為何不是其他器官？也只能猜測為當時方言，「十里鼻」只是取其發音而注記的文字。從始祖到奴隸，相去不可謂不遠，也就還是個鼻子。

今人常用的詞語「自從」、「來自」、「起自」都說明了「自」字又從鼻子、自我還延伸出由來、緣由，以及開始、本來、固有的語意，沿襲至今，早已融入日常大白話。杜甫的〈古柏行〉：「扶持自是神明力，正直原因造化功。」讀來一點也不像千年以前的文言，欲會其意，也毋須作甚麼翻譯。

鼻子幹活兒吸氣辨味，這是動詞，原本用一個「臭」字也可以打通，可是用時太容易混淆，不能不有所分化，否則「其臭如蘭」的臭（讀ㄒㄧㄡˋ）實指蘭花的香氣，就容易和「惡臭」之臭（讀ㄔㄡˋ）字相混淆。

在原先臭字的左邊加上一個口字偏旁，成為「嗅」，就專用於感官活動了。這個分化出來的後起字最早出現在春秋末葉。

《論語．鄉黨》裡有一段令人費解而歧義增生的話：「色斯舉矣，翔而後集。曰：『山梁雌雉，時哉！時哉！』子路共（拱）之，三嗅而作。」有人認為這「色斯舉矣」說的是鳥忽然高飛，為甚麼好好的，會忽然高飛呢？

注解四書的人就說：這是下文中出現的子路襲取、捕捉雉雞所導致。當下引起了孔子的不滿，才趕緊說：「這不合時宜啊！這不合時宜！」子路遂雙手捧拱著這隻雌雉雞，看牠整飾羽毛（整理了三次），而後振翅飛去。

另一個解釋很不一樣，說：孔子郊遊，看見野雞飛翔了一陣之後停在樹上，孔子神情一變，說：「山頂上的野雞啊，時運好啊！時運好啊！」子路於是還向牠們拱拱手，野雞長叫幾聲，便飛走了。

當時的情境莫衷一是、事件的經過和教訓也莫衷一是，學者後來只能諸說並存，歸咎於《論語》有頗多錯簡而結案。至於那個「嗅」，又竟是整飾羽毛呢？還是長叫（嘯）呢？就如同「時哉」究竟是指時運好呢？還是指不合時宜呢？至今言人人殊，訖無定論。可是無論怎麼說，這裡的「嗅」都和我們習見的意義相去甚遠，通常遇到了這種情形，我寧可認為它是錯別字。

到了戰國末葉，《韓非子．十過》裡出現了另一個和鼻子有關的動詞——「聞」字。

這裡頭有一則兩國征戰的故事。楚共王鄢陵一戰，大敗於晉厲公，原因就是酣戰之時，楚將司馬子反的酒癮犯了，居然向部屬討酒喝，一喝大醉，不能再戰，楚共王親自來到子反的營中：「聞酒臭而還。」隨即下令放棄作戰，回國殺了那酒鬼。

這一鼻子聞得深刻，也是古代「聞」字用以為吸氣辨味的鼻祖。韓非子說這個故事的意思是告誡人：把酒拿給子反喝的那個小臣看似為子反盡了小忠，卻成了戰爭局勢與國家利益的害蟲——「行小忠，則大忠之賊也。」

聞，可以用鼻子，也可以用耳朵。聞字代表感官，也意味著知見。聞某聲，得某意；有些時候，聞字底下的字還能決定情感——聞雷，是曹操、劉備煮酒論英雄的知名故事，兩個字就代表了藉故掩飾真實感情的行為。

聞笛，則出自向秀與嵇康、呂安的友情。嵇康、呂安被司馬昭殺害，忽一日黃昏時分，向秀經過嵇康舊居，聽見鄰人笛聲，不免油然而生感懷亡友的悲情，於是作〈思舊賦〉，用了這麼幾句話：「余逝將西邁，經其舊廬。于時日薄虞淵，寒冰淒然。鄰人有吹笛者，發聲寥亮。追思曩昔遊宴之好，感音而歎，故作賦云。」到了初唐大詩人盧照鄰筆下，「聞笛」就有了傷懷亡友之逝的指向：「輟斤之慟，何獨莊周；聞笛而悲，寧惟向秀。」（〈南陽公集序〉）成了悼念故人之詞。

累積著一絲絲的氣味、一點點的聲響，哪怕只是一篇深情雋永、發人所未發的文字，卻能夠承載許多流傳幾千年的故事。我們的感官恰是這樣而複雜起來的。

字詞辨正

# 一個鼻子有多大？

---

一、「鼻」這個字在甲骨文中的字形，相當於今天我們使用的哪一個字？ ①丫 ②白 ③自 ④畀

二、直接猜吧，這個「鱐」字的讀音是甚麼？ ①消 ②渣 ③槍 ④虐

三、「十里鼻」是一個特殊的語詞，它的意思是： ①稱讚人擅嗅 ②祝福人早歸 ③辱罵人奴婢 ④請託人作媒

四、下列哪一個「臭」字的意義與他者不同？ ①臭味相投 ②口之於味也，目之於色也，耳之於聲也，鼻之於臭也 ③上天之載，無聲無臭 ④彼臭之而無嗛於鼻，嘗之而甘於口，食之而安於體

五、《禮記．中庸》上說：「知遠之近，知風之自，知微之顯，可與入德矣。」這裡的「自」是指： ①由來 ②自己 ③有力 ④去向

六、「自勝」是指： ①戰勝自己 ②克制自己 ③超越已有的成就 ④擔當自己的責任

七、「聞見」的含意不包括下列何者？ ①聽到、看到 ②嗅到 ③知識 ④謠言

八、「聞喜宴」究竟是哪一種宴會？ ①放榜高中 ②訂婚致賀 ③小兒滿月 ④天子壽誕

九、聽見吹笛之聲，謂之「聞笛」，這個詞具有下列哪個特定的感性導向？ ①思念家鄉 ②懷念遠人 ③感念故國 ④悼念亡友

十、「聞雷」的意思是： ①藉故掩飾自己的真實感情 ②不肯承認令人痛苦的真相 ③作惡而深恐得到天譴 ④受到意外消息的驚嚇

答案：③，②，③，④，①，②，④，①，④，①

# 非說清楚不可

——越是簡單的字符，越會帶來豐富的聯想。

以今日用字觀之，「是非」的「非」和「飛翔」的「飛」，相去不可以道里計。不過，這兩個字根本是一個字。非的本義雖然是相違背、不相同……等等否定詞，甚至還有邪惡（為非作歹）的含意，不過，有許多文字學家相信：「非」和「飛」乃是「一字之兩用」，都是從鳥翅之羽兩相背反的形狀（）衍申而來。

查看常用的字典，凡是讀「fei」音且注為一聲的形聲字，大約都少不了用「非」作聲符，像是：啡、扉、緋、菲、蜚、霏、騑、鯡，有的聲符是兼具表意功能的——比方說「騑」，駕車之時，居於外側兩旁的馬，就叫做「騑馬」，用非為音，也有如鳥之振翼而飛。由於「非」的原形，取象於鳥的雙翅左右相背，所以「非」字或含「不是」之義，也從此「相違」、「相背」的意象而來。

事實上，就連「飛」的古字，也就是「非」，活靈活現地顯示了鳥兒用力張開翅膀的樣子。可是，一旦用之於動勢，「飛」字可就靈活了，它既表現遨翔，又表示飄蕩、跳躍、奔跑、散射、高舉、揮動、甚至用手拋擲；我們還能從古書裡發現，它還有「突如其來」的意思；《後漢書・周榮傳》：「若卒遇飛禍，無得殯葬。」後人說「飛來橫禍」，也就根源於此。

這種動勢，使那些讀一聲的「緋」、「蜚」都有一種光彩、上揚、流動的語感。緋，是朱紅色，隋代以官品訂服色，五品以下可以穿紅袍綠袍，其正紅之色，名之曰「緋」。蜚，原本指的是有異味的蟲（蟑螂其一也）；引申而用，也就是「飛」；《史記・周本紀》：「麋鹿在牧，蜚鴻在野。」《史記・滑稽列傳》：「國中有大鳥，止王之庭，三年不蜚，又不鳴。」都是。

常用字之讀「匪」（三聲）的，幾乎都用「非」作字根。像是「棐」，一方面它是一種常綠喬木，美紋理、有香氣，是高級的木具材料，又寫作「榧」。此外，這個「棐」字也和「篚」字互通——是一種橢圓形的竹製容器。為甚麼「篚」、「榧」還有本字「匪」都是竹邊的容器呢？還是回到原初：從鳥兒相背的兩翼發想，看文理縱橫、雜錯交織，既可以用來譬喻文章斑斕，也可以用來形容器物錦繡。

即此以言，「非」並不是一個全然表現「不是」、「不好」、「責難」、「譏謗」、「詆毀」的字而已。可是，用它來打造的後起字，總還是「負能量」居多，像「誹」這個字，就是明明白白地說壞話。

回到「非」的本字來看，我還覺其美。從字形上說，無論是小篆（非）、楷書、隸書，此字都顯現了一種整齊有序的格調。從字意上說，它除了對立於「是」之外，還有不同於「不是」的細膩層次——讀白居易詩句「花非花，霧非霧」可知，很難說「非花」是「花的反對者」；「非霧」是霧的「對立面」——當然不只是這樣，此境唯蘇東坡悟得好：在一闋詠楊花的詞裡，他寫道：「似花還似非花，也無人惜從教墜」，如此用筆，遂使「非花」也成為一種花，一舉將「非」的語境，提升到「不可說」、「不可名狀」的境界。

唐人傳奇裡有〈非煙傳〉一則。步，是非煙的姓；而有這樣一個名字，想來必是美女。而非煙，並不是晴朗大地一片，更不是空氣清淨指標，而是帶些朦朧濕潤的雲氣，古人謂之卿雲、謂之慶雲、謂之五色祥雲；的確不是黑白切，而在有無之間。這個淒美的名字也有一個淒美的故事——

步非煙是臨淮地方河南府功曹參軍武公業的愛妾，容止纖麗、善歌秦地風謠。有一天，鄰居公子趙象無意間窺看到步非煙的容顏，登時「神氣俱喪，廢食忘寐。」趙象隨即賄賂了武家的門房，囑託那門房的老婆向步非煙表達情意。步非煙「含笑凝睇而不答」，這也就算是默許了。從此兩人書信往來不絕，彼此多以詩牋達意。猶不能盡歡，遂趁著武公業因公出外的機會，逕入非煙所居的繡閣私通，前後長達一年多的時間。

偏偏步非煙由於細故鞭撻女僕，女僕則憤而將步非煙這一段私情密告武公業，武公業遂假意聲稱，將於某夜當值不歸，實則埋伏在里門旁邊，暗中瞷伺。果然看見步非煙和趙象準備幽會了。武公業衝上前去捉拿不成，讓趙象逃脫了，只將步非煙拿住，登時綁在屋柱上狠狠抽打逼問，步非煙的供詞只有八個字：「生得相親，死亦何恨？」

有的版本將「非煙」之「非」記為「飛」字。而我總覺得，像這樣一個故事，若發生在一個名字叫「飛煙」的姑娘身上，意境還真就差了一層。

在論理的用語上，「非」字後面常常省略某些「不方便說」的意義。像是「非禍」，指的是非同小可的災難，通常是指意外身亡；「非業」指的是「不急之務」；「非貳」指的是「質疑」或「極端不同的議論」，這種省略就是一種長期積累的用語習慣，或許讓我們想起那個字：纏綿悱惻的「悱」，它是甚麼意思呢？悱，恰是心中有話、口中卻不敢說的樣子。不說，卻用意深長。

字詞辨正

# 非，常不簡單

一、「非夫」所指，約當下列何意？ ①不是丈夫 ②不是傭工 ③不是士兵 ④不是豪傑

二、「非煙」一詞，與下列何者無關？ ①唐傳奇中的美貌侍女 ②五色祥雲 ③禁止吸菸 ④喜氣

三、「蜚蠊」的異名很多，下列何者不是？ ①負盤 ②蠦蜰 ③蟑螂 ④蚊蚋

四、除了遨翔，「飛」字還可以表現下列哪些動勢？ ①擲遠 ②飄蕩 ③噴射 ④突然而來 ⑤高舉 ⑥散射 ⑦跳出 ⑧奔跑

五、想要表達卻說不出來，該用哪個字表現？ ①誹 ②悱 ③蜚 ④吠

六、「緋」是下列哪一種紅？ ①赤紅 ②淺紅 ③深紅 ④暗紅

七、關於「棐」的解釋，下列何者為非？ ①矯正弓弩的器具 ②常綠、有香氣的上等喬木之材，即「榧」 ③輔助、教誨 ④方形的竹器

八、「非禍」是指： ①不是禍害 ②意外的傷害 ③非常的災難 ④輕微的損害

九、佛教語「非業」常指「非命而死」，古漢語中的「非業」說的是： ①夭折 ②不在本行 ③不急之務 ④改頭換面

十、「非貳」在中古時代是常用語，意思是指： ①專一、凝神 ②非議、質疑 ③堅決、果斷 ④同意、支持

答案：④，③，④，①～⑧，②，①，④，③，③，②

# 甘心說得甜滋味

## ——舌尖一點甘香，無限美好，這些字，都是回味。

「甘」字初文（）就是一片舌頭，上頭點畫一橫，指出了感覺的部位。人知五味，都靠一片舌葉感受，可是其他的辛酸鹹苦卻不用舌字表意，可見我們寧可記得的滋味，還就是甜。一切引申出來的人生感受，像是優裕、順遂、喜好、和悅、潤澤、安適、情願等等，都歸於「甘」。

至於另外四味，大約也就分擔了所有不佳的況味。我所讀過的古籍裡，甘字只有一處令人毛骨悚然，那是《莊子・齊物論》：「蝍蛆甘帶，鴟鴉耆（嗜）鼠。」蝍蛆（讀作「即居」）就是蜈蚣，此物喜歡吃小蛇的眼睛！「甘」在此處就有喜歡吃的意思了；在語法上，這裡的「甘」與一般說「食不甘味」的意思是一樣的。另外，據說鸛鳥也「甘帶」，每遇到巨石當前，知道底下藏著蛇，就會潛行躡步，像踏罡步斗的道士一樣。

「甜」不見於甲骨文與金文，最早見於小篆，是一個稍晚出現的字，而且寫法（）和今日俗見的正相反，甘左舌右，成了兩片舌葉——估計是「甘」要表達的意思太豐富，只好另外加一個形符（舌）在旁，來表明本義。蘇東坡寫醉、寫睡，用了「三杯軟飽後，一枕黑甜餘」，「軟飽」、「黑甜」都是東坡獨創之詞，用的也都是俗寫之字，發人之所未發，卻道盡人之所不能道，真是文豪身手，為「甜」字豐富了千古意象。

甜從糖來，糖本來寫作「餳」。此字有兩個讀音，一讀「形」，一讀「唐」。有的文本資料將此字文編寫成「易」，爭議繁瑣，於此不贅。

讀「形」的「餳」字是用麥芽或穀芽熬成糖漿，與寒食節關係密切。寒食在冬至之後一百零五天，也是清明的前一到兩天。我曾有專文〈從寒食到熱中〉述及：這個節日，與坊間所傳晉文公誤焚介之推之事並無關係，早在晉文公時代之前近千年的商代就有了寒食節。

《周禮卷三十六．秋官．司烜氏》記載：「中（仲）春以木鐸修火禁於國中」，可知「火禁」是一個與自然節氣有關的節日，所謂「修火禁」，就是派人敲打著木鐸，到處宣示可以舉火、不可以舉火的所在，提醒小心火燭。事實上寒食不只在春天有，冬日、夏日也是有的，只要天乾物燥，易於引火成災，都有「修火禁」的警告——既謂之警告，就是說不一定完全不許舉火的意思。

此外，《周禮補遺・卷七》採俞庭椿說：「寒食修火禁，未必禁絕舉火，木鐸以警之，如家人樂。」此處的「家人」是平民的意思，「家人樂」指稱民間音樂，那麼：即使敲打著木鐸，到處示警，顯然並沒有太多威脅、恫嚇意味，可能還帶著些公共娛樂的興味。

但是，寒食日或寒食節流衍到後世，除了春天的那一日還保留著，夏、冬兩季的不知打從甚麼時候起就退流行了；倒是寒食節踢足球的習俗保留得較久。劉向《別錄》有「寒食蹋蹴」之語，似乎在寒食日確有例行的足球賽事。另按：《漢書・卷五十五・霍去病傳》述：「然少而侍中，貴，不省士……其在塞外，卒乏糧，或不能自振，而去病尚穿域踏鞠也。」此中「不省士」就是「不體恤士卒」的意思；「踏鞠」，就是「踏蹴」、「蹋蹴」，踢足球也。

塞外沙場之上踢球，何等豪邁？但是請想像一下，那些忍飢挨凍的士卒們還得特別開鑿一間覆蓋著毛皮的踢球房，霍大將軍之不恤士卒可知。霍去病在大冷天踢球，可以從劉向《別錄》「寒食蹋蹴」找到合理的解釋，這個從皇宮裡帶出去的習慣，的確有醫理上的解釋。人身氣血循環，始於四肢之末。寒食節不踢踢球、驅驅冷、暖暖身，應該很不舒服。

由於千餘年來的法令規定，寒食節當天不能舉火；到了唐、宋時期，尤為嚴謹，所以一整日下來，只能吃吃那種早就為了保存風味而摻和了大量麥芽糖的甜食，遂有「食餳」（讀作「形」）的風俗。沈佺期的〈嶺表逢寒食〉詩：「嶺外無寒食，春來不見餳。洛陽新甲子，何日是清明？」便是把這種麥芽糖餅當成故鄉的象徵了。

此外，「餳」也因麥芽煮化了的形狀予人以黏稠之感，所以「餳（還是讀『形』）眼」就成為那種凝滯、朦朧、半睜半閉著眼睛的模樣，可以是睏倦，可以是迷惑，也可以是因為視力不佳或想要看得更清楚而瞇著眼的情態。《西遊記》裡豬八戒在西賀牛洲莫家莊遇妖，目迷於徐娘半老、風韻猶新的美婦，便「餳眼偷看」，這個「餳」字多麼傳神？

「糖」的字根從「唐」而來，唐與字形接近的「康」相似，都有一種廣大、龐大的含意。今日我們仍然用「荒唐」來形容空虛不實的言行、現象，其根柢還是要從這一個字的「大貌」來看。中國人對於「大」雖然有無限憧憬與嚮往，可是在某一種認識論的角度看，「大」也意味著無際無涯、無端無崖，一來理不清頭緒，二來摸不著邊際，大到一定的程度，就與人以虛假之感。

除了中國古代歷史上四個以它命名的朝代（陶唐、李唐、後唐和南唐）之外，大部分用「唐」字結合出來的詞語都有負面的含意——「唐捐」、「唐喪」都有落空、虛耗、突然的意思；「唐子」之「唐」則因空虛而表示失去；「唐突」則是衝撞冒瀆；「唐塞」是「搪塞」的本字，由空虛而引申為填補；當更晚出現的這個「搪」字由填補而再開發，就出現了「塗抹」的意思，我們把一種在鐵器上塗釉料以防鏽的工藝品叫「搪瓷」，就是這麼個來歷。填補塗抹終究不是本色，所以到頭來，「搪」字還叢生出混騙的意義。

「唐」字雖然有「大」義，可是加上了土字偏旁的「塘」——無論是陂塘、池塘，都是小範圍的水窪。至於加上了虫字偏旁的「螗」，甚至只能稱為「半個字」。它必須與「蜩」字連用（無論是「蜩螗」或「螗蜩」皆可），就如同「玫瑰」、「琵琶」、「枇杷」、「朦朧」，這一類的連綿字，若僅單獨一字，是不能存在的。

要而言之，「唐」字一旦觸目，在國人心目中雖然即升起一個盛世，然而字根聲符儘管相同，運用起來，卻常風馬牛不相及，其中繁複的變化，似乎也不容獨沽。仔細回味，糖雖然是甜滋滋的，但是換一個搭檔的偏旁，就變味了。

字詞辨正

# 舌尖一點是甘香

---

一、「甘帶」是一個獨立的語詞，意思是：①甜美的海帶 ②情願隨身攜帶 ③性喜吃蛇 ④果實熟透的狀態

二、關於「甘露」二字，以下哪一個敘述不對？ ①甘美的露水 ②滑潤的溫泉 ③祥瑞的徵兆 ④梵語對於佛法、涅槃的比喻

三、「甜娘」是何者的異稱？ ①酒 ②蜂 ③蔗 ④妓

四、「黑甜」形容的是：①焦糖 ②秀髮 ③睡夢 ④雙瞳

五、由改名「李昪」的徐知誥所建立的朝代是：①李唐 ②南唐 ③後唐 ④蜀唐

六、「餳」（讀作「形」）與哪一個節日有關？ ①立春 ②端陽 ③冬至 ④寒食

七、「餳眼」是用來形容：①目光凝滯 ②目光如豆 ③目光如炬 ④目光飄忽

八、「糖」字在唐代以前，都不是指甜食，而是指：①糬 ②糕 ③糊 ④糟

九、下列語詞中的哪一個「唐」字和其他三字用法相去最遠？ ①唐突 ②唐喪 ③唐捐 ④唐子

十、「搪碗酒吃」之「搪」的意思是：①討要 ②混騙 ③賒欠 ④敷衍

答案：③，②，①，③，②，④，①，④，①，②

# 老有所歸

——稱之為長壽村並不為過，這裡的字，都與年華老大有關。

姑父歐陽中石先生曾經應汪曾祺先生的邀請，參與京劇《范進中舉》的編撰，劇中有范進得知自己考中之後、洋洋得意而近乎瘋癲的一段自白，用二六唱腔表現，是全劇特別出采的一段，便出自姑父之手。汪先生曾經親口告訴我：「這一段押『考老韻』，考到老、考到老，韻押得太妙了！」我才意識到：歌詩用韻，還有意義上的講究。

這要回頭從戲文的原著《儒林外史》說起。

《儒林外史》是吳敬梓仿章回話本的小說作品。後人對於吳敬梓的理解不多，大約知道他出生在一個已經沒落的世家，年少時天資穎悟，記憶力很好，曾經進過官學讀書，具有生員的身份。精通《文選》，寫詩作賦都有長才，就是不善於張羅生計。也有說吳敬梓為人豪放講義氣，但凡是來告幫的，無不慷慨解囊。所以沒幾年功夫，就把家產揮霍盡了。

乾隆即位的第一年（一七三六），吳敬梓三十五歲，當時的安徽巡撫趙國麟舉薦他參加博學鴻詞科的考試——這是一種有別於傳統科舉的甄試，目的在於透過名公巨卿的推薦，網羅科考所不能發掘或揚舉的人才。但是吳敬梓沒有接受這份薦舉，反而舉家搬遷到金陵。

應該就是在這一次遷徙之後，吳敬梓開始了《儒林外史》這一部偉大小說的寫作。除了小說，他還有幾部後來完全失傳的詩集、詩說和文集。他過得不富裕，仍然號召當地仕紳士子出錢出力，在雨花山興建先賢祠，奉祀吳泰伯以下兩百三十位「鄉先賢」——為了蓋成這個祠堂，他連自己居住的房子都賣掉了。生活越來越窮，困苦的程度甚至到了冬天不能具備爐炭的地步。最後還流浪到揚州，仍不改「落拓縱酒」的生活，後來也就客死於異鄉了。

由於《儒林外史》用心於諷刺，這部前後五十五回的小說既沒有忠奸判然、黑白分明的角色，也沒有任何一個核心的主人翁。整部書的情節隨著一個又一個登場的人物，有如走馬燈一般地展開。

讀者首先會感受到：有著一波又一波爭狂鬥妄、且人人趨之若鶩的風潮，那就是從明代迄於清代，以贏得科舉考試為核心的士人階級對於「功名富貴」的追求。另一方面，作者也隨時藉著追求者卑污、諂媚、驕恣、癡傻的種種面目，暴露了「功名富貴」作為一種「普世價值」的確鑿和可疑。

尤其是將那些通過「功名富貴」試煉、卻全無真才實學的人物一勾勒點染，就會發現，科考年年，其下原來有這麼一個令人不忍揭發的本質，書中的一角杜慎卿這樣諷刺道：「講學問的只講學問，不必問功名；講功名的只講功名，不必問學問。」

都已經是有資格考評他人學問的官兒，究竟又是如何地與學問無關呢？吳敬梓在開篇不多久的第七回，藉著書中另一個角色蘧景玉之口，說了個笑話：

數年前有一位老先生點了四川學差，在何景明先生寓處吃酒，景明先生醉後大聲道：「四川如蘇軾的文章，是該考六等的了。」這位老先生記在心裡，到後典了三年學差回來，再會見何老先生，說：「學生在四川三年，到處細查，並不見蘇軾來考，想是臨場規避了。」

說笑話的蘧景玉沒想到聽笑話的范進非但聽不出這是笑話，他自己根本就是笑話裡的人。吳敬梓接著刺筆寫道：

范學道是個老實人，也不曉得他說的是笑話，只愁著眉道：「蘇軾既文章不好，查不著也罷了；這荀玫是老師要提拔的人，查不著，不好意思的。」

「功名富貴」與真才實學的差距，在胡適的眼中有一個學術史上的背景。胡適認為：

吳敬梓的時代恰當康熙大師死盡，乾嘉大師未起的過渡時期。清朝第一個時期的大師毛奇齡最後死。學問方面，顧炎武、黃宗羲、閻若璩、胡渭都死了。文學方面，尤侗、朱彝尊、王士禎也死了。當吳敬梓三十歲時，戴震只有八歲，袁枚只有十五歲，四庫全書的發起人朱筠只有兩歲，汪中、姚鼐都還沒有出世呢。

胡適以為學術界或文學界的「大師們」對於一個時代整體的文化風尚、趣味和理想起著決定性的作用。這一點恐怕很難驗之於、證之於一個時間範圍並不明確的歷史階段；而對於「大師」的嚮望和依託恐怕更難說服滿心嘲誚學人名士的吳敬梓。但是胡適提醒了我們一點：或許正是在吳敬梓透過小說所反映的這麼一個烏煙瘴氣的士林，已經顯影了科舉的末路，即使並非大多數人能夠覺醒或願意承認，知識圈的良心或反省，也差不多就是在這一段沒有「大師」燃犀指迷的黑暗時代開始萌芽了。

經由冷冽的譏嘲、鋒利的諷諭，「講功名的只講功名，不必問學問」這句蒼涼的笑話，反而提醒了爾後的學者，學問與功名富貴的確是迴不相侔的兩回事。換句話說：《儒林外史》問世之後，是不是反而讓下一個世代的學子文人得著了儆醒、啟迪，而發現「講學問的只講學問，不必問功名」倒是一種理所當然的志業了呢？

吳敬梓所關心的當然不祇是學術圈、文人圈的無知與敗壞，他一眼看出這種無知、敗壞直接影響到庶民社會的品質。所以像匡超人，還有人格更卑劣的牛浦、居心更貪婪的嚴監生、手段更囂張跋扈的潘三，以及市井之中無數趨炎附勢、錦上添花、落井下石、為虎作倀的豪紳和小民，這些人不是希冀交結權勢，以求取錢財；就是圖謀賄贈錢財，以分潤權勢。

近世以來，考季都在暑天，與古人制舉科考幾乎都在春、秋兩季舉行是很不同的。「考」加上個火字偏旁，可見酷虐。現代語彙中用到考字，多半是指測試（如考試）、研究（如考訂）、審查（如考核）、稽覈（如考績）等等。實則此字原來的意思和「老」幾乎沒有差別。

在許慎《說文解字敘》裡，「考」、「老」就像是一對雙生子，用以解釋「六書」之一的「轉注」——也就是歸屬於同一個部首，幾個形似、音近的字可以意義相通、互相解釋。「老」和「考」就是如此。然而可悲的是：許慎萬萬不可能想到他身後將近兩千年，「考」和「老」有了「考到老」的關係。

「老」字的部首就是它的前四劃，省筆而已，讀音不變。歸屬於老部的字不多，一共就只有孝、者、耄、耆、耇（省筆作「耉」）、耋這麼寥寥六個罷了；而且除了孝、者之外，字義全與老年有關。

耄（九十以上之高壽）、耆（高年上壽）、耇（老人背部彎曲佝僂）、耋（八十以上之高壽）——這些明顯是後起之字，全以「老」為基礎，而「考」、「老」其實原本也可能是由一個字分化而成。在甲骨文中，「老」（）就是一個頭頂光禿、拄著拐棍、身形佝僂的的人的模樣。至於「考」，也幾乎沒有差別。

倒是「老」，未必只有年長之義。食物不嫩了，顏色深濃了，東西陳舊了，習慣養成了，技巧精練了，以及交往得密切熟識了，都說老。最奇怪的還有「老女兒」一詞，指的是家中排行最後的女兒。古來當官的要退休，就說請老、告老，未必真有多麼老。「老小」二字連用，更有出乎年紀之外的指涉——「老小」可以指妻子、可以指家屬，更可以泛稱黎民百姓。在舊時的小說裡，常見官場上稱人「老父臺」、「老公祖」，這都是抬高對方地方官吏身份的敬語。還有就是「老著臉皮」一語，可別急著保養；這裡的老，是說人厚著臉皮（與硬著頭皮近似），也無關年紀。

值得一提的是，「考」也有擊打的意思。詞語「考責」、「考捶」、「考掠」，打得都很兇！看起來這拿著棍子（枴杖）打人的人應該已經上了年紀，推測只有老人持杖打人被視為合理。不過，這裡就發生了漢字中經常出現的假借現象。由於既表示年長，又有前述測試、研究、審查、稽覈等義，字形不得不分化以示區別，所以另加「手」字偏旁，成了「拷」。

孝，是中國固有的倫理價值，也是中文裡獨有的字，字義是「善事父母」，字形恰恰強調了父母之年長。於順從、奉養、敬愛之外，孝字還有居喪的意思。服父母、祖父母之喪，以及行祭祀父母與祖父母之禮，都用孝字。

老部之字裡最突兀的要屬「者」這個字。這字的前四筆根本與老無涉，它極可能是從「蔗」字象形訛變而來，竟與「老」同化了。「者」原本的字義則是「別事（分別彼此）之詞」；質言之，就是「這」（與「那」區別）的意思。之後才具備代詞的功能，成為「之乎者也」的「者」了。

宋詞裡用「者」字特別多，多半就是「這」的意思：王衍的〈醉妝詞〉：「者邊走、那邊走，只是尋花柳。」晏幾道的〈少年遊〉：「細想從來，斷腸多處，不與者番同。」宋徽宗趙佶的〈宴山亭〉：「憑寄離恨重重，者雙燕，何曾會人言語。」

老不老？是的，老，不一定就老；可是別忘了：考，卻真是老。不然，為甚麼我們要祝福人「富貴壽考」呢？有一齣原名《打金枝》的京劇就叫《富貴壽考》，說的是郭子儀七子八婿滿床笏、不癡不聾不做阿翁的故事，可是你信不信：我看到這戲名就反感——人都富貴而長壽了，為甚麼還逃不過要應考？

字詞辨正

# 一群老者忽然來

---

一、下列哪一個詞語中的「考」字與他者不同？ ①考責 ②考捶 ③考掠 ④考索

二、下列何者不是「考究」的意思？ ①考察研究 ②卜算決疑 ③講求重視 ④華美精緻

三、「老著臉皮」是指： ①嚴肅以對 ②慚愧不已 ③厚顏而行 ④努力以赴

四、「老小」是甚麼意思？ ①老人和小孩 ②黎民百姓 ③家屬妻子 ④以上皆是

五、「請老」與下列哪一個詞意義相近？ ①告老 ②敬老 ③賣老 ④養老

六、下列哪一個詞語中的「老」有關年紀？ ①老相好 ②老公祖 ③老父臺 ④老姑娘

七、下列哪一個詞語中的「老」無關年紀？ ①老女兒 ②老大娘 ③老新娘 ④老姑娘

八、「耄」是指九十歲以上的老人，「耄耄」呢？ ①事物荒廢 ②老人群聚 ③事務紛亂 ④老人離散

九、下列哪一句裡的「者」字意義不同於其他？ ①黃岡之地多竹，大者如椽 ②細想從來，斷腸多處，不與者番同 ③為機變之巧者，無所用恥焉 ④此非孟德之困於周郎者乎

十、下列哪一句裡的「者」字意義不同於其他？ ①夫子何為者，棲棲一代中 ②憑寄離恨重重，者雙燕、何曾會人言語 ③者邊走、那邊走，只是尋花柳 ④細想從來，斷腸多處，不與者番同

答案：④,②,③,④,①,④,①,③,②,①

# 附錄

附錄一

# 我讀與我寫

## ——一個書法觀眾的場邊回憶

從上小學三年級開始，書法成為一門課程，每週一堂，大約就是將衣衫書本弄得墨瀋淋漓，始為盡興。至於所習，通常不外顏、柳，師長謂為立本，也不知這「本」究竟何所指。

總之，我追隨坐在前面一排的同學段鴻銘的選擇，他臨柳公權的〈玄秘塔〉，我也臨〈玄秘塔〉。我還記得：段鴻銘幾年下來只寫〈玄秘塔〉某頁上的八個字：「滔然莫能濟其畔岸」，只此八字，能夠寫到一筆一畫與原帖全無二致。但是一旦寫別的字，他就全然不能夠學樣了。我也沒有多少長進；除了〈玄秘塔〉，就是〈皇英曲〉，整本寫完幾次，還不知道〈皇英曲〉是一首詩。就這麼一路寫上初、高中，前後十年，沒有改過模樣，始終就在那橫平豎直的「本」上，追求著點畫相似的趣味。

直到上了大學，進入輔仁國文系，有了近似專業培育的書法課，依舊是每週一堂。上課第一天，陳維德老師看了看我隨手擱置在桌上的硬筆字筆記，說：「你寫寫褚遂良罷。」

那是一九七五年秋，距今四十二載。一個轉捩點，我選臨的是〈雁塔聖教序〉，才臨不過數字，就發現起筆大異於之前十年的體會。多年以後偶然於台北華正書局得《沈尹默論書詩墨跡》，讀到沈公勉勵曾克耑（履川）學習書法五古一首，有：「欲暢褚宗風，精意入提按。」方才大悟：所謂「立本」，並不是把一副柳公權或褚遂良的骨架搬來紙上，而是學會如何揣摩那看似靜謐莊嚴、不動如山的字是如何鮮活靈動地從筆尖流蕩而出的。

更早些年，輔仁大學在台復校，繼戴君仁教授之後、恢宏輔大國文系教務的老主任是王靜芝先生。靜芝師也是書家，師承民初大家沈尹默，規橅唐楷，追蹤二王；據王老師課堂上轉述，沈公從鍾、王入手，於唐楷最得意於褚河南，於北碑最衷情於〈張猛龍〉。就在我進入下半學期的書法課時，陳維德老師看過我的第一張作業之後，便對我說：「你可以寫寫〈張猛龍〉

了，看看喜歡不喜歡。」

「喜歡不喜歡」這話也很新鮮——雖然當下並沒有太多體會，然而年事漸長，所結識的朋輩之中，越多長年習字的友人，他們的書跡各自不同，心摹手追，如同面目，作為一個書藝的外行人，我卻很容易有一個發現的角度：但凡是那些能夠令我受到觸動、甚至勾起美感的作品，無論甚麼家數、甚麼書體，都來自「喜歡寫字」的人。令他們著迷的，也是那波折點畫在紙上從無到有、一次浮現而終古不易的歷程。

四十年間，我從來沒有妄想成為專業的寫字之人，倒是幾乎每天都要讀幾本法帖，讓一千多年以來那些令後世之人不斷揣摩、效法、仿習以及力圖恢弘開拓的墨跡一次又一次地爛熟於胸。這種沒有目的性的內在驅動，只能用「喜歡」一詞加以形容、或者是掩飾。於是，我能夠回顧的，大約就是多年來偶有體會，吟之詠之、諷之誦之的二十首讀帖心得，通名之曰〈論書五律〉（見附錄二）。

算是一個癡情的讀者，我對書法的喜愛也有相當程度的偏見。「喜歡」二字，在最常用常見的層次上，就是不講客觀、沒有理據的。然而，從一九八八年春天開始，這心境有了些許的、漸進的動搖。那一年我三十一歲，第一次踏上中國大陸的土地，第一次回到祖家，也是第一次見到我的姑父歐陽中石先生。

那一年北京的春寒凜冽又漫長，除了有那麼幾回天氣晴爽，出門踏遊，大部分的時間我都在東四前拐棒胡同的家宅中向老人家請益：談京劇、談邏輯學、談文章和書法。

在那狹仄湫隘的書齋、臥房兼客室裡，有兩句教誨始終令我不明白，日後多年，總和那屋裡成天價蒸騰著熱氣的煤球爐的記憶聯繫在一起。每當我自己練起字來，就會想起的兩句話——說是等我年紀大些，自當體會：「活得越老、練得越勤，小時候犯就的毛病就越會來找你。」

想到小時候的毛病會來找我，就覺得好奇，眼前彷彿出現了坐在煤球爐上不斷冒著氤氳之氣的熱水壺。「氤氳」，是的，我永遠不會忘記，柳公權字帖上也有那麼一句：「太和氤氳二儀分」，如此沒頭沒腦的斷句當然是不對的，就像「萬古皇英曲，鏗然發杳冥。依稀傳寶瑟，縹緲意湘靈……」明明是柳公權〈皇英曲〉開篇的原文，但是由於書法課堂上每每大字八個，九宮兩行，從此寫起，所以我對此詩的記憶亦復是四字一斷讀，成了：「萬古皇英／曲鏗然發／杳冥依稀／傳寶瑟縹／緲意湘靈……」記憶中的〈玄秘塔〉也老是記成了：「唐故左街／僧錄內供／奉三教談／論引駕大／德安國寺……」

但是我要說的「小時候的毛病會來找我」尚且不只此也，實則也一直不能進一步體會。直到二〇〇五年初，父親過世，喪事依遺囑一切從簡，不發訃文、不驚親友，原本甚至還不許舉行任何儀式。這一點令我頗為難，還是稟告了幾位至親的長輩，入殮後隨即火化。在這個簡單的葬禮之前，還有幾天停靈之期，我推算時間，認為若勉力為之，還來得及以大楷抄一部《地藏菩薩本願經》，好放在棺木中，一同火化。

於是便張羅了幾百張半開大的生宣，一字一字抄去。抄到第二天，我就發現小時候數學沒學好的毛病早就回來了：依照我原先計算的經書篇幅和每日抄寫進度，恐怕再增加三五天都來不及，我能做的只有加班，在不太影響字體美觀——起碼是工整——的要求下，排除萬事，夜以繼日。

寫到第四天，手肘已經幾乎懸不起來了，然而心情上卻像是年幼時挨了訓斥，不肯服氣，寧可頑抗，鼓足一股不知從何處竄起的拗勁，始終不肯將就著放下手肘。但見紙面上的字跡居然逐漸迤邐歪斜不說，原本寫的是我大學時代專攻的褚體，再幾行走下去，便不由自主地寫成了柳體。非但結體似柳，還是粗帶著硬筆字習氣的柳。我看這一張前後肌理不暢、骨肉不勻，索性扯去重寫，不料重新寫過的更糟，連一絡也不柳了！

姑父的話這時在耳邊響起：「活得越老、練得越勤，小時候犯就的毛病就越會來找你。」可是他沒說該怎麼對付，只告訴我：如果對付不過去，若非失之於油滑，就會失之於蠢笨。我在《地藏菩薩本願經》的後半截上根本來不及想「書法」該如何了，只有一筆一畫扭折勉行，想想柳，再想想褚，明知兩頭靠不了岸，起碼「菩薩」二字算是寫得「熟到不認識」的境界了。

直到第七天，告別式前幾個小時的深夜兩點鐘，我的手肘在剎那間輕了，毫尖也靈動起來，這是最後一張。當我寫完「盡此一報身，同生極樂國」，忽然明白過來，回頭跟空氣裡的父親說了句：「是你壓的，是罷？」

父親是第一個在意我是否把字寫好的人，其在意的程度甚至到不能容忍我天生是個左撇子。他認為：左手執筆的人不可能把漢字寫「對」。這裡面還有一個相當極端的假設：漢字從筆畫構造起，就不是為左撇子而設計的。我仍然記得還在幼兒園裡初學寫字的階段，就常挨他的訓斥，總要我用右手執筆，我也總是趁著他不在身邊的時候偷偷換成左手執筆。這樣的角力持續到我上小學，他再一次發現我暗中換手之後，忽然嘆了一口氣，說：「我看你往後連副春聯也寫不上了！」他的話不免有些嘲謔的意思，因為他總說那個年年在菜市口當場揮毫寫「生意興隆通四海，財源廣茂達三江」的老頭兒字寫得糟糕透了。

據說我祖家大門的一副對子是請雕工給刻的，長年掛著，一到臘月底，卸下來朱漆雕版墨漆字，重髹一過，煥然如新。聯語從來就是那麼兩句：「忠厚傳家遠，詩書繼世長」。

父親來台之後，配舍在眷村之中安身立命，不好立異鳴高、作風弄雅，便改了字號，倩人寫來的是：「一元復始，萬象更新」；有時下聯也寫作「大地回春」。我最早認識的大約就是這十二個字。

在還沒有上學認字之前，父親總是拿這些個字當材料，一個字配一個故事。多年下來，我只記得「象」的故事，大意是說有個善射的獵戶，受一群大象的請託，射殺一頭以象為食的巨獸。那獵戶一共射了三箭，前兩箭分別射中巨獸的兩隻眼睛，第三箭等巨獸一張嘴，正射入牠的喉嚨。此害一除，群象大樂，指點這獵戶來至一片叢林，群象一捲鼻子拔去一棵樹，拔了一整天，林子剷平了，地裡露出幾萬支象牙來。那巨獸有多麼大呢？據父親說：一根骨頭得幾十個人才抬得動，骨頭上有洞，人還可以往來穿行。

說這些故事的時候，多半是走在路上。大年下，父親牽著我，在縱橫如棋盤的巷弄之間散步，經過某家門口便稍一停步，看看人家的春聯寫了些甚麼。偶爾故事會被那些春聯打斷——走不了幾步，父親便分神指點著某聯某字說：「這副聯，字寫得真是不錯。」或者：「這副聯，境界是好的。」

等我唸了小學，不知道幾年級上，自家大門口的聯語換了，成了「依仁成里，與德為鄰」。父親解釋：這是讓鄰居們看著高興。就我所知：沒有哪家鄰居會注意到我家大門邊寫了些甚麼。我家與鄰人素來相處不惡，應該是往來串訪不多、難得齟齬之故，跟門上的春聯顯然不應有關。

但是我注意到一個細微的變化：日征月邁，歲時奄冉，父親同我再閒步於里巷之間的時候，竟不大理會人家門上新貼的對聯如何了。有時我會問：「這副字寫得怎樣？」或者：「這副聯的意思好嗎？」父親才偶一掠眼，要不就是說：「這幾個字不好寫！」要不就是說：「好聯語難得一見了。」

上高中之後，我開始比較願意花時間讀帖練字，父親從不就個別字的結體構造論長短，偶有評騭，多半是：「〈張猛龍〉臨過沒有？」或者：「米南宮不容易寫扎實，飄不好飄到俗不可救。」那是一九七一年，我們全村已經搬入公寓式的樓房，八家一棟，大門共有。彼時我們父子倆幾乎再也不一道散步了。有一年熱心的鄰居搶先在大門兩邊貼上「萬事如意，恭喜發財」。我猜他看著彆扭，等過了元宵才忽然跟我說：「趕明年咱們早一天把春聯貼上罷。」

這年歲末，父親遞給我一張紙條，上寫兩行：「水流任急境常靜，花落雖頻意自閒」，中間橫書四字：「車馬無喧」。接著他說：「這是曾國藩的句子，你給寫了貼上罷。」一直到他從公務崗位上退休，我們那棟樓年年是這副聯。

父親退休那年我臘月裡出國，到開年了才回家，根本忘了寫春聯這回事。這一年大門口的聯語是我舅舅給寫的，一筆剛健遒勁的隸書：「依仁成里，與德為鄰」，橫批是：「和氣致祥」。

我問起父親怎麼又鄰啊里啊起來，他笑著說：「老鄰居比兒子牢靠。」我說這一副的意思沒甚麼個性，配不上舅舅的字，父親說：「曾國藩那一聯，做隱士之態的意思大些。還不如這一副——」說著又掏出一張紙片，上頭密密麻麻寫著：「放千枝爆竹，把窮鬼烘開，幾年來被這小奴才，擾累俺一雙空手；燒三炷高香，將財神接進，從今後願你老夫子，保佑我十萬纏腰」，橫批是：「豈有餘膏潤歲寒」。

我笑說：「你敢貼嗎？」

父親說：「這才是寒酸本色，你看看滿街春聯寫的，不都是這個意思？還犯得著我來貼麼？」

回首前塵，想起多年來父親對於寫春聯、貼春聯、讀春聯的用意變化，才發現他的孤憤嘲誚一年比一年深。我現在每年作一副春聯，發現自己家門口老有父親走過的影子。

一九八七年，兩岸音信經由香港方面而開通了許多，父親和失散近四十年的兄長、妹妹都聯繫上了。在接到姑父的第一封信、以及隨信附寄的一張橫額大字之後，他喜孜孜地衝口而出說：「你的字有救了！」橫額寫的是「懋德長馨」——「懋德」是我山東濟南祖家的堂號，而擘窠大字則是姑父的親筆。

從一九八八年，到二〇一四年，我每有赴京之行，總要上姑姑家討教。就我的體驗，姑父教習書法不多語言，總歸是「一個、兩個、三個字」。一個字是「看」，此字一出，就是一遍一遍地看他寫，從來沒有不耐煩的時候。有一次寫行書「壽」字，一連寫了四十幾遍，為的就是讓我看明白，當第六筆（掠）角度偏斜有些微改變之際，第七筆（勒）如何相應調整；這兩筆，都是長槍大戟，成頡頏之勢，四十幾遍下來，鬥陣各具姿態，無不宛轉精嚴。

兩個字則是「臨帖」。每當我問起某字之某劃如何轉筆這一類接近鑽牛角尖的問題之時，他就會指著書架（其實所指的書架上或許並沒有法帖）說：「臨帖。」而他所謂的臨帖也與常法大異其趣，往往一本帖，只令臨某幾頁之某幾字而已。也就是這麼臨，也才漸漸體會：那幾個字相連寫來雖然極為枯燥，卻由於密集反覆的錘鍊，而更有效率地體會了佈局的手段。

至於三個字，就是「有來歷」。在他看來，書法不只是講究形體、結構、筆勢、行款之美，更不該是為了創造出一種新穎或罕見的美學標準而獨運生造。書學所承載的匠藝價值更深刻地牽動著流動於字裡行間的意趣，必須喚起和呼應更長遠的文化脈絡，在老輩兒那裡，「有來歷」也好、「看得出來歷」也好，就是一個學行傳承的軌跡。我和姑父說起早年父親憂心我「往後連副春聯也寫不上了」的話，他大笑著說：「他是擔心你不學，不是擔心你不寫。」那麼，寫，顯然是學的一個徵候了。

回首五十多年過去，我依舊分不清當初父親說的「往後連副春聯也寫不上了」是不是玩笑話。不過，我始終認為，我還維持著能夠在菜市口賣春聯的小小自信，一直讀著帖，寫著字，也一直惦念著我的來歷。

（本文為二〇一八年初在台北松蔭畫廊舉辦書法個展「大春的新春」所寫。）

附錄二

# 論書五律

——張大春二十首讀帖心得

【一】題王子敬〈鵝群帖〉

枯藤快霜割，峻骨軟鞭笞。飛白真難到，牽絲不可期。

形收神愈迥，體正勢偏攲。此稿留鵝跡，依稀辨五之。

【二】題王志〈一日無申帖〉

買王牽一羊，不失俗人望。結取僧虔厚，遨遊魯直狂。

吳鈎裁蜀素，趯磔別齊梁。才氣浮波折，瀰瀰造大荒。

※望字平讀。「買王得羊，不失所望。」說的是南朝（如羊欣者）以王獻之書為圭臬，蓋以其榘矱森嚴，纖毫不失法度。我的看法是：其間有一漸變的趨勢，乃在於王僧虔父子，王志尤其是轉捩的關鍵。

【三】題王遠〈石門銘〉

欲編仙鶴舞，遂有石門銘。開闔揮長翼，方圓踶碧甍。
摩崖停鬧影，拓帖下飛聲。雲拂真荒遯，痕消即物情。

【四】題米芾〈蜀素帖・吳江垂虹亭作〉

八面趁婆娑，中鋒健似戈。字看當下好，心得老更多。
帖法隨時變，詩情與墨和。鍾王留禿筆，消我盪清波。

【五】題王逸少〈喪亂帖〉（仄韻入聲十三職）

未經喪亂極，不解奔馳力。疾筆掃蕭酸，忘懷絕悽惻。
峰斜暮外雲，痛定哀餘墨。何言託寄深，滿紙飛針織。

【六】題王逸少〈得示帖〉

疑霧彌天落，侵人畏病寒。誰同養元氣，自在付柔翰。
耿耿多殘約，般般一永歎。歎餘千載下，竟不識蹣跚。

※翰、歎皆平聲。

※逸少與人約會，彼我同時皆病弱不能強赴，〈得示帖〉為回信，原文如此：「得示，知足下猶未佳，耿耿。吾亦劣劣。明日出乃行，不欲觸霧故也。遲散。王羲之頓首。」告以次日日出之後，霧散而行。

此札末有「遲散」二字。這個「散」字，讀平聲，同「跚」。遲散，即蹣跚。是王羲之告訴相約的人，可以徐行，毋須急迫、倉促。證之以逸少他帖，有「早且乘涼，行欲往，遲散也。」「遲散無喻，吾後月當出，以省念示。」都是這個意思、這個用法。

有說「遲散」為行散、發散者，以此詞自有其專意，蓋指服食五石散之後快步疾走散熱。這個說法是從魯迅之言魏晉風度講稿而來，我是不同意的。

行散本需寒衣、寒飲、寒食、寒臥，所謂「極寒益善」（越寒越好）。如果說「遲散」就是指服食了五石散之後要發散藥性而行走之說成立，「不欲觸霧」四字即不可解。

究其實，行散、遲散根本是兩件事。行散、發散為疾行，「遲散」所狀非此。故「散」仍須是「跚」，散步，晃蕩也，蹓躂也，慢慢走也。

※另，解「無喻」，「喻」字有「快」（快意之快，非快速之快）解，通「愉」。《莊子・齊物論》：「昔者莊周夢為胡蝶，栩栩然胡蝶也，自喻適志與。」就是這樣解的。「無喻」乃「不豫」、「不悅」；就是今人所謂「不爽」也。

※又及：詩中永歎，乃出於相約而不易遂願之人，腹聯自足其意。末聯截搭歎字，故書「歎餘」；歎餘而諷，識者之責也。余所諷者亦非泛泛；固自以名家著書立說、於略加翻檢即可證解之文，不肯稍事推求，而乃信口支吾、當面錯過、貽誤群學者也。

【七】題董其昌〈臨十七帖並釋文〉，獨見思翁不能反捺，蓋腕弱也。

腕弱焉能礫，才高亦難格。應知玄宰功，遠遜官奴冊。

一筆別天淵，諸論合堅白。吾雖不善書，此斷平生積。

※王逸少〈官奴帖〉，是令董思翁得開眼界之書。

※「吾雖不善書，曉書莫如我。」此二句出自東坡〈論書帖〉。

※論字平讀。

【八】題國詮〈善見律〉，唐寫經生無數，為洗魏碑刻畫、樹唐楷規橅之豪傑；或貽姿媚之譏，我偏愛其風致。

善見輕功果，虔心付寫經。碑稜猶齮齕，楷法漸娉婷。

曠代無名字，群書共典型。流年不堪數，百萬案頭螢。

【九】題黃庭堅〈山預帖〉，於二王內擫外拓之側，另闢蹊徑，呈簸揚之勢，此帖可證。

食者能知味，習焉翻作書。擔來山徑老，煮到芋芽舒。
非搬亦非拓，似糭還似麹。江西新筆意，格物寫真如。

【十】題歐陽信本〈夢奠帖〉

結密臨中軸，飄搖若散樗。搴旗張鎧鎖，沐雨振裙裾。
姿媚因肌瘦，神豪趁意舒。唯公能兩末，秀健自紛如。

※兩末，兩個極端。《韓非子．難勢》：「此則積辯累辭，離理失術，兩末之議也。」

【十一】題趙孟頫〈膽巴碑〉，為駁柔媚之說。

柧稜留蘊藉，毫末入融圓。老練無煙火，澄明一海天。
菩提真卻藥，煩惱借參禪。凝雪松枝健，世人多不傳。

※菩提卻藥語見膽巴師行跡。

【十二】題張即之〈金剛般若波羅蜜經〉

撅毫憐啄粒，拓管送流雲。勢瘠絲將斷，形肥墨欲薰。
字中盈復昃，紙上緼而紛。大將當麾桀，摐金若有聞。

【十三】題揚無咎〈均休帖〉

橫勒挑長戟，掠飛留直聲。發鍘才一瞬，震匣有孤鳴。
凝冷開松雪，遒深祖率更。知君最相近，拜石米仁兄。

【十四】題吳琚〈書蔡襄訪陳處士詩〉，字絕佳，詩減原色。

念起鋒先出，形消意不收。將枯啼鳥樹，已潤碧溪舟。
餘香催氣力，變景奪風流。指北寧如此，有人橋畔愁。

※蔡襄詩原作：「橋畔修篁下碧溪，君家元在此橋西。來時不似人間世，日暖花香山鳥啼。」吳琚首二句書作：「橋畔垂楊下碧溪，君家元在北橋西。」

【十五】題沈尹默〈論書詩〉

能得晉賢骨，乃傳唐楷神。右軍無本相，一佛每分身。
勁草天然直，駸書物化真。流雲入流水，不動水中人。

※沈尹默〈論書詩〉：「米顛淳雅涪翁韻，一代論書鑒賞工。清勁差同渾厚異，无人可有晉賢風。」

※《莊子・齊物論》：「不知周之夢為蝴蝶與？蝴蝶之夢為周與？周與蝴蝶，則必有分矣。此之謂物化。」

【十六】題王鐸〈草書卷〉，明亡前一歲之作。

橫戈捲長趯，揮匕狀飛虹。跳擲臨喪亂，憂愁書咄空。
澈寒酣北海，孤僻盡南宮。國破知何似，匆匆蔓草中。

【十七】題〈張猛龍〉，二王後二百年，逐字別鑄結密之勢，險且峻，北方之強歟。

明月顯處視，方碑書最真。削端凝瘦骨，掉尾搏潛鱗。
深刻雲間壁，長吟漠上塵。龍興亦如此，萬化自由身。

※《世說新語・文學第四》支道林語：「北人看書，如顯處視月。」

※唐子西《語錄》云：「東坡作〈病鶴〉詩，嘗寫『三尺長脛瘦軀』，闕其一字，使任德翁輩下之，凡數字；東坡徐出其稿，蓋『閣』字也。此字既出，儼然如見病鶴矣。東坡詩敘事言簡而意盡，惠州有潭，潭有潛蛟，人未之信也；虎飲水其上，蛟尾而食之，俄而浮骨水上，人方知之。東坡以十字道盡云：『潛鱗有飢蛟，掉尾取渴虎。』言渴則知虎以飲水而召災，言飢則蛟食其肉矣。」《後山詩話》云：「詩欲其好，則不能好矣。王介甫以工，蘇子瞻以新，黃魯直以奇，而子美之詩奇常工易新陳，莫不好也。」

【十八】題蔡京〈宮使帖〉，宋四家固有此蔡，殆以元長奸憝，改尊君謨，余不愜焉。以書論之，京之於襄，不啻冰水青藍，蓋以矯不自樹立而得宗脈之正格。

不求新面目，能得大規橅。顧盼凝姿窈，敧斜結勢殊。
歧途唯險阨，健筆豈躊躇。來比蘇黃米，爭留笑唾噓。

【十九】題顏真卿〈祭侄稿〉，以篆入行，古今一貫，俱在此章。

渴筆收哀毀，飛毫下鼓鼙。常山顱骨剝，大篆顏家題。
悍嬌無鵝法，蒼涼是馬嘶。丹心絲縋處，萬古草萋萋。

【二十】題唐伯虎〈落花詩〉

戲墨凝酣處，嬌枝困損時。兩般別肥瘠，一片鬧分離。
憑爾熟圓畫，消它寥落思。鑾箋情字補，四季有荼蘼。

文學森林 LF0089C

# 見字如來

作者
## 張大春

一九五七年出生。臺灣輔仁大學中文碩士。作品以小說為主，已陸續在臺灣、中國大陸、英國、美國、日本等地出版。

張大春的作品著力跳脫日常語言的陷阱，從而產生對各種意識形態的解構作用。在張大春的小說裡，充斥著虛構與現實交織的流動變化，具有魔幻寫實主義的光澤。八〇年代以來，評家、讀者們跟著張大春走過早期驚豔、融入時事、以文字顛覆政治的新聞寫作時期、經歷過風靡一時的「大頭春生活周記」暢銷現象、一路來到為現代武俠小說開創新局的長篇代表作《城邦暴力團》，以及開拓歷史小說寫法的「大唐李白」系列，張大春的創作姿態獨樹風骨。

《聆聽父親》入選中國「二〇〇八年度十大好書」，《認得幾個字》入選「二〇〇九年度十大好書」，成為唯一連續兩年獲此殊榮的作家。近作為《送給孩子的字》、《大唐李白：少年遊》、《大唐李白（二）：鳳凰臺》、《大唐李白（三）：將進酒》、《文章自在》、《我的老台北》等。

封面設計 楊啟巽
責任編輯 詹修蘋
行銷企劃 劉容娟、王琦柔
版權負責 陳柏昌
副總編輯 梁心愉
二版一刷 二〇二四年二月二日
定價 新台幣四〇〇元

ThinKingDom 新経典文化
發行人 葉美瑤
出版 新經典圖文傳播有限公司
地址 臺北市中正區重慶南路一段五七號十一樓之四
電話 02-2331-1830 傳真 02-2331-1831
讀者服務信箱 thinkingdomtw@gmail.com
粉絲專頁 http://www.facebook.com/thinkingdom/

總經銷 高寶書版集團
地址 臺北市內湖區洲子街八八號三樓
電話 02-2799-2788 傳真 02-2799-0909
海外總經銷 時報文化出版企業股份有限公司
地址 桃園縣龜山鄉萬壽路二段三五一號
電話 02-2306-6842 傳真 02-2304-9301



見字如來 / 張大春作. -- 二版. -- 臺北市：新經典圖文傳播有限公司, 2024.01
368面 ; 14.8*21公分. -- （文學森林 ; YY0189C）
ISBN 978-626-7421-11-6（平裝）

863.55　　113000793